李 梅 著

# 光和影的比例

文鼎中原

河南省作家协会
重点作品
扶持项目

郑州大学出版社

河南文艺出版社

图书在版编目（CIP）数据

光和影的比例／李梅著. —郑州：郑州大学出版社：河南文艺出版社，2021.1（2024.6 重印）
（文鼎中原）
ISBN 978-7-5645-7572-4

Ⅰ.①光… Ⅱ.①李… Ⅲ.①散文集 - 中国 - 当代 Ⅳ.①I267

中国版本图书馆 CIP 数据核字（2020）第 240040 号

## 光和影的比例
GUANG HE YING DE BILI

| 策　　划 | 孙保营　马达 | 封面设计 | 小　花 |
| 责任编辑 | 孙精精　张馨月 | 版式设计 | 小　花 |
| 责任校对 | 刘晓晓　陈炜 | 责任印制 | 李瑞卿 |
| 丛书统筹 | 李勇军 | | |

| | |
|---|---|
| 出　　版 | 郑州大学出版社　河南文艺出版社 |
| 发　　行 | 郑州大学出版社 |
| 地　　址 | 郑州市大学路 40 号（450052） |
| 出版人 | 孙保营 |
| 网　　址 | http://www.zzup.cn |
| 发行电话 | 0371-66966070 |
| 经　　销 | 全国新华书店 |
| 印　　刷 | 山东华立印务有限公司 |
| 开　　本 | 890 mm×1 240 mm　1 / 32 |
| 印　　张 | 10 |
| 字　　数 | 198 千字 |
| 版　　次 | 2021 年 1 月第 1 版 |
| 印　　次 | 2024 年 6 月第 2 次印刷 |

| | | | |
|---|---|---|---|
| 书　　号 | ISBN 978-7-5645-7572-4 | 定　　价 | 68.00 元 |

本书如有印装质量问题，请与本社联系调换。

# 编委会

# 目　　录

短居……………………………………………………1

大海忽略了一切…………………………………13

疏影横斜…………………………………………21

果色信笺…………………………………………30

记忆携带者………………………………………41

雪的迷失…………………………………………48

时间温柔地砍伐…………………………………57

白…………………………………………………63

隐于草木…………………………………………67

水的隐喻…………………………………………74

一个人的演出……………………………………82

像树一样地爱和被爱……………………………86

青黄不接…………………………………………92

月出………………………………………………98

光和影的比例 ……………………………… 104

一树梅 ……………………………………… 111

素食三味 …………………………………… 118

夜色弥漫 …………………………………… 127

自行车转啊转 ……………………………… 136

折翅记 ……………………………………… 146

栗子笑了 …………………………………… 153

冬天的树 …………………………………… 161

少时雨声渐远 ……………………………… 166

一个孩子的祈祷式 ………………………… 171

大雾弥漫 …………………………………… 177

降落的寓言 ………………………………… 185

初冬日记 …………………………………… 192

捕光 ………………………………………… 202

何以为贵 …………………………………… 211

普通阅读者 ………………………………… 221

读者 ………………………………………… 231

对镜贴花黄 ………………………………… 235

我的村庄 …………………………………… 239

亲爱的白果 ………………………………… 246

巢儿 ………………………………………… 252

弦上光阴 …………………………………… 260

天色渐晚 …………………………………… 268

漫长的花期 ...................................275

房间 ...................................282

山顶 ...................................302


后记 ...................................312

# 短　居

## 时光窈窕

到了宝剑山口，便觉是真正的临时山人了。传说明时，将军张献忠兵败鸡公山，拔剑出鞘，立此存誓：今且一剑封"步"，私享这山中时光。山路往上约五十米，经过一座百年前兴建的"十"字形小教堂，景致更显清幽。

我们暂住的地方是一栋美国传教士建筑的老别墅，别墅分上下两层，条石墙体，红瓦屋脊。在不远处仰视，屋顶古朴，屋面有陡峭感。沿着长长的石阶向上，经过一簇绣球花，再沿墙根拾级而上，便到了角形门前。

已近傍晚，光线明朗舒适，没有耀眼的感觉。二层东卧室，有两扇大窗，苇帘半卷之间，有着古朴的颜色、稀疏的光。窗外，古木舒展，经历了一百余年的时光，仪态从容。南北墙角另有红色木格窗户，精致的竖长方形，令人迷恋。靠近小窗，透过玻璃，可以看到别处屋脊上的红瓦，上有枯叶，随意散落。时光深邃，一片落叶带你回溯。

从室内转至角形门外，走在木质的地板上，有不急切的回声，让你不由自主地放轻脚步。门外是宽阔的角形回廊，二百七十度的视野，近有伸手可触的绿叶，远及昂然而立的山顶、凹而有致的山谷。绵延的绿色山影，造型各异的老别墅，红色、灰色、黄色的屋顶点缀如画。

坐在一把老式藤椅上，看对面老夫妇满头白发，安详得很，有一种极致的幸福感。他们看对方、看黄昏来临，眼里满含对人世的宽容和对一株单薄或者苍老树木的关怀。姑且什么也不做，我起身站在廊前，等太阳落山，以漫无边际的空白思绪，迎接即将来临的黄昏，端详山间黄昏有怎样的步履。

太阳也照着不远处另一栋老别墅，红瓦屋顶上，光影逐渐缩小，以至于剩最后一片瓦上，一片幸运的红瓦吗？浓密的树木间，鸟儿斜着飞过，然后掠个弧形，绕过红色的屋顶、浅灰的三角屋脊，回到自己的巢穴，像是思绪飞回到一百多年前的门庭之内。

近旁一棵古树，枝干爬满青藤，我们的目光也就攀过长藤，仰起头来看树梢，树叶的背面镀了浅金，经过被光覆盖的树叶缝隙，再慢慢爬过树梢顶端。不久，月亮升起来了，皎白的月光，浅蓝的婆娑树影，半个圆形，半眸深情。

黄昏在靠近，入住这里的人陆续回到各自的房间，有的倚窗而凝望，有的于室内静读，偶尔传来轻轻的念诵之声。

想必山与谷、树与树、一只飞鸟与一声虫鸣，都如这般天然地彼此镶嵌。

在饱满的视听里，想象是慵懒的，初建这座别墅时，此地又是一方什么样的景致呢？一百余年前的时光，曾在战事纷争里何其炽热不安。在一棵古树和另一棵古树之间，目光可以画一条一百多年的时光隧道，时光窈窕了一百多年，你呢？立于此处，不管是哪种身份、何种姿态，都无法超出时间的两端。

一个人的高度是有限的，一个人寥寥的生命时日亦如是。有限是一种节制的幸福，尽管不足以与一棵老树的年轮或者一座百余年的老别墅对语。沉静在时间的缓坡上，一切都如此安宁。在建筑的艺术和山水的灵秀之间，且关闭所有来自渺小深处的词语。

## 树与树

在深山里，其实是在树与树之间，即使大雾锁山，藏匿了一切，心里也是满的，不消沉，无机心，少杂念，最好连自己也被这大雾藏遮。

譬如此时，独居山中房屋的一间，被树簇拥的一间。一切都在树的怀里，眼前是树、枕后是树，屋外风动雨落，叶片摇响的也是树。从山下飞来这林里，做这树上巢里的一只鸟吧。

能见度低的时候，近处的风景才不会被忽略。上午从星湖到消夏园，然后去报晓峰，迷蒙的大雾中，只可见一条能见度几米的路和道路两侧最近的绿，看不见高的树梢，山也被截取了。一路上都在打量身侧的每一棵老树，辨别叶与叶的不同。几只孤单的小狗，见了我们极为亲近，目光近乎哀求，一路跟随。在这样宁静的山里，人和动物以及绿植，都显得格外友好。

　　在报晓峰顶，目光所及只有脚下的巨石。安全栏以外，全是雾的海，浓浓的白雾深不可测。而熟悉这里的我们知道，晴朗的日子里，那里是树的深海、林的波涛。那些雾里深藏的是山，是紧密相簇的绿植，以及风格各异的老别墅。

　　这一路并不沉寂。湿润的地面上，有许多叶子制成的剪贴画。草叶和树叶、树叶和树叶，身姿不同，距离也不同，有的并身紧挨，有的相对耳语，有的独自零落。每走一段，这千米长卷的画面就有不同。抬头时，必定看到自然的画者——一棵坚毅的百年老树。我们是树眼里的一枚叶子吗？兴许吧。

　　想起老别墅窗外的两棵百年老树，百年时光，饱经历练。清早斜躺在那里的时候，看见左侧的一棵，平视窗外，能看见右侧的一棵。山中寂静，倚窗阅读，叶子与雨有轻微摩擦声。一滴雨能懂百年老树的秘密吗，一棵树和另一棵树又是怎样地包容与争夺天空？它们的高大，是厚积薄发的自然生命力的喷薄，还是因为破坏了生灵共生和共享给养的法

　　　　　　　　　　　　　　　　　　　　　光和影的比例

则呢？只有山知道。

与山中的朋友聊及，知道这两棵老树名为枫杨，突然就觉得亲切了起来，好似认识的不是树，而是树一样高大且亲切的人。难道不是吗？每一棵树都是山里的生命，这里数百种树木共居，每一棵都有自己的角度、时光和性格，没有任何一棵会要求临近的一棵与自己相同。看着你长成你想要的样子，是树的胸襟。

这是有雾的下午，什么都近乎看不见，却又觉得心里异样明亮。我和一棵树、一些树叶更相熟了。山里乔木、灌木、草本种类繁多，我却只识得这两棵，这就足够了，如同人和人的际遇，相识相熟，不可强求。感谢这两棵枫杨，伴我在这大雾里静读，思绪蔓生，感谢山里的大雾，让我们能顾及身边的风景，乃至内心。

## 藏匿

山下连日阴雨。居于山中的朋友说，山上也是什么都看不见，仍是大雾。整座山都被雨雾藏遮了吗？第一峰的引颈之姿，隐在云雾里。阳光断是没有的，峰欲啼而静，在云海中陡然增加了一些雄伟。

这自然是关于峰的想象。进入山门，掌形路径宽阔，呈"请入"的姿态，我们沿"四指"一侧进入，团团云雾，盛情而浓厚，远近不同，裹足缠绕。视线可及处，雾星弥漫，矜持而淡然。自然细密的雾气，随着风拥向你，这是山的第一道润泽之礼。它们贴近你身体或衣着的每一处，你僵硬的身躯便完全放松了，从发丝到指尖，都少了干燥。

山路别有滋味。大雾锁山，完全像进入了迷宫，山间古木枝叶和新雾相融，然后团团将你合围，天光天幕、山外的繁华，都被浓重的雾气隔开。被雾包围是幸福的，藏匿在满山的雾中，时光像是琥珀，你和山峰的影像、树的旁逸斜出，一起尘封千年，如能成为古色的琥珀也好，就挂在天地造化无限绵延的胸前。

这是久已闻名的云中公园。夏日早晨，云涌起时，千般姿态，晴时云彩梦幻，云若海若峰若阁若带，山行醉如云中仙人。入山之前也曾犹豫。世人观景，多喜明丽爽朗，一目千里，但明朗通透自然是晴空万里的恩赐，云雾缭绕时又何须止步？

仿佛雾抬着载你的车，厚重轮胎被雾擎着，车灯根本无法穿透雾的迷茫，微微的淡黄色，颤颤地挪移，我们陷入雾的深海。有雨临近，山中静极，人影少之又少，待行者于迷蒙中初醒，却忽见光影明亮，如阳光新出般，道路和四方忽然亮了，整个山给你突然的坦诚与惊喜。层雾和深山都不是迷宫，真正的迷幻在于人心。

整个人都润了，山中湿而不腻，空气柔润温凉，一次次地舒展，一次次地交换呼吸，人，就被雾、被绿、被一切独属于山的灵气洗礼。石阶递升，喜悦一点一点增加厚度。步步如同七律，或者慢词。

雾满山的时候，山也就更显安静和神秘了。从繁华的南街，经过山里人家飘香的窗畔，缓登一段山路，穿过南北贯通的山洞，经过寂静的北街，云雾中的狮子楼早早闭了闪亮的灯，又折行一段相对陡峭的石阶，蟋蟀鸣声热烈，眼下就是星湖了。没有星光，雾是谨慎和理智的眼。

明天也许就是一个晴天，或者继续有雨有雾，那又怎样？近看山有色。风景是景，藏匿的风景，又何尝不是另外的景致。

# 人这片叶子

又是十月。山上的事物是熟悉的，山居经历也有几分了解，伴山而居，是渴望可以超越肌理，像深谈多次的朋友，彼此足够了解，剩下的只是一季一季的陪伴。

山也是。夏季幽凉，暑气全消，人白天清爽有精神，夜晚酣睡如泥；冬季冷雪剪裁，冰凌垂挂，雾凇通透；暮春静，也有樱花热烈，深秋寂，也有红叶灿然。山和人一样，不同的时段有不同的自我，我们不能草率地给一座山下结论，翻乱了人与自然的缘分。

这时秋刚着意，还没有铺满，秋有色却是不流泻的。四号，游人已较前三日减去不少。景区大门处仍是热闹的，山路并不拥堵，我们照例在十九号别墅住下。这里已住满了相熟或不熟的朋友，但住宅里是安静的，都是爱山的人，有山一样的秉性。

午饭后，我们在回廊里喝茶聊天，短居在这里的人，来自郑州、新乡、深圳以及美国等地，茶是信阳毛尖，小吃是新鲜的炒板栗。话语间有风经过，抬头看，树上已有黄叶，浅金黄、暖黄、琥珀色、金色，也有泥土色，一棵树的叶子有着不同的色彩和皮肤，这和春夏一致的绿有所不同，树有了阅历，这让我们欣喜。

林中树木并未全黄，偶有几棵在绿树中间脱颖而出，青黄相间，亮得温暖，叶片姿态如毛笔侧落，或者是染了某一枝。真的很好，秋天从这里经过，用树叶的变色告诉我们。我不喜欢另一种发现，就是一段时间不出门，再出门树叶就全黄了，或者全落了，这让人有萧条感，就像是人无法面对倏然而至的中年或者老年。活得太过仓促和粗糙，许多可以慢慢经历和操持的事被忽略和敷衍，人这一枚叶子就黄了去，这种枯萎感，才是苦涩的。

我和娟姐都很高兴，有黄叶看，眼中和心里就是踏实的，这不比看春花和夏树的喜悦少。山上的花已谢，绣球、金盏菊、一串红等，此时的山是素色的，未至深秋，红叶还没有着色，黄叶是山中珍贵的有色部分，单一而丰盈。枯萎还没到来，黄是熟稔，是大气，是坦白。

一叶知秋，也一夜知秋。早晨醒来，山上的叶子黄了大半，昨天还只是一小部分的。是秋的到来加速了吗？要这般

　　　　　　　　　　　光和影的比例

日夜兼程，我有些怀疑我的视觉。窗外是几棵高大的梧桐，昨日午休时，绿还是主色，有黄叶点缀其间，待今日看时，黄和绿已各占半，青春不肯褪色，成熟不期而来，无法挽留，不能拒绝。

我宁愿是喜悦的。看到那些叶子，就想去走一走，上午去美国大楼，又去报晓峰，然后去颐庐。沿着路边走，脚下踩着往年的落叶，头顶是新黄的叶子长在秋天的额头上，交替之间，步履沉实。一个脚印是一片叶子吗？那么人的一生既在天空中飘荡，也在泥土里化作沉香。叶子也是自然的脚印，你看，一片一片，它在这个秋天来过，在我们之间，而人则像是大地的树上长出的密集枝丫。

多少年来，在秋天的玻璃瓶里酿造从容，不易觉察出这树叶有自然轮回之美，从苍翠的绿到枯萎的黄之间，那些恰好的暖黄，兴许就这么几日，我碰巧遇上了它。像某日对着镜子，知道自己轮廓未变，而岁月已悄然逝去，却并不伤感，而是选择珍视那一刻。和满山的黄叶一起浴秋，是怎样的巧合。这抬眼的惊喜，胜过多少姹紫嫣红的一瞥，如同词语从开口到撮口，韵脚从激昂到沉静，这也是生长吗？

在星湖，看到黄叶在水里漂流，有淡黄色的波痕。疏密有致的黄叶在水里是醒着的。绿色的部分正在隐去，在山的倒影里，在背光的地方，已是暗绿。行走在曲折的木栈道上，不时会停下来，一侧是山的厚重，一侧是水的依偎。我低头，看见水，看见黄叶，还有自己。舒展的叶的脉络，青黄双色，一半橙黄正给尚未褪去的青涩以包容。

入山两天，并不做其他打算，忽略了许多风景，单看叶子浅黄深黄，深夜时翻书，看几页喜欢的文字，像风翻动几片黄叶那样，睡眠极其安稳，像一片叶子长在季节的身体里。就这样，和树叶一起，等待它们全部变黄。

## 折叠的目光

在山里，最奢侈的是夜。入睡时，人舒适得像是圆润的水滴，可以任意地贴在荷叶上，怎样惬意，就怎样流动。在这里，人可以身心若水，充满善意，睡意沉沉。

夜晚是很早就开始了的，包括那种常常无法以针尖刺入的安静、舒适而无感的体贴，而在城里，夜往往来得很迟。这是鸡公山的夜晚，尤其是在夏季，山的一切都是温和而舒适的，空气中的负离子远远超出了白天的城区，是城区最繁华的商场的三百多倍。空气异样润泽，人在山里，还原成舒适的氧，融为山间的空气，坠入山的魂魄。

窗外有蛙鸣。不远处有亭，荷塘寂静，荷叶层叠。已入夜，刚刚结束一场畅快的闲聊，人整个地嵌入了别样清静的夜。蛙们如同兴致未尽的同室之人，三两声饱满的蛙鸣不时传来，然后又似乎少了些意兴，声音渐渐消隐。

夜仿如进入深层的梦境，拉着你到幽曲的路口。在睡意的边缘，呼吸悠长而清润的空气，将整日所经过所思索所谈及所担心的一切，平和地呼出，然后再呼入全新的空气；不须刻意，像是一帧细叶整个地贴近水面，经脉清凉而舒适地将自己整个地放空。如果暂时不想睡去，鸟儿会在不远处的山间、在树梢的顶端，一声声地唤着，节奏均匀，好似思念，也像是自言自语。有时声音极为切近，真切得就像在白色的枕边，鸟贴着你的耳，给你说悄悄话，三言两语。

翌日中午，我的耳边频频响起鸟鸣声，便向山中久居的人问起。我细致地描述着鸟的鸣声特点，然而调遣了所有的形容词也无法准确描述，一是这鸟的鸣声的确不同，再则，山中鸟类近百种，山中人说，夏季时，迁徙经过此处的鸟类太多。那样的鸣声，每次入山都会听到。它们一次次栖息在这里，在一场从北到南、从南到北的飞翔之中。

这是鸟儿们眷恋的地方。每个生命，除了高空的直线飞抵，都需要一次次停留，一次次地安放和梳理。我的这几次停留，不过是短居在一栋百年的老别墅里。去到哪里才是行走呢？浅表性地从一座城市迁徙到另一座城市、从一个国度突然降临另一个国度吗？穿过陌生的城市，也穿过弓身人伛偻的脊背，还是从苦涩的海水里，复制一朵浪花的生硬？

短居于此，短居于山。夏也好，秋也罢。司晨神鸡的传说、默然坚毅的相爱石、地势险要的红娘寨等等，不去探究。闲来读佩索阿的书，"你不喜欢的每一天不是你的，你仅仅度过了它。无论你过着什么样的，没有喜悦的生活，你都没有生活"。读它时我倚着山坡、石墙，或者大树。

在一座山里，折叠了目光，像一只鸟儿，在某一株树木之间。宽阔的人世之林，谁能去到每一棵树木的高枝呢，极尽飞翔，颤颤悠悠，而停顿，是无论掠过怎样的痕迹，都需要的降落和折叠。

# 大海忽略了一切

　　去一个岛上小住，是这次行程的尾声，搭船上岛，我们很快就置身在茫茫海上。行走是一首起伏的音乐，海上出行则如听交响，乐声的间歇，站在甲板上，海风一阵阵地来了又去，浪花奔跃似翻雪，又如白色的裙裾，游轮在海上起起伏伏，山影摇曳着，如自由的波浪线，这时心里便满了又空，连感慨也不知从何发端了。

　　此时此处，船如飘摇的一叶，人如同一具标本，一个从鲜灵活跃、四处游走，到单薄微小、渴望翩翩起舞的蝴蝶的标本，小小地贴在海面之上。船上有近千人，不，是近千只各色大小的枯蝶，谁也飞不过沧海。海的背景，对我们这些普通人而言，不过是短暂的承载和停歇，我们无法体会漂泊，也无法觉得它安稳。可憾人无千年，也无法成为精致的标本。

　　昨夜宿在海边，如同一个安静的音符栖息在巨大的波涛上，能清晰地嗅见海的味道，和想象有所不同，睡眠并不如在家平实。早上起来，临时改变行程，决定上岛。我们买了船票，选择坐在中层。登船之后，许多人并不在既定的座位上，而是选择到舱外看海，欣赏海的浩瀚。人在船中如一粒粟米，但较之于海，这大船也不过是小小的一叶扁舟。船偶有颠簸，想象着这是一首序曲奏起，每个人都是这个世界的哆来咪。

海上的视觉很舒适，大海碧波万顷，绿绸缎一般，时而宁静，时而动荡，浪一层层涌来，又一层层退去，浪和浪的相遇，像是爱人间的灵魂交融。水面以下深不可测，有时涌起一座座水的山峰，水的同律跃动和铺排，像是苍山之舞。

船向海的深处前进，从近处跌宕的白色海浪，到远处海天相接的弧线。面对这波澜壮阔的大海、这渺茫无垠的大海，我们忘了自己，忘记自己从哪里来，要到哪里去，如同一滴水，融在海里，看不到痕迹，但不至于无。

遥想自己是音符、是飞鸟、是浪花的唇沿、是一缕海上的薄雾、是一朵被海风裹挟着的浪花……能够赶海的，只有这洁白、灵性、柔软、勇敢的浪花啊，船激起浪花的热烈，赋予她命运的色彩，在这海里，只有海水是主宰、是纯粹，是包容一切的所在。

一望无际。

几只海鸟振翅飞翔在碧色的海上，它们那么小、那么白，不知道从何处飞来，带来无限卓越的生机，这是生命的双翼在海上的翱翔，这是天的精灵留给海的歌舞，这是视觉可见的诗和远方带给我们的没有禁锢的想象，即使我们的双脚被拘囿在甲板之上。

我们在船上、在浪花上、在玉一样的波峰上、在关于海的感叹之中，渐渐浓缩的一点存在感里。风浪渐渐停歇，此起彼伏的波浪渐渐低下去，变成优雅的鳞，然后归为平静的水面，或一枚枚小小的精致的白色贝壳，船速渐渐慢下来，再慢下来，直至停泊在思想的码头，靠岸。

岛就在眼前了，我们即将在这里栖息。岛是海心里的珍藏，海为我们留下了这样小巧的栖息之地。岛的四周都是海水，大海茫茫，能寻觅这么一处妥帖之地，如同在海的某一侧心房，只觉得安稳而惊喜。行走，搭乘，骑行，我们的欢声笑语又生长起来，去贝壳沙滩踏浪，去南街海湾看渔船归来，去滴水岩俯瞰潮汐，去未名的海滩看日落日升……

这里四面环海、风平浪静，大海忽略了一切。人总在以行走为插叙。在这里，人就像被忙碌的手指忽略的音符，停在这光影变化的海面上。在这个陌生的地方，忘记了时间的橹，灵魂却不是一座孤岛。


很想自己捡贝壳，如同亲手栽种一枚果蔬、亲手做一个沙包，亲手捡来的贝壳，有着熨帖的惊喜。在沙滩曲曲折折地走，捡拾一枚枚贝壳——这是很小的时候就有的念想，它包含了海的宽阔、海的深邃、海的味道，如今依然是这样，怀有对简单和童心的执着。

小时候没有机会去海边，那时我还是一个小小的想要捡贝壳的孩子，会常常想到远方，远方有多远？远方大概就是有海的地方吧。想到海，就想到贝壳，贝壳那么好看，是发亮的、梦想的光束。但凡去海边，是一定要去捡贝壳的。其实初次去到海边时我已经是青年了，但每一次去到海边，仍免不了想要做回捡贝壳的孩子。

贝壳在哪里？长长的海岸，珠白色的沙滩，沙子坦荡细腻，除却一些火山石、一些海藻、几个绿色或者褐紫色的小海螺，几乎见不到一粒贝壳。我不舍地追逐浪花，湿了裙角，渴望涨潮落潮后，大海会恩赐一个美丽的贝壳，像个还愿的孩子。但是没有，偶尔扒开露出一点贝壳边缘的沙子，不过是些贝壳碎片。

贝壳在哪里？海滩上没有贝壳，如同夜晚没有星星和月亮，如同春天没有花朵，自然失去了趣味，人心也因此变得荒芜起来。记不得这是第几次看海了，我还是像个孩子一般，走向海滩，俯身去捡拾，虽然是又一次失落，但还是坚持，甚至固执。人这种倔强的生物，最不肯欺骗儿时的自己，长大了以后，往往更加执念于儿时的愿望。

去海滩的路上，许多渔民在兜售贝壳，有海螺、珊瑚石等等。有一个硕大的贝壳，被海的手用浪的刀雕刻得极其精美。渔民告诉我，贝壳得几百年才会长这样大。它来自大海的深处，裹挟着海的秘密，我抚摸着它不住地赞叹，如同窥见了海的浩瀚和深邃。

几天后，在离岛的路上，我遇到一个岛上的孩子，六七岁的样子，是个可爱的胖男孩，他背着书包，我带着行李。车还没有来，我们一起等车。我望着这个孩子，心里生出许多羡慕，这个在海边长大的孩子，他居住的地方就是我儿时梦想的远方，我期冀的闪亮贝壳，在他看来，不过是生活里的平常事物——这是怎样的一种奢侈！

"你会去捡贝壳吗?"我问。

"会啊，我和爸爸经常很早起来，去一个地方捡贝壳。"果然，他这样回答。

小男孩告诉我，那里有好大好大的贝壳，他努力张开小小的双臂，比画出一个又一个巨大的贝壳，他说他平均两三天就能捡到一个那么大的贝壳，他们家有好多贝壳。

我静静地看着他，假想我小时会有那样的幸福。甚至后悔自己生错了地方，没有生在盛产贝壳和梦想的海边。

这真是令人羡慕的孩子，他有着贝壳和闪闪发光的童年，心里也有着海一样的宽阔。我满是歆羡，如同看到被贝壳合拢的童年。

"在哪里呢，我在海边怎么看不到贝壳?"我问他。

"你们外地人，不知道地方。"小男孩说着，很神秘的样子。

"你能告诉我在哪里能捡到贝壳吗?"我像是紧紧搂住梦想不肯放弃的孩子，遇到远方的他，好像童年时遇到一个外来的小伙伴，他来到乡间，述说着外面世界的精彩。

"当然是你们外地人不知道的地方。"小男孩说，"这是个秘密，我不能告诉你。"

我指了指我的行李和船票，告诉他我今天就要离开这里了，即便他告诉我地方我也没有时间去捡了。

"但是你下次还会再来的呀，你也会告诉别人的呀！"

我跟他说再见，依依不舍，又带着些许遗憾，我有着说不出的失落，无关贝壳的捡拾。我还是愿意相信，海边能捡到贝壳，那是童年存蓄在想象之海里的水，不会干涸，贝壳寄存梦想，永不出售。


千里迢迢，我带回了一块石头。石头并不大，但很特别。它长约二十厘米，高有十几厘米，像是微缩的山峰，又像是半月被云彩遮去了一点。我带着它一起踏上归程，总觉得它的周边是海，眼前是海，这一路如同走在海边，火车的轨道仿佛是无尽的海岸线。

这是一块五彩石。遇到它时，我觉得这是我见过的最好看的石头，整个石头以浅青色为底，上面有紫色、白色、深青黑色，偶尔有一丝土黄若隐若现。经过海水的侵蚀，石头上有些小洞，正面居多，最大的直径不足一厘米，细长的小海螺藏居于此，露出大约三分之一的样子，最小的洞直径有两三毫米，偶有初生的小蟹从里面跑出来又跑回去，石头上有海藻，石缝里有半个小拇指大小的各色贝壳——这哪里是石头，这分明是微缩的海洋啊！

我爱不释手，几次欲放回海水而不舍，便打算带回来做个微型景观。五彩石来自五彩滩，五彩石的色泽和五彩滩是一样的，是这里少见的地质景观，集海蚀崖、海蚀平台、海蚀洞为一体，色彩多样。海滩宽阔，这块小小的五彩石更是迷人，有海一样的丰盈和宽阔。我要带回去，但又有些担心：五彩石离开了五彩滩，还会有这样的生机吗？便取了些海水，以便那小得令人心疼的小贝壳、小海螺、小蟹们能够存活。

尽管我很是小心，五彩石在挪动的过程里也不再安稳，还是有小蟹受伤了。对于如此微小的海生物来说，每一寸小小的挪动，无疑都是剧烈的地震。我将摇落的小海螺重新送回小穴里，但我没法平复那些小蟹的惊慌。海水渐渐干涸，甚至因为装石头的容器磨损而泄漏。但我还是不肯放手，固执地喜爱着，也许是对于海的想象和执念。

回到家里，来不及整理行李，我便找来一个小的景观盆，准备制作我的微缩海洋景观，想着再放一两条小鱼，自然就生机有致了。我捡回的还有一些珊瑚石，好像树枝一样，和五彩石搭配起来，一定很别致。然而，我取出我千里迢迢带回的五彩石，海的气息已经淡去，那些小蟹也荡然无存了，贝壳和海螺散落着，再放回去也不像之前那样契合了。我的心中充满了自责和懊悔。

还好，五彩石虽然少了一些润泽，仍有几分特别，色泽仍然与众不同，浪花云叶的想象并未干枯。上善若水——兴许我取来的淡水一样可以呵护这块美丽天然的石头，我想象着那样的生机延续和来者赞叹，有石如此，如同海水在耳侧呼吸。

虽然同为水，但海水和淡水有天壤之别。面对这块来自五彩海滩的石头，淡水很快就显示了它的柔弱。五彩石先是失去了那些灵动的附着，接着失去了海的气息和想象，而后竟然将要失去它的色泽。五彩石离开了千里之外的大海，如同离开了它的母亲，光泽渐失，神韵不再，最终在水里变成一块普通得近乎苍白的石头。我也渐渐失去了信心。

兴许那些小蟹的惊慌，是仓皇间早有预感，于是早早逃离了这叵测的命运？人也会在不适的环境里窒息难安，也有人渴望逃离，但我以为，我们会克服环境的不适，渐渐适应，但并没有。真正的深海已经遥不可及。五彩石离开了五彩滩，那些灵动的附着也离开了五彩石，这块曾经周身漾着海的迷人气息的石头，终于成为"凡夫俗子"。在人为改变的环境里，我们多是一块失去色泽的石头，淡水的力量超出我的想象。我望着那失去海水依存的石头，如同花谢果落流年去……

# 疏 影 横 斜

## 1

在山中，扫落叶是一件幸福的事。这种幸福如同在闲暇的午后，折叠从阳光里取回的外套，黄色的、红色的或者焦糖色的外衣，一件又一件。秋天来了，我们也把这些脱落的叶子折叠起来，然后送到大树的根部。有些叶子怎么扫也不挪动，嗬，那是树的影子啊！院落是个画框，树枝被装饰在里面，有风的时候微微摇动。这样扫着落叶，小心翼翼地，我觉得自己变成了一个擦画的人，画面上枝叶逸动。

最好看的画，是疏影横斜。一棵梅树的影子，投在小路上，时节不到，尚未着花，枝条清瘦而自然，可见好风骨。想起"移梅初有诗，梅开重成赋"一句，梅树的栽种者，当初怀有怎样柔软的诗心啊？山中高树，与众芳菲，而一棵梅树，独成画意。昔日曾于某处租住，窗外梅树一棵，多年伴我，纱窗之外，暗香隐约。室内简约无画，唯有这树梅四季摇曳不同，我爱极了那样的姿影。

《山园小梅》诗中，以"疏影横斜水清浅，暗香浮动月黄昏"写梅，自此人们多以为"疏影横斜"为梅花独有，其实这"疏影"原也是化用"竹影"一词，无非是取其朴素、雅致而又丰富，摇曳、灵动而又宁和之意。树影婆娑，万物皆可相生而和谐，这疏影何尝不可以是树影？树枝投映在大地上，好看的树枝、摇曳的风、干净的地面、恰到好处的光与影，粗干与细枝自然构成画意。

从山中返回，在小区的院落里走着，穿过一条略微弯曲的小路，不经意地驻足，就看到了那样的画面——一株梅树的枝条横生在小径之上，其影子投映在我必经的林间小路。在这瞬间，我驻足在那里，深深觉得似曾相识，也许心怀简单而宁和就总能与这样的意境相遇。大地作纸，光影如线条，疏影横斜而不是旁逸斜出。我轻轻退后，不忍心触碰那画面，自然是多么好的画廊，这天然的敬意，如同面对世界名作。

如同素色的铅笔，自由勾勒而不失去草木之心，我站在那里，不舍得离去，光影不变，如同永恒。没有谁能画出那样的画，万物的心意只有光影明白。小径两边修剪整齐的绿草也好似画框。一些树疏影横斜，一些树暗香浮动。我抬头，也看见另外的一些树，是几棵大树，它们有巨幅的画作，树是那些画的原创者，高大的写生人。

我小心地经过，画面自然保持原样。好看的树木犹如身材窈窕的女子，在阳光下舒展自己的手臂，随风摇曳。有时会是月光，在乡下的院落，整个院子是一张宣纸，墨色的树影印在上面，一棵高大的梧桐占据整个画面，我在树影旁绕着走，不说话。有时是校园的林荫道，是一些笔直的水杉，黄昏的光线柔和，青春的身影在树影间晃动。

树有自己的影子，它们与自己的影子，和我们与自己影子一样，也是形影不离。一棵树形影相吊，茕茕孑立，独自拉长了身影，是空旷里的一个人；两棵树的身影错落有致，高低不同，好似私语；一些树密集在一起，影子也影影绰绰，光影斑驳。树独居也群居，树沉默也枝叶喧哗。树可以站立，成为一首清瘦的小诗，也可以成为一份冗长的报告。这取决于树在人间的秉性。

人总是选择与美好的草木比邻而居，选择嘉树为院中之树。它们或者有质朴的枝干、有清逸的枝条、有芳香的花朵，或者有沉实的果子。树成为这个世界的意象，如同我们靠近梅树，即可想到梅香似雪，飘落裙裳。那么我们将会散发怎样的灵魂香气，飘落到哪里？在一条幽静无人走过的小径，那些枝条的浅影怎样画出自己？以怎样的画风和初心，是否有人经过？一双高跟鞋踩踏过你的画面，好在香如故，清风依旧。

在生命的秋天，清扫自己的落叶，折叠岁月的旧衣，你可否看到疏影横斜的你自己，当躯干和双臂投影在那里，你愿意立在什么样的画境里？我想做一棵梅树，夜色里有暗香，月色下有疏影，这想法也许由来已久。

## 2

每个人都是一棵树，一棵有故事的树。在秋天的树林里，和小女孩、猫咪一起走，看那些黄了的树叶，如同遇到一些不惑的人，树叶丰富、通透，也有些橙黄的意味，一些叶子在秋天里变得通透明白，唯有经历让人豁达，也让树变得坚韧。

一个人也是一棵树，一棵树经历春夏秋冬，遇到风雨和暗疾，曲曲折折地生长。想起小区里的一棵树，只剩下大半人高的树桩，两个枝丫，却被风雨从中撕裂，树干也被折去了一半，有人以水泥覆住它巨大的伤口。这棵树胸膛开裂却向两边挣扎生长，我曾站在它的边上，感受树的疼痛，想象这棵树的一生。多少人这一生都想长成参天的大树，却不得不面对风雨的折腾。

山里有一棵树，只剩下矮的树桩，留下一些年轮，我们坐在上面，如同泛水乘舟，感受时光的旋涡。人也终将被时间砍伐。我不知道这棵树有没有留下一帧照片，谁曾倚靠它的巍峨，谁又在它老弱时将它忘记。树木之于树林，多像人在广袤的人群，人在人群里会孤独，那么树呢？树应该也会孤独，在风里和另一些树狂欢，然后回到原来的平静。我们常常喜欢拥抱一棵树，基部笔直，树干粗壮，那种感觉有时好过拥抱一个人。

山林里有激烈的竞争，有些树会结出好吃的果实，有些树有药用价值，有些树天生名贵被予以保护，有些树因为名人眷顾而身价倍增，有些树则平凡至极。我们在树林里寻找大树，寻找红了的叶子，目光掠过那些平凡的树，就像人们的目光在人群里掠过我们。喜欢参天的大树，喜欢古朴的枝丫，喜欢一棵树奇特而没有名目。我不知道是不是所有的树都渴望参天，但大自然的事实是，高低错落、参差相间才宜万物相生、彼此和谐。

大山是树的背景，山与山也不同，有的山是普通的小山，有的山是扬名天下的山。山是树的依仗，如同一个人站立的地方，是否有人脉、资源和背景。最好是名山大川，最好有高人雅士经过此山，他将目光投向一棵幸运的树，一棵来历不凡的树，这棵树开始被关注、被记录、被众人仰望。所有被圈起来的树，好像是那些被重点关注的人。一棵几百年的银杏树，是树林里的模特，站在山林秀台显眼的位置，被圈起来，介绍、命名、关联故事，一棵树已经不再是它自己。

山里有很多落叶，它们混合在一起，分不清是从哪棵树上落下来的，它们一样经历四季、经历衰老，然后开始干枯和脱落，就像我们分不清那些老去的人，谁的固执的白发，谁的脱落的牙齿，谁的丢失的名片。树的本身是树。树和树不同，它们各自独立生长，除了有风的时候，都是各自严肃,唯有干枯和衰老,才会让其一起回到大地或者被送进灶膛。人在顺境时,总是望向大树上的天空,心在云端,双脚飞升,而在低谷时,可能会看见身边的石头和河流,会回归人的平和,兴许还会觉得自己是一株自然落叶的树吧。

在山上,我看到一个完整的世界,我和一双喜鹊说话,也从树的身上温习人生。这里的山很有名气,树自然如同在都市,身处繁华。山里有古茶树,有上百年或者几百年的树,这是树里面的长寿者。我们寻找那些古树,像是探寻一位鹤发童颜的长寿老人,也许树和人一样,都想活得更加久远,我们有时会在一棵老树下面小憩,感觉像是和老者一起闲坐,但树比较沉静。人在山林里,树在闹市中,人和树彼此交集,人和树互相介入,人有多少故事,树就有多少叶子。

喜欢那些自然的树,喜欢那些春天里蓬勃秋天里落叶的树,喜欢一棵树在秋天里有红色的叶子,喜欢一些老榆钱,榆钱已经老了,但枝叶依然美好,仿佛是说人生永远不晚。我们将小女孩那个用各色碎花缝制的猫头鹰造型的书包挂在一棵不知名的树上,然后看着树各自发呆。我觉得,最好的样子是树活得像棵树,人活得像个人,而孩子永远是孩子,比如和我一起漫步山里的小女孩,生命通透而语出惊人。

## 3

我仍然不能认出它们中的大多数,也许它们都快要认出我了。居住在这里已经三年了，当初因为那许多的树，我选择住在这里，如鸟儿衔枝筑巢。我觉得自己是缺少常识的人，总是关心它们的样子、它们的花朵、它们的高度，所以，这些是什么树，我仍然叫不出名字。

也许我在人群中也是这样，并不刻意打量、辨别和猜测身边的他们或者她们，只是愿意友好地相视，仅此而已。或许，汹涌的人群中，我在别人的眼里，也是一棵不知名的杂树，在时而茂盛时而幽暗的林中，可以随意被淹没，目光瞥过，极易忽略。

这个闲暇的下午，穿过湖畔小径，绕过儿童乐园的滑滑梯，经过一些树木，我慢慢停下来，仔细地看其中的一株，但毫无目的，看树的年轮、枝叶、纹理，感知一棵树的喜怒。这样的亲近机会并不多，那是仲秋的时候，我为一阵花香驻足，小区里的金桂香气幽远，我嗅一嗅就会走开。

不想太靠近一棵树，一棵普通的乔木或者灌木，也许植物和人一样，会有感应。假如我是一棵树，我也害怕那样的靠近，你的花朵呢？你的果实呢？你的风声和诗意呢？我什么也给不出，如果给出一些草木之心，有多少人会在意这样的馈赠呢？假如人是一棵树，你的靠近也许会让他觉得，你要索取些什么。我不习惯那些防备的目光，如同一棵树枝叶繁茂，却有着并不好闻的气味。是的，人们会对树下的花草投去一些目光，但你确定这是真的关怀呵护吗？

我很歉意，竟这样揣度一棵树。日常忙碌，闲步这里的机会本来就不多，何必呢？好比人和人日渐疏远，人们各自忙碌，彼此笑意相迎，有风铃般的笑声，但并不能确定真假心意。那么和树呢？怀念我小时候怀抱的一棵河边的大柳树、乡下的一棵老银杏树、山上的一棵大麻栎树、学校门前的那棵梧桐树，我们有时候几个人交叠合围一棵树，人和人，以及大树都亲密无间。

树在暮色中渐渐隐去了自己，我已经看不见自己设喻的那棵树了，几棵高大的乔木也渐渐模糊，有些树只适合远望，犹如有的人只适合互相不去熟识。我曾经为了认识几株特别的树，用了识别软件，但之后很快就忘记了它们的姓名，当时知道名字有什么用呢？我们和这棵树有什么关系吗？如果它并不像儿时记忆里的那棵柳树，有温暖的枝丫和母亲站在树下的定格，如果那树上没有倦鸟归林的诗意，如果树上的果实没有给过我们哲学的思考，那么我们未必会在意或记住这棵树，短暂的相识于生活又有何意义呢？

普通的人在浩大的人群中好比杂树，常常不被提及名称，提起也很快会被忘记。张冠李戴的事情时有发生，好比我们在树下捡到一颗饱满的果实，我们并不确定它来自哪棵树上，会以为来自某棵好看的树、某棵亲近的树、某棵高高在上的树。一切话语权和心意的归属，不过来自权属、亲疏，也来自媚俗和固执，甚至是情感寄生。

树不会开口辩白，我们也常常选择沉默。所以人总是像树一样拼命地向上生长，忘记所谓的草木之心，只为长成遮天蔽日的大树、长成名贵的树，以期被重视和标注，名称、属别、科目、树龄、花期、是否入药等等。为此，失去自己的本心、曲折事实的真相，或者给痴迷功能的心附以雅致、温柔和假意。一棵树终于有了自己的名片，可以在显赫的位置介绍自己。你有自己的名片吗？假如有人问我，我说抱歉，我没有，我是一棵不知名的树。我渴望疏影横斜，但比起旁逸斜出的枝条，我更愿意相信灵魂的气息。

你渴望长成一棵什么样的树、结出什么样的果实？你渴望树的顶端有哪片云？你想长在庭院还是荒野，抑或是修剪整齐的园林？那么我呢？我想起一日于山顶，十几棵百年大树高耸，枝叶匀布，无数的树叶在我的头顶，抬头仰望间，仿佛见到了芸芸众生一般，我近乎潸然。那一瞬间，我觉得我身处空旷却人潮汹涌。

# 果 色 信 笺

初伏第三天，豫南小城，三十八摄氏度。窗外的树叶纹丝不动，叶底带有一些苍白，知了嘶鸣不断，寥寥的鸟雀在对面人家的窗前斜飞，来去三次，高低不同，隔着窗户和百余米的距离，我能够感觉到地面炽热、发烫，儿童乐园的房顶上如有火舌烘烤一般。

除了漫天的大雪，还有能够让世界安静的，就是这白炽一样的阳光。突然，电话铃声划破了整块的闷热。"您在家吗？"这么热的天，谁要来家里呢？我正诧异，快递员说："您的杧果到了。"我这才想起，朋友寄的杧果到了。

杧果很快被送到家里，快递员大汗淋漓。打开厚厚的包装箱，掀开防护层，青色的杧果整齐地摆放其间，有波浪形的线条和身段。果实还未完全成熟，但已有香气散发出来，它们身着暖黄色网状外套，风尘仆仆。

包装箱如同信封，果实则如信笺上的文字。我轻轻翻阅着它们，就像阅读一般，个个完好，没有错字，情感表达流畅。细看地址，从广西百色，到豫南申城，一千余公里。我去过广西，乘坐高铁需要六个小时左右，这些杧果通过快递，辗转走了大概三天，日夜兼程，这让我想到了"从前车马很慢"。

很久没有人寄来纸质信件了，自从有了网络，有了电子邮箱，有了微信，就再也没有一封散发着墨香的私信了。我记得我收到最后一封纸质信件，大约已是十年前了，但偶尔会有亲戚和朋友寄来水果，水果代替了问候，果实饱满，如同蘸满墨汁，呼之欲出。她们在短信里只说一声："水果寄出，请注意查收。"简洁的一句，余下的惦念都在果肉里，有时也会简单交代几句"果实成熟之前不要放进冰箱，果体变软有香味可食，食用前去蒂不易上火"等。

这是广西的桂七，一份来自朋友的美意，一封绿色的信笺，用黄色汁液写就的体己话。从挂果、成熟、采摘、分拣挑选、仔细包装到快递发出，如同某个季节的黄昏，想到要给远方的友人写一封信，于是回忆过往，安静地坐下来，想一会儿，于是铺展稿纸，提笔酝酿，蘸满墨汁，工整写就。"此致，敬礼！"然后折叠封装，投进邮筒。

没有"烽火连三月"，也会有"家书抵万金"的珍重感。有时候运输途中会遇到天气灾害、突发事件，譬如一场暴雨淋湿了包裹，纸箱湿透，再加上挤压，高温的天气里，果实很快就烂掉了。这是极为可惜的事情。虽然时下没有了"信客"，但快递方面也会及时赔付，可好似一场大雨打湿了信笺，即使重新来写，也未必是当时心境了。

果色信笺

这是水果的特性：果肉多汁，味道酸甜，营养丰富，而又极易腐烂。它鲜美但难以储存，即使有冰箱温室之类也难以长期保鲜。这恰好是生活中的"原汁原味"。我们珍视每一份水果的问候，千里迢迢之后，有果香扑面而来的幸福。

四月里去阳朔，还未到兴坪古镇，车经过深蓝色水墨一样的连绵山峰，山影如简笔勾勒一般，完全不重复的线条，起伏有致。经过一片片橙子林，车行了百余里，又是几个峰回路转之后，我们就在途中停车歇息。两侧都是大山，如在深的谷底，远处有几家农舍，行人甚少。

一位老奶奶，耄耋之年，她坐在路边，拐杖放在一旁，手边放着一个小的圆形旧竹篮，正是枇杷成熟的季节，果篮里的枇杷橙黄新鲜，有一斤多的样子，还带着一些枇杷树枝。老人比画着，用当地方言，大意是说这是她自家的果子，刚刚摘下来，没有任何污染，味道还特别好。我信她，便买了来。

那真是我吃过的最好吃的枇杷，果肉酸甜，自带芳香，果汁丰富。我一口气吃完，如同一口气读完了刚收到的私信，觉得回味深长。老人一生不曾走出过大山，她的果实也是，年龄大了，即便拄着拐杖，也不能走出太远，自家的果子成熟了，她就拎着篮子，在这少有人经过的路边，等待路人经过，等待有人打开这尚未寄出的信笺。我视这果实为唯一写给我的信，是深山予我的一次念想。

这样的经历还有过几次。那次是在峨眉，我和家人一起登峨眉山，记得是在半山腰处，有一位老人和一些雪莲果。她清瘦而沉默，雪莲果放在浸湿的簸箕里，旁边一个盛水的小桶，清澈的山泉水，满目清凉，她就安静地坐在山路旁边。我们选了几个雪莲果，用山泉水冲洗干净，去皮，果肉白净，清脆可口。老人自始至终没有太多的话，她边翻检余下的果实，边看着我吃完那枚雪莲果，像是风雪之中儿女归家后默默忙碌的老母。

　　这种味道留存了很久。有一种感觉是，深山里的果实，是大自然的私语，是我和大山之间的媒介，是我和陌生老人的一次沟通。这样的果实没有任何污染，好似人没有心机，亦无杂念。我们互不相识，匆匆经过时，留下一些果实的味道，在记忆中私藏。

　　记得在凤凰古城，沿沱江下行，走上几里路，就是听涛山，沈从文先生的墓地在沱江畔的听涛山上，沿山道右行，不久就到了。途中有一处泉水，名为听涛泉，泉水积蓄，清澈幽凉，泉声喋喋如语，拜谒者多在那里止步。泉边有一平地，一老人着苗族服装，她取自家的葡萄、黄瓜，以山泉水浸没，如同天然冰镇一般，老人在泉边挂一葫芦瓢，泉水自取，瓜果随意，良心价格。老人说她从未去过吉首，但儿女都在城里工作，——说着女儿怎样、儿子如何，言语中透着瓜果一样的新鲜劲儿。

　　有些果实一生走不出大山，如同一封写好后没有地址的信。而你恰好经过，恰巧读到了那些芬芳，你将那些香气折叠，然后带走。

我所在的小城，在秦淮一带，四季分明，果产丰富。樱桃、草莓、桃子、西瓜、栗子、柿子等，总是按季成熟，滋味各不相同，但它们多半并不适合长途运输，最多只能短途旅行，成为亲朋好友之间的伴手礼。

在离城不远的郊乡，有大片的草莓基地，每年春天，我都会和朋友、家人一起去采摘，小小的草莓在绿叶中间，如同点亮的烛火，或者散落的朱丸。轻轻地用指肚托起，采下，放在手心里，草莓好看又好吃，果肉丰富，但很是娇气，力气大不得，手劲重不得，好像捧着小婴儿一样，怜爱而温柔。因果实不能挤压，捎带回城的路上，也要很是小心。

草莓有奶油的、蜂蜜的，种类很多，新鲜的草莓最好不过夜，采摘得多了，自然是吃不完的，小心地分拣一些，送给亲朋或者邻里，那些果实如同小溪支流，淌到这里一些，淌到那里一些，收到果实的人也是喜悦幸福的，平日里忙碌，也没有太多的机会见面，分送一些果实，说上几句家常话，彼此都觉得甜蜜。

过后不久，樱桃也熟了。同事或者朋友，赶上哪个周末，约上几个人去摘樱桃、吃农家饭。多半是南部的郊乡，植被茂密，果木也多，虽然要走较远的山路，但远离喧嚣之后，看到大片的樱桃树，红色的小樱桃挂满枝头，心里就藏不住地高兴。樱桃树主人指着其中的几棵说，这是我家的，农忙顾不上采摘，你们摘着吃吧。

樱桃是自然的小楷，枝叶作纸张，红色的果实密布。采摘如同阅读，好的阅读是不舍读完又停不下来。鸟儿们也会来吃一些，这毕竟不是文字，不能人类独享。一个细细的小柄，连着一颗深红色的樱桃果，放在指尖欣赏，或者入口享受汁液，都是幸福的事情。

这样的果实分享，如同小时候从学校寄向家里的喜报，红色的信纸，端正的楷体字，上说某某在考试中名列前茅，或者在某次活动中表现出色。那真是喜悦的果实，忙碌中的父母放下手中的活计，洗净了双手，用毛巾或者在衣服上擦干，笑容如同阳光一样光芒四射。我记得有过那么几次，喜报飞向我的家人，父母读过一些书，但有些字已经生疏了，读读停停，稍加辨认，喜悦仍然是完整的。

左邻右舍都来了，穿梭着，夸赞着。那时的自己，仿佛就是一棵挂满果实的小树，给家人和邻里以喜悦、以希望。喜报上的每一个字都是果实，是红色的、圆满的果实，纸张是立体的欢乐。

我喜欢那些果实的短途旅行，不用舟车劳顿，无须刻意贮藏，适时的成熟，适时的喜悦，适时的分享，那样幸福的小溪，在我和家人、朋友、长辈之间来回流淌，四季芬芳。

第一次吃到山竹，是在开封的吴老师家。那些年的夏天，我会去开封参加高考阅卷，大概有十天左右，接连去了有十年。因为这个缘故，我认识了温润如玉、善良达观的孙老师，也认识了清雅脱俗、独立绰约的吴老师。

一天中午，我应邀去吴老师家吃饭。一栋老式别墅，古朴的院落，阳光普照，青藤掩隐，走廊里放着一张躺椅，家里有新开的百合，楼上书房里有整面墙的书籍，其中有许多古代文献。

那个书房我很感兴趣。她的父母、她和她的女儿，三代人都是学识丰厚的知识分子，父亲是大学教授，风骨卓然，她本人也是，女儿是知名大学的博士。书柜是吴老师自己设计的，里面有不少泛黄的书籍，厚重，古朴。因为书籍太多，取用不方便，她又设计了矮梯，高的地方需要借助矮梯取书。

午餐并不复杂，也没有烦琐的客套。餐前的水果，青的果萼上有椭圆形果实，有很厚的紫色果壳，需要用些力气才能打开，白色的果实像立体花瓣一样。这花朵一样的果实，刚从冰箱取出，带着丝丝清凉，味道独一无二，没有类似的口感可以形容。

"这是什么水果？"我感到惊喜。"山竹。"吴老师说，"我知道你会喜欢。"我便记住了这果实的名字，还有这句"我知道你会喜欢"。也许在别人眼里，她与众不同、有距离感、丰厚柔韧，但在我眼里，有着如洁白花瓣一样少女心的她，有时是这般柔软纯净，如同山竹花瓣一样的果实。

山竹是水果里的皇后。这是我第一次吃山竹，味道难忘。这也是我们第一次一起吃一种具体的水果，从取出、剥开到观赏、入口、分享、交流，如同完成了认识一个人的全过程。在这之前，我们一起吃过西餐，也点过果盘，里面有火龙果、香蕉、哈密瓜、葡萄等，果盘有着好看的样式，水果雕成好看的花朵；我们也一起喝过杧果西米露，暖黄色的杧果和乳色小珠的西米，口感软糯，感觉亦与此不同。

我在那个夏天，回到我所在的小城，去买过几次山竹，深深地喜欢这种果实。山竹很贵，但确实好吃，若比女子，应是高贵而内心不同。之后的夏天，我常收到吴老师转来的阅卷邀请函，工作之余短暂相聚，而后分别。

我想起那些炎热而清凉的夏日，想起吴老师每年在我返程后留给我的短信，大意是每年夏天见到我她都很开心，夏日清凉，清欢回味。我在这个夏天里翻看通信录，想找到一些短信原文，遗憾的是，因为更换手机而未能保存，倒是有几条我近两年因事不能前往而发给她的致歉短信。

突然很想寄一些山竹给她，但山竹是需要冷藏的果实，不便邮寄，这令我有些遗憾。感谢我在夏天里遇到忘年的朋友，我也会想念那个一起吃山竹的中午，烈日炎炎，内心清凉，现在回想起来，像是从书斋里找一封长长的旧信，行文干净，抒情节制。

那时我也曾去过她的工作室，当时我想，这里一定有很多特别的信笺，友人或者学生写给她的，多是那些懂得她的特别的人，譬如后来看到有学生写给她的短笺：心中有爱，眼里有光。

想起小的时候，我家的房前屋后有许多的果树。现在回忆起来，那也不失为我少年时期的果色庄园。

池塘边有一棵梨树，听母亲说是和邻居换来的，至于是拿什么树换的，我不清楚，那一定是另一棵果实丰盈的树。每年梨花开落，记忆铺满白色的花瓣和青色的梨树叶，整个思维空间都是茂盛的，那些芬芳和后来的果实累累，好像大过我所能理解的全部世界。

梨树长在池塘的南边，再往南是一块菜地。梨子熟了，采摘时总会摇动树木，有梨子落到池塘里，水并不是很深，我们就下到水边，摸索着找它出来。泥是软泥，梨子半陷在里面，并不会损伤，有摸鱼找虾一样的快乐。梨子用清水冲洗后，就可以吃了。路经此处的左邻右舍，皆可以随意品尝。

房前有柿子树，小的灯笼柿子，房后也有柿子树，大的磨盘柿子，院子旁边有杏树、石榴树、樱桃树，山上有满山的栗子树，山下有棵李子树，西边的山上有枣树、木瓜树、梅子树，等等。现在想起来，能清晰地记得它们的位置、样子以及大小不一的果实。

春天的时候收过草莓，夏天的时候看过西瓜、甜瓜。那时种植瓜果，施的是农家肥，瓜果味道纯正香甜。夏天的日子很长，早晨起来去瓜地看瓜，看着满地的瓜果十分喜人，直到夕阳西下才卷起书本回家。

但果色庄园里并没有另一些水果，比如橘子和杧果。那时所知道的橘子和杧果，并不是鲜果，而是果肉制成的罐头，但已经觉得很美味了，杧果曾经很多次进入我的想象，这样美味的果实长在什么样的果树上、果实是什么形状、怎样采摘，我一概不知。

记不得第一次见到树上的杧果是在哪里了，大概是海南或者广西，看着满树的杧果，我们一起感叹道："这就是杧果！"这种想象和我们后来对世界的认识没什么不同，从对一个果实的想象，到对一棵果树的想象，到整个陌生的果园，及至外面的世界。

记得第一次去海南就背了杧果回来，我知道小城超市里有卖，但还是想捎一些回来。去灵宝开会，就想去摘一些苹果，果实很重，但还是费尽周折捎带，或通过快递寄回来，好像从原产地带回一些水果，就能带回一些真实、一些香气、一些生活的滋味。

我们终将会看到越来越大的世界，品尝到越来越多的果实，如同看到三门峡大片大片开着苹果花的苹果林，看到广西挂满橙子的大片橙子林，及结着厚实的香蕉的香蕉园，海南的杧果园，等等，即使在我所在的小城，也能去蓝莓园采摘。超市里也能买到山竹、车厘子、牛油果等等，我知道的水果越来越多，家里日常食用的水果也越来越丰富，但总觉得很难吃到记忆里最早的果实的味道。

　　想念五月仙桃，想念青皮的梨子，想念父母种的草莓和西瓜，想念站在樱桃树下摘一颗樱桃就放进嘴里的快乐，想念捡到的木瓜放在床头散发的香气，想念少年时候的果色庄园。现在想来，曾经的那些果实，不过是少年时候自己写给自己的文字，在记忆里封存多年，直到后来在五花八门的水果里，再也找不到当年的滋味，才一边回忆一边啃食。

光和影的比例

# 记忆携带者

我在夏日傍晚，选择离开旧的居处，到一个新的地方。这些年来，我以为自己不过是一种盆栽的植物，也会有一些别致的造型和青翠的茎叶，但我的根并没有深深植入大地，土壤是有限的，我的枝叶和大地之间，隔着生硬的器皿。

我想我可以轻易地将自己挪走，至少我自己是这么认为的。如果不是在花期，也不是果实缀满枝头的时候，只要适当使出一些力气，甚至也不需要太过小心翼翼，枝叶可以敛藏，也可以修剪一些，这样就可以轻易地做到。

这自然是想象，我尽量把一个人的挪移往轻处想，轻得像是车站里一次普通的寄存，只是简单地取回自己，并继续接下来的行程。我在这里居住的时间并不短暂，每天沿着熟悉的路径，朝出暮归，有规律地生活，努力地使自己繁茂，也节制地不去侵占空间、不去过于蔓延，瘦弱的根须适度地做有限的生长。

我至今不知道这条小巷的名字，这里本来也没有多少熟悉的人。原本普通的小巷，又面临着拆迁，不少人家已经搬走，而另一些人，也只是临时居住在这里，等待搬走。一些房屋是充实的，但没有人将它们当作真正的家。尚未搬走的那家，厨房里依然飘出香味，是鱼的香气吗？我从那里经过，深呼吸了两次，试图辨别，门前的葡萄架已经稀疏枯落，记得从前经过时，枝叶满架，果实垂至我的额前。

我们将以不同的方式，在不同的时间离开这里，略有不同的是，那些祖祖辈辈生活在此处的人，他们的挪移，会连根带土。不少院落的后面都已是残垣断壁，已经拆过的部分房屋，清除后的地基低洼处，多半蓄满了雨水，拆拆建建，修修补补，挪来移去，人像不能静止的水流，在迁移和变化中迂回和波动。

因为生活选择离开和因为拆迁被迫迁移，感受兴许是不同的，就像瓜熟蒂落和风动枝折，像是疤痕的自然脱落和人为掀揭，心里的感触并不一样。从这个意义上说，我要感谢生活，生活打开的每一页，都给了我们新的安顿。

在并不固定的临时居所，人很难长成一棵大树，根须必然无法自由地触伸，你会想着某天会离开这里。关于周边的那些邻居，所怀有的初衷，就是短暂的相邻，精神的触须自然难以交互。生活本就如此，只有极少的人可以像是榕树，一个根须触到地面，就可以占据新的场地，拥有巨大的树荫。

一个扎着长马尾的大姐帮我搬了最重的一个箱子，她远远地看见我折回去取件，就放下碗筷来帮我。她也是女人，我不忍让她独自搬这么重，但她坚持要帮我，还说着道别的话，这着实令我很感动。我看到她的头发里有夹杂着的白，她的爱人和孩子在门外路边的餐桌上吃饭，想来我们只是照过几次面，似乎没有说过几句话。

兴许在她心里，常常手捧书本从这里经过的我是文弱的，这是我的猜测。我觉得她面孔熟悉，但也不知她具体是何人、因何暂时居住在这里，一家人过着简朴而幸福的生活。我婉拒并道谢，说，不用了，姐。我这样叫她，像是很亲近，我平日拙舌，但这也并非假意。

像是相邻寄存的两个物件，我们彼此相邻，又彼此擦肩，我想起她曾在闲暇的时间，在路边一棵老树的树荫下，绣过一幅很大的十字绣，大概有两米多长，好像是一些山水，很是灵动和写意，一个一个的十字，是她抒写灵感的文字吗？她心里也有远方的吧？

即将离开曾安放自己的小巷和居所，按说该欣喜，我将有自己的花圃和土壤，一切都初具模样，事实并没有像想象的那样，我似乎并不能真的将自己轻拿轻放。想起我曾移植过一些花木，有的后来长势很好，有的枯萎零落，但人并不同于花木，不是都说"人挪活"吗？

天色接近昏暗，偶尔有人从我旁侧经过，我听到有人叫我的名字，她还是显胖的身材，这些年没有增也没有减，是那个常常大声笑着的阿姨。她只是叫我名字里的一个单字，语调温柔轻快异于平日，她知道我要搬走了。

我不知道我感受到的轻重到底关乎什么，是对新的居所不够熟悉，还是来自生命底色的一次重置，或许是人相对于这个世界的轻。我不需要打开生活的土层，根须也无须任何断裂，只是从一个地方到另一个地方罢了。这是生活的段落，也是记忆携带者的驿站。

　　记忆是一片浅浅的草地，即使没有直接被大地恩宠，也会青翠葱茏。这似乎可以令人相信所有的日子都是摆渡你的水，如同一切都是最好的安排。人寄存在大地的某处，取回自己，置入安稳，从空间上来说是这样，从精神上来说也是如此。人生又有多少次郑重的安放呢，如同寄存，或者植入。

　　我还会带走一些旧物，那些属于我的物件，像是记忆的一部分，浅草地的一部分，由之承载的感触，像是生活的过渡，作为过去那些日子的印迹，它们曾贴切地参与或覆盖我的生活。

　　房间早已被我翻捡得无序。一些旧物无比熟悉而凌乱，附着的记忆如蛾，四处翻飞。对于这个时候的现场，我已不完全熟识，甚至有断裂的生疏感。打开，翻捡，选择，回望，那时自己好像并不是房间的主人，好似有人窃入空间，打乱各种有序的排列，现场如同贼入，只是选择的时候，并非全是依照物质的价值做出判断和取舍。

　　许多东西被舍弃，其中有因为负重不便于挪移但还是有使用价值的，也有一些早已忘记应被舍弃的。我很快便被那些或应该取或应该舍的物件淹没。我拣出一方有碎花朵的棉布，平铺在那里，对于旧物带来的杂乱记忆，既不拉伸，也不制止，在记忆的溪流边浅浅地坐一会儿，落花有声。

作为一个记忆的携带者，有些记忆终生难忘，有些只能短暂留存，然后删除。每一次挪移，都是一次记忆的筛选，也是一次理性的修剪，虽然并非所有的记忆都承载有旧物，那些旧物，却常常附着记忆的因子。

家人要来帮我分拣一些东西，开始我答应了，后来又在电话里说，我要先做个初步归类。事实上，我是想经自己的手，逐一翻捡，触摸它们的温度，这才好知道该留下哪些。我想别人只能看到这个物品的样子，而和我相关的另一些，并不能够看见。旧物的筛选并不是单纯的技术处理，不是简单地下几个指令，或者由专门的公司职业化操作，它关乎我们的记忆、成长、情感和存在感的生成。

物品存放在那里，每一样，每一种，看似并列，实际上时间先后等各有不同，时间有时是可以依照空间的位置存在的，我们能从物什上看见时间的划痕，也能看见流逝的时间像是折叠在箱底，无法摊开。事物所在的位置，不仅仅显示空间，也会构成故事。譬如衣柜里一件喜欢的衣物，这件衣服是什么季节的，在哪里购置，和谁一起买下的它，穿着它去了哪些地方旅行，与哪些朋友相聚，一一可以向自己问询。每一件物品都有自己的情境和情节，由之展开的记忆如宽阔的道路，任那些欢乐忧伤奔跑而来，我在记忆的另一端迎接它们，心境完全无须假设。

有时，是我们携带着记忆奔跑，需要在哪里放开思维的缰绳呢，并不需要预设，有时仅仅是看到一页有字的纸张、一枚小小的纽扣、一个小小的书签、一双闲置的高跟鞋、一条纯色的长丝巾，我们就会被风卷走，展开思绪。因为那些需要整理的物品，来自不同的时间，有着不同的承载，携带着记忆奔跑是没有终点的，也不拘束方向感，这时的自己，原本并不为去到哪里。

另外一些时候，我们必须慢下来，端详着一件件旧物，它们完好或者有些裂痕，色泽饱满或者潮白，开心地把玩或幽幽地深思。端详旧物时，记忆者可以沿着一条隐约的小径，进入到某片林子，在树下安静地坐一会儿，或者是在清凉而斑斓的溶洞，听悠悠的笛曲。

有些记忆已融入生命，长成了身体的一部分，酸楚或者幸福，都不必赘述。然而，你未必会带走它所对应的全部物件，最重要的记忆，其实并不需要一一对应的凭证。那么，带走些什么呢？有紧要的，也有无关紧要的，舍弃的那些也是这样。除了极少打算继续使用的物件，我还带走了一对福娃、一捧枯荷、一些字画、几个海螺、一条多年不穿的碎花裙。

旧物承载的记忆终将消失，在沉默的时间水域里，记忆的沙滩很长，琐事潮汐来去，越长大越要故作轻松。假如有一天，在时间的深处打捞，会寻到和旧物彼此相关的记忆、风景吗？多半不会有这样的时候。携带着记忆奔跑，又将产生新的感触，它们彼此争夺，互相挤占。我们也常常担忧有些记忆的水，流去了就了无痕迹，一生经过你只一次。

我们这些记忆的携带者，也会"负者歌于途"吗？也许谁也看不见他人的背负。无论怎样，一个人不能轻易地将记忆割断，任何人为的撕裂都不足取，它们构成生命的起承转合、平上去仄。在完成一次清理之后，会继续向前走，和世间诸多的人、事、物相遇，珍藏感动，收纳美好，直到连同我们自己皆成为这个世界的旧物，成为别人的记忆。

# 雪 的 迷 失

## 不肯落下

没有雪来提醒我时间和季节，这一天和前一天、这一天和后一天，并无多少区分。妈妈说，四九了，一场雪也没有。天气渐渐干燥，周围的人都焦急不安起来，也许那些焦灼并非冬天才有。没有雪会覆盖这一年的疲累，就像人没有办法随时覆盖自己的浅薄和简陋。

希望会有下个不停的雪，满枝丫满山满屋满地的，人被整个天地的清白包裹起来。有雪可看的日子，便不会觉得苍白，也好有个合适的由头跟惦念的人说"下雪了真好""下雪了请保重"之类的话，或整日里围着炉火，哪里也不去，火光映入眼底，听雪压在梅树枝上的小寂静，即使偶尔在雪地里滑倒，也会觉得疼痛比空洞来得惊喜。

时间过得是越来越快了，或许是岁月的堆积，或许是日子的短小。没有雪这个领悟自然的标志，便会少一些冷静的

光和影的比例

自省。又是周末，唯一的热闹是人们都在传递要下雪的消息，办公室早已人去楼空，极少的人隐藏在室内，各自消磨，失去了专业、门类、属性、标准等，一切都可以模糊掌控，越来越多的上班族觉得无事可做，人轻飘飘地胜过一片雪花，以雪的名义谎称热爱。

雪从天空来到大地，再在大地唤醒春天，雪因此有了自己的意义。人们格外地盼望雪，等雪从黄昏开始潜入夜里，一天的等待就不是茫然的。雪的飘落，如水的流远，如人经过四季，方向是一致的。人也是一片雪，初生时落得洁白，新婚时落得喜悦，中年时落得匆忙，老年后落得安详、沉寂。一次落雪，是一次生命的消融和升华。

从前，我们会在忙碌中，在冬天的某日，在安静中醒来的早晨，在无声的入夜，不经意地发现世界变得很白，而今雪的到来不再是惊喜，成了无所事事的人们的一种生活调剂。许多事情都变得无足轻重，而远近亲疏是极为重要的，那些多半不在普通人的价值判断里，如同雪来不来，赴约或者食言，我们都是旁观者。雪，常常不来。

这样无雪的冬天，没有雪这样清醒的药剂，人在冬天里变得格外慵懒，有时是故意拖延。生命像是一条水流，流到了极细的地方，细成一线，就要断流了，或者温度太低，结成了一线细长的冰凌。这样的时候，会远离键盘的敲击，远离或厚或薄的书本，将自己放空成一片雪，任由其在寒冷里飘飞，落到地上或者偶遇枝上，不作强求。即使遇到温热的

雪的迷失

物体，化为幸福或者干涸无痕，也是不愿刻意去想的事。

漫长的冬季里，雪并不以人的意志为转移，任谁也没法呼喊一片雪的落下。人自以为是的强大和在现实里的微小，季节的更替和雪的迟迟不来，就这样存在，各自僵持。雪和冬天本是最为和谐的搭档，如同星月和天幕、水花与河流、根茎和土壤，而今，它们彼此违背，彼此分离。愿其如同青年和飞扬、中年和丰盈、老者和安逸，人若是一片雪，便平和地融入，各自缤纷。

冬天的时候，也会莫名地盘点、想象和比喻。人真的要成为一片雪吗？雪有独属的白，可以选择迟迟不肯落下，亦不着意期待拥有繁华的春天，而人呢，某段时间该落在哪里？会不会也有如雪不肯落下的固执，被卡在生命的某个枝头的雪，会被风摇落吗？

落雪成春，是每一个人的渴望，而其过程，又是多么短暂，靠近大地的胸膛，灵魂便会退去薄冷，遇到根系，长成自己的榕树，那是极为顺畅的命运，而有时，人无法回到自己的大地，无法变成一片惊喜的雪花，不肯轻盈，一生沉重。

还是有雪不肯落下来，在这个没有雪的冬天，忍受干燥，遏制一场饮雪的渴望，备足简单的食材，熬制粥饭，喂食我所有的简陋，补给一年三百六十五日的艰辛。如果你看到我一如既往地微笑，我面颊的红色光晕，那是我冬天般寒冷的身体给出的喜悦。

你是一片不肯落下的雪吗？是为这深重的雾霾所不愿，还是为这冬天的毫无诚意所不喜，或是命运的罗盘注定了你一生的姿态，或者你只是贪恋生命的上游，被时间的树杈托住了下颌。你是其中的哪一片呢？

## 灰色的雪

我期待许久的一些雪是灰色的。

这有违我的想象，或许是我的观察不够准确吗？可确实是雪，它们在上午的时候来临，来自灰色的天空，像灰白色的碎粒。

是雪吗？我走近窗户，望着远处辨识。像雪的样子。这世间有灰色的雪花吗？没有，可这雪确实是灰色的。它们从高处洒落下来，像是撕得粉碎阴冷的灰末，目之所及的天空，灰暗了许久，而这时来临的雪，形状是熟悉的，却又让人觉得陌生。

这是今冬第一次降雪。和任何一季冬天一样，我们的心里充满了期待和想象，白色的颗粒，无异于丰收的硕果；冷静的理性的花絮，如杨絮、棉朵，如水晶、白蝶、水花般，即使会有另一些苦涩的想象，也是白色，这是常识。

必须更正自己的认识。这在四九才迟迟来临的、颗粒状的、软软地飘落的，是雪。气象台也是一次次地预告，阴天转小雨、小雨夹雪、中雪、大雪、暴雪，在预告里接连变化

雪的迷失

的天气，如此地符合我们关于冬天和雪的期盼，多少年来，雪的白，在我们的吟诵、记忆和辨识中，从来不需要谁去佐证。

出门的时候，我和朋友撑起一把伞，多想在雪中漫步，而这样的雪，让人没法融入并创设情境。公交车的尾气将雪彻底包围了，二者没有清浊之分，它们仿佛是天生的一个色系。对比是无法生成的，雪的白与梅花的柔黄、雪的白与松枝的青、雪的白与身着红色羽绒服的女孩、雪的白与自己的一方渐变蓝丝巾……

雪是灰色的，那些灰色里，失去了一些白的清醒。雪，是世间最后的白，它是覆盖一切驳杂的白，白得透彻，白得毫无余地，白得一双眼睛可以向内自省，拂去自己的尘，而这白，如今是灰色的了。

我有些失望。哪一个冬天没有对一场雪的渴望，那浓重的飘洒，劫掠人们一切缤纷的炫耀和多彩的欲望。在无尽的白里，人们洁净自己的想象，润泽干涸的自己。需要一场白色，一场千树万树梨花开的白，白色马蹄踏破错综的白色蹊径，寻找新的春色。

那落满灰尘的道旁树，那飞舞的工厂烟囱，那地上行人忙乱的脚印，哪里不需要一场雪呢！这白色的惊醒是倾诉、是提醒、是抚慰，也是藏遮，此后，世间万物、人心枯肠，开始新的启动。

雪，本来关于白、关于透明和清澈、关于洁净和纯粹。

白是雪的本色，现在，雪失去了自己的白，失去了自己唯一的颜色。我之所以仍叫它雪，更像是唤一声失散多年满面沧桑的幼年伙伴。认得，似乎又不认得，那唯一的世间痣、唯一的本性白，都不在了。

遥远的漫长的深沉的等待之后，我们迎来的是一些灰色的雪。雪来的时候，室内的话题仍是继续的，没有人注意到下雪了。几个站在窗前的人，正谈论着一些琐屑、纷争，心情的焦虑在话题里长出刺来，有人在抱怨毫无意义且形式透明、过程复杂的工作，有人在谈论职称晋升、改革方案，话题是灰色的不安。

雪只是短暂地下了那么一小会儿，天空也只是微微地增加了一丝明亮。雪很快就停了，带着那些冷清的灰。我该把这些灰色的雪，叫作雪吗？世界向一个词臣服，它的名字叫"雪白"。


## 雪的迷失


那块三角形的小石头，多了顶白色的帽子，像一块叠加了厚厚奶油的面包。

漫天的雪花，在风里旋转着倾斜着，时升时降，这是自然的冬日筵席，雪中的每一个人，都是这白色世界的座上宾。被雪包裹着的时候，你是温暖的，为着对抗那些外来的寒冷，你会调动全身的热能，雪、雪中的行路人、呼之欲出的雪人，共赴这天地之醉。

赴一场雪的约定，在路上。哪里都是欢腾，是起点、是过程，亦是终了。雪是这个季节的沙，在这片白色的沙漠，你的前后左右有了空旷、探索和跋涉的感觉。有个绿洲在心里，你不想说出来，很有机密感。

一只黄狗，在雪地里打转，等倚着墙根整理裤脚的老人，老人的手杖就在腋下夹着。在暮年里的冬天，步履艰难地去看雪，带着一只正是壮年的动物。狗显得很强壮，比老人更有生气，垂暮和生机，像是两片异形的雪同时落入了大地。

老人对雪的感情，有时候未必不若年轻人。年轻人太匆忙，总是急躁，太过急躁的生命是一场霾，一边呼吸，一遍咒骂，有遮天蔽日的压抑感。制造雾霾的人，也是对阳光殷勤渴望的，洁白荡涤人心，也是很紧要的。

年过花甲的奶奶和小孙子，垂垂老矣的爷爷和七八岁的小孙女，在十字路旁的小公园里，在放学的路上打雪仗。他们是世界的两端，是童心的两个重要端点，像是一个时间轴，中间的部分常常忙碌，而生命两极的老人和孩子，隔着年龄的河床，互相陪伴和取暖。一种笑声已苍老，一种笑声还稚弱，而中间的部分，笑声稀疏。

经过一个小公园，看到一座雕塑，两个小鹿侧身相吻，其中一只略高于另外一只，像是踏雪的情侣。平日里经过，并不曾注意到它们，这个雕塑并不足够高大，再落上些灰尘，白天人来人往，夜间霓虹闪烁，哪曾注意到呢。今日有雪，两只小鹿角上和身上落满了雪，很是圣洁，雪让我们看见了平常的爱。驻足看了一会儿，发现母鹿身下有一只卧地玩耍的小鹿，这雪又生动了许多。

路上没有看到滑倒的人。人们足够小心，有防滑底、防滑垫保驾护航。出来玩雪的小孩子也少，大人们担心他们会受冻、会弄脏、会摔跤。雪，像是乡间来城里做客的人，拘束着，少有登门，也只是稍坐片刻，多半不会在人家家里留宿，怕添麻烦，才来半天就辞别了。

雪化了，化成浸泡世界的消毒水、漂渍液。前几日的雾霾天气，天空一直是昏沉的，压抑得很。雪是在并不敞亮的天地之路上抵达的，城里人多车也多，雪很容易被弄脏，小时在乡村见到的白茫茫一片已是难得。有时我们渴望长大，长大了就能看到更多的风景，看到外面的世界，可是真的长大了呢，所见并不如年少时有味，反倒多了一层单调。透过形形色色的人的缝隙看到的世界，其实并不怎么美妙。

城市迷失在雪中？不，是雪迷失在城市里。早起的时候，在餐桌旁吃早饭，看着窗外的几处房顶，纯白色，像一页页方形或者菱形的纸，什么颜色都没有，世界充满了想象。雪再大一些，世界整个就是一张大的白纸了，一张纯白色的纸铺展在你的面前，可以书写或者勾勒，有素色的轮廓。

可还没有完全展开，它就被一只巨大的手团皱了。雪先是疼，然后流泪。这种刺痛，应该包括同醉的雪人和雪中人。这张大纸被抓拢的时候，有一种挤压的感觉，是向内的逼仄感，视野里还是原来那样，生硬的办公大楼、拥挤的十字路口、残缺的红绿灯、招摇的大嗓门女人、阴沉着脸的话语权者、昨日的霾……

一块勾出食欲的三角石头，奶油很快被弄脏。似乎有一种力在主宰着一切，我说不出这力的名字，它与个体的张力相反，在这种力的面前，我们内力尽失，像是瓶子里融化的雪水，被什么抓住了瓶颈，摇晃地厉害。

我们需要保持平衡，保持节省力气的姿势，借助覆盖或者勾勒的想象，完成一次恣意的力的出使。在春天到来之前，我们还能做什么呢？我说不出那些雪粒的难过，和枝条的瑟缩不安。

# 时间温柔地砍伐

母亲换上了一件旧的棉白色衬衣，这是我好多年前穿过的那件。我以为她早就扔掉了，也早该扔掉，可是没有，竟然比我那年穿起来更得体，比给她新买的衣服更显得年轻。她的腿伤近乎好了，屈伸灵活，母亲的脸上依旧是柔和的光泽。她麻利地来去着，一生如此。我在这白色衬衣的光影和她转换的身姿里，想到更早的一些时候，想起我曾经穿着那件白色衬衣正值青春的面庞，而母亲那时也还算年轻。

我想在这个夏天给母亲买件白底的衬衣，这几年我为她挑选的衣服，并不全是她喜欢的，我希望她可以显得年轻和时尚一些。我把自己的愿望，加诸我给她选择的衣物上，而她总是念叨着她年轻时候的流行样式，上衣应衣领板正，裤子要有中缝。没想到，这件衣服竟然符合了她的审美。

这次的发现，我很是有些惊喜，白色好衬她的肤色，或者和白色相宜的她更多出几分活力。这件白衬衣有十年不止了吧？我问母亲。这一问，就好像一下子回到了过去，回到了好久以前。确实如此，一件旧物可以带你回到旧的岁月。

思维是记忆最好的船只，解了缆绳，我坐上去，不偏不倚，仿佛母亲也在我的旁侧，端庄如常。记忆的水涨了，慢慢地涌过来，自然无须救生衣的防护，如果人甘愿在时间的水里沉溺，是怎样也不能够打捞的。

　　长大之后，我和母亲多半拥有不同的航线，她的青山绿水和我的知识海洋，她的舴艋和我的蓝色纸船，我想要去的是远方，母亲却是要划向我，那看似不同的航线，也许暗暗有着许多交集。但是这一刻，我只能回溯着远去的少年时代，才能望见我们曾经共有的湖泊。

　　在成年后的某个点上，回溯过去和遥望未来并不是完全可以节制的事，那些重置青春和永葆青春的愿望，总是在想象的水上漂浮、漂浮，像条抓也抓不住的小白鱼。母亲的身影穿行在不同的房间，厨房、卧室、客厅或者餐厅，而我的想象却停留在某日的早晨和黄昏，或者某年的春花和秋月。记忆是一片平常的水域，我划着桨，摇着她，她不再问我去哪儿，像平时我带她去她不知道的繁华的地方一样。印象中，我从来没有在成年后和母亲一起乘过船，除了我在艰苦的时候，她全身心的信任、等待和默默祈祷，成为我的舟楫。

　　我明白泅渡的意义，也终于蹚过了一条河流，独自等待并跋涉。谢谢所有爱我的人。这种感谢不仅是给在我涉水时给过我桨橹的，也包括那些对我喊过渔歌的路人，或者仅仅是可以相信我能平安渡水的朋友。最需要感谢的，就是我的母亲和家人，无论怎样，她们都风平浪静地等候，但我知道，子女人生中的每一步，都是父母心里的惊涛骇浪。

日子有时像是一个气囊，曾经静静地安放，可说鼓就鼓了起来，如今是鼓鼓囊囊的，很充实。忙碌着真好，有针脚密集的感觉，寻常日子如缝补贴身旧衣，可飞针，可走线。最珍贵的日子就是这般平常，和所有的人一样，也和所有的人不一样，但别人看起来一样就好。那些不一样的，就是归泊处的渔火，是自己的安全港。

父亲在疲累期里脱去的一些头发，又不知不觉地长了出来，似乎比之前更加浓密，我惊喜地说了两次，他总是半信半疑，也毫不在意。这段时间，他清瘦了不少，也精神了许多。人多的时候，他高兴得像个孩子，有人听他说那些过往的事，他就很是知足，但我有时会觉得那些事情重复的遍数太多。我那时并不理解，一句话要说上好多次，这是些什么样重要的话，要刻在后辈们记忆的石头上？

我也知道，那是父亲近乎全部的历史，他的确是老了。像是老舵手一般，他想把人生航程里的那些见闻说给我们听，不厌其烦地，而且，父亲越来越绘声绘色了，他想要抓住我们这些听众。这很有意思，也让我困顿。父亲其实是个聪明人，他关心时事，不轻易关闭任何一扇视听的窗，但父亲似乎也不是航海英雄，他的一生平凡而艰苦，他的船上只承载过母亲、子女、孙辈和为数不多的乡亲，这样说来，他的水域也不是很浩瀚。但我知道，他的船只同样得在这莫大的时代汪洋里一生摇荡，受到每一阵风浪的牵动。那些在我们听来觉得枯燥的经历，是父亲的重要历史，也是一个生命个体在历史中不平静的投影。

瞬息万变的风声，和时间的水域，总是不断地带来新的生活，我们常常忙于适应，疲于生存。而父亲和母亲的水域却在不断地流失，他们飘摇了一生的船只，开始旧了，可即使难以承载，也仍旧不肯停歇，它们同舟共济的心从不曾服老和认输，时时仍想和后辈们共担风雨，誓要贡献自己所有的力气和希望，不听劝阻。尽管有时，这日新月异的生活令他们望而却步，甚至迷惑。

父母一生都是子女的大力水手，但水手总有苍老的时候。父亲不肯失去自己的旧船，为此，他身心熬煎，又不得不面对老去不适应的痛苦。幸好，他安全摆渡。但父亲为此落下了眼疾，好在是辅眼，他的主眼视力很好。我试图眯上一只眼睛来体会父亲看东西时的感受，在某个闲暇远眺的时候，尝试体会他的局限，我觉得甚难习惯视觉的受限，父亲却适应得很好，依然忙碌不肯停歇。

距离六十岁不远时，父母便在言语中流露出衰老的情绪，关于老去的一些字眼频率增加了，每有熟悉的乡亲不在了，他们会念叨一阵子，也说起自己年轻的时候，感慨时间过得多么快啊。我起初总是安慰和开解，我说六十岁还年轻，按国际惯例，还算是年轻人呢。开始他们会辩解几句，说谁谁都走了，谁谁不能自理了等，后来便笑笑不再搭理我。后来，我终于选择了闭嘴，原因是亲戚里的长辈，有的六十岁刚出头就突然离去了。人生多么无常，健康安好只是我们的愿望。我开始试图在父亲讲述自己历史的时候保持聆听，即使这是第无数遍，我在心里挪移清捡，留一个地方做他的记事簿。

一个人的一生，即使是平凡的，如果能够平平淡淡、健健康康、和和睦睦到老，也是不易的。这是我的理解。随着年岁增长，我在思考人生这一程的时候，逐渐感到生活不是简单的数学命题。我不止一次郑重地对父母说："我觉得你们了不起！"有啥了不起？他们也不经意地反问我，俨然不把我的话当回事。而我能够轻而易举地罗列出他们的许多不平凡。我希望我的父母亲，在晚年总结自己的一生时，不至于觉得人生暗淡，我想他们会平静而骄傲。是的，父母的一生，经历了三年困难时期和之后的种种，好好活下来就是不易的，年少的时候饿肚子，成年的时候经历贫穷、搁置和疾病，一生艰辛晦涩。

父亲渐渐平静，每日午后一杯毛尖茶，午饭和晚饭的时候自斟一口酒，身心越发地舒适起来。他悠悠或幽幽地坐在某个地方，像是一个远航归来的人。有时他什么也不说，带着归航的喜悦和满足。父亲脾性较急，但近来不再为一些事情发愁，反倒总是开导心细的母亲。我知道，对于父亲来说，渐渐变得平静和宽容，才是他一生最远的航程。有段时间，他总是不动声色，内心煎熬，却总是独自折返，他的归来，被母亲视作凯旋。

　　平静如常的每一天都是值得珍视的。就是这样一个普通的中午，一家人从各自生活的地方回来，厨房里饭菜已经备好，父亲切好一个新鲜的西瓜，母亲穿着那件旧的白衬衣，来来去去，明亮着。他们停歇在那里，而我们也各自经历了生活的平静与坎坷，母亲舒展了眉头，念叨着要我们为哪个自家的孩子介绍个合适的，她总是想着别人。一家人从不同的分支汇入同一条河流，而时间从不停泊，愿意停下脚步的，只有爱和守候。

　　不谙世事的时候，总觉得时间是穿越不尽的森林，砍伐之声时时传来，仍觉人类如此茂密，而万千草木，有如此血缘和亲情者几人？记忆筛选着我们，也销蚀着我们，而今，我开始越发小心，适时陪伴、呵护每一株亲情的树木，珍藏松果，以及其他。

# 白

你若是看雪，一定要去乡村。在那里，你会遇见雪的真心，看到雪灵魂深处的白。

最好是一个人独行，沿着一条被深雪覆盖的路向里走，路标被雪藏遮，两边的道旁树也都顶上了满满的雪。你身上的彩色棉衣，是村落里极为珍贵的着色，你是茫茫白色中的一个点。留下的一个个距离均匀、深浅不一的脚印，你在远处回过头看时，它们又近乎没进了雪的怀里。

没有任何声音，乡村的世界是纯白色的，一切静物在白色里愈发安宁，你是村庄中移动的一个小影子。不用担心，多半是不会走错路的，村庄只是升高了几厘米，它们被雪巧妙地堆加和复制，一切都是原来的样子，村庄只是踮了下脚，并戴上一顶又一顶银帽子。

河的两岸，涌起了白色的花朵，水显得更加沉静了，水草也是白色的，像河的白胡须，水的呼吸是温热的。大朵大朵的雪花，摇落在青灰的水面上，开放了一会儿就被水融化了。雪进入水的心里，找到了自己的前世。简易的木板桥，此时像是黑白相间的琴键，被无声地搁置在空旷的村野里。

下雪时乡村是静谧的，和雪一起来临的，唯有雪和雪。村人渐渐隐去，只在窗户里看雪，依着温暖的炉火。雪的圣洁让一切隐匿。这是雪的专场，雪舞动、旋转，美丽到让一切后退。山和树甘心做了幕后，或者变成纯净的白色衬景。枯荷生出白色的花朵，像一只鸟在守望季节。

在乡村，人们有足够的耐心等待雪落，一厘米，三厘米，等着就好，等到雪变得厚厚的，他们才舍得将自己的脚印轻轻地印在上面。村子里的人不多，下雪时活动极少，丰衣足食的雪天，人们多半在自己家里围炉相聚、谈话、听雪。听雪，是人们和雪的交融，听雪，让心踏雪远去，也让雪代替自己远道归来。

城中不是这样，即使是硕大的雪朵密集地飘下来，也很难找到栖身之所。车流人潮，大雪丝毫阻挡不了人们奔波的脚步，那雪花，就像是超市大型的促销活动，一经露面便被哄抢一空。是的，有些不幸的雪，还没有完全降落到地面，便被摩擦融化，或者被尾气冲散。雪的白渐渐地稀少了，身处喧嚣和繁华中的人越发地觉得不适和刺目。

我不知道，一朵雪花在飘临人间的旅程中，是否有过关于乡村和城市的选择，是落在乡村的一片灰瓦上，还是落在城市一辆豪车的脊背上，这是它们对于命运的不同选择，如同人有"未选择的路"，我为一片莅临乡村的宁静之雪而感到幸运。

在城中，人们似乎更为迫切地打扫新雪、清扫道路，这些清除行为常常是与雪的落下同步发生的，阳光与这少有的白还未曾见上一面呢。我想，那些美丽的细长高跟鞋，多半经不起一场冷冻之雪的考验，还有人们争先恐后的脚步，迫切需要盛大仪式的开场，一场急待赶赴的聚会，都会觉得雪是个阻碍。因此，城中的雪，来去匆匆。对于雪这个过客，城市将漠然发挥到极致。

　　盛情留下了雪，乡村的大人和孩子们可以一起堆个大大的雪人。那雪人，多半会用胡萝卜做个鼻子，拿谁家的旧草帽给它戴上，嘴唇厚厚的，这样也许不是最合乎比例的，但却童趣许多。城里的人们也堆雪人，那雪人呢，似乎更为精致也更为精确，只是你看着总像是哪家没有特点的孩子，中规中矩，少了点什么。冬天总归是要像冬天的，譬如人生应该有分明的四季，天地间的留白如孩子无色的童心一样珍稀。

　　雪对村落也会眷恋不舍，来了便不肯就此离去。这里的雪几天不化，即使阳光来催促，它们也是沿着屋檐、树梢、草梗一点一点地融化，房檐上的冰凌，总是一天只瘦那么一点。雪水爱上了冬天，变身为冰，又怕太过深情，再将自己一点一点地狠心化掉。

　　雪之于乡村是慷慨的。她将自己的全部留在村庄的原野，离别时，留给大地一季的春暖花开。村里梅树上的雪也化了，空气里有清澈湿润的香气。最美好的事情是，在这

白

里，关于雪后的一切想象都是新颖的。

继续在乡村的雪野里走，红色的小灯笼结在门前的老树上。新雪朦胧，轻轻地推开谁家虚掩着的大门，老阿姨拘谨地抻平自己的衣服，又慌忙帮你掸去身上厚厚的雪，她一边觉得自己不够体面，一边递给你一杯热茶，杯子并不是一尘不染的，却也不影响几朵源自村庄的野山菊或者一撮毛尖的热情，身心的寒气便顿时被驱散了。

在雪天的乡村，你会醉在雪的白里。饮一场雪，饮那雪酿造的安静，像是一小杯白葡萄酒，慢慢进入你的喉咙，一点一点地渗入。你静静地品着那样的白，灵魂在白天归于夜一样的宁静，在想起云白、月白和絮白之后，入夜梦见雪域。

# 隐于草木

夏末，搬到一个新的地方住。偌大的小区，起初只是觉得陌生，弯弯绕绕的，建筑似乎只是编号不同而已。平日里并不见什么人，我们也多半是早出晚归。

偶尔会在楼道遇到一个七八十岁的银发老奶奶，她在露台上晒太阳，侍弄花草或者腌制泡菜，一个抱孩子的女人在旁边哼着儿歌，咿咿呀呀；有时早起，会看到景观湖边的亭子里吊着迷彩的沙袋，旁边放着一双空空的防护手套，胖乎乎的样子，不知晨练的人去了哪里，那手套蝉蜕一般；再没有什么有深刻印象的人了，如身着华服的女人、打满方向盘的男人，则大致可以忽略不计。

这里将是我最为熟悉的地方，却是如此陌生而空旷。白天人们行色匆匆，偶然在某处相遇，浅浅点头致意，更多的只是陌路相逢，目光里设定着彼此的安全密码。我不认识你，你也不用认识我。我那时很享受这种静谧感，一种隐身般的不为人识得的清静感。人们渴望群居，而又彼此疏离，若置身于荒岛，会觉得冷僻苍茫，若置身于喧嚣，又会觉得客套飘忽，想要抽离。

是的，在另外的某些空间里，我们有太多熟悉的人，有的甚至相识多年，是否觉得真正熟悉呢？彼此知心者又有几何呢？终日里如云一般，聚到一起，然后散开，在云端里握手，然后回到更小的世界，可以完全自我的小地方。不过如此。

不仅是现下，兴许在未来更久远的时间里，我仍不知道那些或大或小的门里住着谁，窗内的景致旖旎或者平常，高矮胖瘦、男女老少，目光里拟定适宜安全距离。更多的时候，忙碌的人们归来，将自己安放于室内，隐藏于夜间，彼此的"形色"，也是看不见的。我想象不出一个婴儿初至世界的孤独，但人始终要面临打量这个世界的初始，在所有的新生和未知里。

我有时会想到这里仅有的熟悉的人，像是秋天高高的树枝上挂着一个橙黄的柿子，那种暖暖的亮黄色，会点亮一部分陌生，而当你去试图再挂上一些，季节便会还原成貌似热烈却没有果实的夏天。

我还没有在这里真正度过冬天，度过一个白雪皑皑的时刻，那时人迹罕至，熄灭了所有的声音，在露台上站立，看茫茫的雪里，没有行人走过，也没有一只鸟。

冬天暂时没有到来，葱葱郁郁的是那些植物，如同进入了茫茫人海一般，我置身于它们中间。我想认识那些植物，花草树木都想。这种相识的愿望像阳光一样照进我的心里。

每日在鸟鸣声中醒来，循声望见树梢，我想说"你好""早上好"，如果我们相识或者熟悉，就可以脱口而出，然而我并不认识那些树木。

这是什么树？不，你叫什么名字？我在心里问道。没有人告诉我，而我也不能终日指着一株植物询问不相干的人。小区的绿化率很高，中心景观附近更是植被丰厚，高大的乔木、矮一些的灌木，参差错落，高低有致。

这里是花草树木居住的地方，人是散落其中的绿植，而我是新近移植来的部分，我们彼此陌生。我最好能是其中的一株。最想认识的是楼前的那棵有鸟巢的树，树上有鸟巢，和人有归宿一样，鸟巢是温暖的意象。它正好对着我的窗，更符合我关于家的想象。想要能够叫出它的名字，那种感觉，就像是我们和某人说起一位朋友，会说姓甚名谁，如果再亲近一点，可以是一个小名或昵称，而不是说那人。称树为"树"，似乎和称具体的亲人朋友为"那人"没有区别，少了一些亲近的感觉。

我很想认识那些花草树木，想一一叫出它们的名字，像是熟悉的多年不见的老友，像是未知的新鲜的朋友，像是擦肩而过的未知的路人，能够给彼此留下一些果实般的香气。这种对花草树木的好奇，来自它们天然具有的一种清气的吸引，如有气质和有品质的人。

和花草树木的陌生感，让我想到了一种感受，有人说，一个人站在偌大的广场里，周围一个人也没有，是一种莫大的孤独，可如果他的周围有许多人，又都是些不认识的人呢？这是不是另一种疏离？最好是人们各自忙碌，彼此陌生、各自安好，即使熟悉也可以常常沉默而不觉得尴尬；在茫茫花草树木的另一种"人海"里，我找到了这样的感受。

会有我熟悉的花草树木吗？我曾去那一簇簇一丛丛中间找寻相识的部分。相见即清欢。你好，睡莲。你好，映山红。你好，丹桂。白色的梦一样的睡莲在雨里早开晚闭，映山红开满小径的两侧，那些金桂一团团地散发香气，令人觉得无比舒适和安心，如同感到喜悦、感到信任，如同我们遇到呵护和爱。

果实挂在枝头上，那是秋天又来了。先是柿子熟了，然后是山楂果和木瓜。许久没有听到木瓜落地的声音了，重重的亲切感，像是熟人的脚步声。橙黄的柿子、木瓜，红红的山楂果，一点一点地点燃了秋天。

我曾短暂地借居在山里，在高而密的树木和鸟声之间，我安静、渺小，不敢高声喧哗，尤其是在雾的遮蔽之中，山林给我神圣如禅的静谧。人在林中如米粒，人在喧嚣中是高大的，而在沉默的绿树之间，又是如此收敛。

在绿植之间，也在楼宇之中，因为花草树木的包围，楼宇少了一些坚硬，而人的冷峻、窒息之感并无减少。我曾亲眼看到有人砍去一些树木，有的是整棵树木，有的是乔木的树冠，有的是弱小的花草。那些房前屋后的植物，并不遮挡阳光，也没有旁逸斜出得过分，也许只是出于人的私欲。我心疼那些我还不知道名字的树，那些曾抚慰了我的身心的树，我还没有来得及向一棵树的无私说感谢。

那棵树长在一棵玉兰树的旁边，高度有四米多的样子，那时正是夏末，树叶很是茂密，均匀的叶子相互低语，在风里友好不纠缠，而那砍树的人竟也生得俊朗，身姿本是如树一般，是玉树临风吗？如果没有那双挥动的手，我想是的。我很快收回了这个形容词。我相信树木即使自私地蔓延，也不会比人的占有与侵略更可怕。

如果我们不总是居高临下、自以为是，会不会懂得并爱惜一棵树？我后来想过这个问题，或者，高大的人像是一棵大树一样，会庇护身边的妇孺和老人，庇护那些柔弱如风中小树一样的生命。若是如此，人和植物是否也会有天然的亲近感？

一朵花会在一棵树面前战战兢兢吗？一棵草会向一朵花潦草述说吗？一朵花会向一只掠过的鸟展示妩媚吗？在那些错落而和谐的花草树木之间，你能感受到物竞天择的生机，也能感受到平等自由的生长。

那个"俊朗"的男人，带走了几棵树之后，奇迹并没有发生，除了一些荒芜之外，剩下的只有一个个哀怨的树桩，那里并没有出现什么生机，甚至连人也很少出没了。有风的时候，我能感觉到旁侧的树开始忧心。

我越来越迷恋那些绿色的身影，身边没有植物通，也不能总是远程问别人，我只好压制着那些念想。你可以想象，当你遇到一个心仪的女子，默默盼望，却不知道她的名字和通信方式，就是这样。

很快就有了惊喜。学园林的小侄女放假回来了，偶有来玩，我们一起经过那些花草树木的时候，她总会不经意地叫出它们的名字，香樟、女贞、菖蒲、麦冬等，仿如她和它们早已经认识。你怎么都认得？我很是惊喜，便一一向她请教。原来，到植物园里认植物，了解植物的生长环境、属科目种、姿态形色，是她们的必修课。

所识仍是有限，有的当时记住了，下次见面又忘了，好不尴尬的感觉。我之后发过几次照片请教，她知道我对植物有兴趣，就给我推荐了一款认识植物的软件，上传照片，就可以知道植物的种种。这真是科技的好处，我也乐此不疲起来。

秋天还在，一棵树的叶子开始徘徊。霜降之后，它渐渐变黄了，然后又染上了红色，棕色疏朗的枝条，或聚或散的小叶子，在季节里从容得很，它站在那里，身姿端庄，灵魂毅然。我突然觉得，那是这里居住的真正的贵气之人，或者是自然写意的灵魂。

某个早晨，很早起来，距离上班的时间还早，我便在小区里溜达起来。深秋树叶转红的那棵树，应该是乌桕树，经软件识别确认，上有"小立溪窗下，山光晚不同。清秋霜未降，乌桕叶先红"，接着又辨识了蜡梅、玉兰、海桐、牛筋草等等。相识已经不需要寒暄，植物的话题并不能使人靠近，人和人已然保持相对独立，空间的分割和内心的隐秘，而植物的枝叶彼此可以交替问候。

我们渐渐不需要在房前屋后谈论一朵花的花期、在闭门的世界里搜索这个世界的全部、从一只猫眼里看门外的动静、在窗户和露台上发现外面的世界，那蝼蚁一般的人进进出出，如同程序，被他人的目光筛选和移除。

我并不是人群中善于寒暄的人，常常觉得人们多半善意，如同我相信一些花草有好看的颜色和香味，当然也常常会被刺了手。我不能假想每一棵树都被置换成人，把为数不多的人想象成树的样子，我们将失去这不可多得的安全感。

我要感谢那些草木的身影。那是我们在世间每一日可以寄情的山水，是我们从人海泅渡归来的另一个水域。它们是另一个世界的人、事、物，是另一些生命的才、情、趣。

# 水 的 隐 喻

今日对这水的拜访是不同的。我们一行只有两人，而要去的也是简洁的山和水。在好的心境里，有相宜的风景，只是多走了一些路才到达，但并不觉得曲折。我们和山水对坐，有彼此会意的样子。你从哪里来？山水不问，我很感激。山水何不同？问是多余，便也无声。

水是此行的主题，一如水流的样子，行走的踪迹自由，人影清瘦地移动，但并不茕茕孑立。阳光从无到有，水一粼一粼地靠近我，星光般跳动着，涟漪漾及山边而无。水背后的山半隐，很深厚的样子，水因山而藏、而幽。而更远处，是山连绵的侧影，远望如一笔带水后轻描的淡痕，那些山是沉实的。

不必穷尽脚步，去到风景的深处，我们就这样看一些水。水一直到目光的远处，到看不到的山影之后，环绕着山到更远。在这最好的水的写意里，词语如落叶一般，有形容不出的枯萎之美。我们在水的深闺里。水忽远忽近，水淡入淡出，我们在这天然的构图里将自己涂涂抹抹。试想退出画面，又不舍那况味，走到水的近侧。

在最好的风景里变得安静，在幽居的水面前敛声静气，人并不总是觉得凌驾好过矜持。不是不敢高声语，是怕不小心惊扰，而滴洒了一些山水之墨。水幽然成世界洁净的花蕊，声音会震落一些花瓣吗？好似有担心。自然天生动静有度，人过分地走入和喧嚣，任何人为的圈画和禁锢都是折损。

能够享受这样恬淡如水的下午，我觉得足够幸运。像萤火在暗夜，像野百合在山谷。自然不需要宏大叙事，人生有时也是，享有山水的泽被，能够自然生动一些，便不必处心积虑地构思。

水幽然而不色冷，居下而不争。山色亦是水色。那些树们姿态各异，风轻动，叶颔首。由绿转黄，或者遍树金色，有的是一树红，水明晰了它们的色泽和层次，有的枯叶落在水上，开启摇曳的另一程。我相信自然的一切，每一道水纹、每一枚树叶、水迂回处的每一道湾、适度散落的每一块石，都有着自己的心意和彼此相通的语言，在最为天然的深处，人类的语言不再流畅，偶尔传来的高分贝人声，并不见愉悦的深情。

我们在一些水的面前小心翼翼，但又无比自适，即使久坐也不觉得单调。那感觉是去到老友的院子里，而主人并不在，随意拉一把椅子坐下。水是我的老朋友吗？家乡近处的水，来往有些次数，算是熟悉。好吧，我且再坐一些时候。

一只小甲虫从木栏杆上爬过，我伸出手指拦住了它，它便转身绕道继续缓行，如水一般流畅。阳光也是这么走过水的吗？水无形，幽居的水更是灵透恣意。远离一些东西，必然距离另一些事物更近，若在两者的表与里之间周折，便如激烈之水摇荡不能自处。

无数的人来访问这水，宽阔者、窄暗者、冷峻者、温驯者。来问水的人不同，所得所感也并不同。水只献出它的洁净与绵长，捧出一些山色。至于汲取，因人而异。一些水映入不同人的眼底，是各自深浅不一的湖泊。水幽居于此，等来者顾盼。

今日访水，未得一舟、一渔歌、一场欢笑、一串问答，只有那平实的水面、水面的粼光、一些各色的叶子、一些微风，而心里甚是满足。幽居的水是山里的隐者，至善、至柔，无限包容，无形而有象。


和许多人一起去看水，水宁静地不为所动。观水，不像是观潮观海，有一眼望不穿的澎湃和深邃，这水抚慰着你。世间观察者的眼睛往往太过疲累，世事真相的搜寻与辨别，琐碎里亦杂有叵测和心机，需要这些水的坦白。

这是申城南部郊乡的一条河流，没有正式的名字，好吧，我不认识你，但又觉得似曾相识，就这样看水，一眼一眼，浅即是深，目光的手帕浸入，摆一摆。

水里波动着故乡，你的和我的。倒影是连绵的山，是略显孤独的一两所房子，是一棵老榆树，是一座简陋的小木桥，水那么清浅，娇弱地浮起一片树叶，遮不住一个橙色的小鱼兜。穿行的小鱼，在清白的世界里游弋，它那么小，却可以毫无阻力。

如果此时你作身为一尾鱼，该选择怎样游弋？一尾不足十厘米长的小鱼游到我的手边，转身又游走了。兴许是来牵引你回到过去的时光的，十岁之前你也是这么快乐自如；又游来三两只，是那时的哪些伙伴呢？欣喜地想顺手接过那个蹒跚的娃娃的小鱼兜，又缩回手，刚刚不是说想化身一尾鱼吗，如何又成了强势的异类？没有一条鱼可以顺着我的目光游动，活泼而来的它们彼此衔接，但回到故乡和年少的那条水路已经不再流畅。

我们曾经留下的戏水的那些小影子呢？我们曾把它藏在一摊水的心里。如今我找不到那摊水了，地面夷平，水早已失魂落魄。博尔赫斯说："河流卷走了我，我就是那条河。构成我的是不稳定的材料，是神秘的时间。源头也许就在我这里。"人从故乡流走，顺着一条河流，河流带走少年的木剑和早年读到的传说，源头又在哪里？

同行的两个小孩子，立在水里的石头上，水面的影子高低晃动，明灭如画。头顶的老树伸出几枝，也在水里光影摇曳。面对水，我们开始变得规矩起来，这是时间教给我们的。身体长高以后，我们和水的距离增加，俯身亲水，看我们的影子如何生疏地拥抱水面。

水和沙石自然疏离成两个世界，一厘米处的水，和几厘米处的沙石，像是人的不同需求，被阳光轻轻折叠。沙石是烟火气的真实，而水是精神世界的源泉，水里有水晶的宫殿吗？水面之上，日落日出，人们安土重迁，偶尔也会迁徙逃离。地面的坡度缓缓分开水的裙边，枯守的人们抓住水的衣角，匍匐在山的巨大脚背上，或者人们像水一样流向远方、干涸、栖息，或者叶落归根。

　　一个老树桩半没入水里，光线还算明朗，树桩就复活了。失去的水分和光阴就会回来，树桩不动声色地绿了起来。这像是人生的最后一部分，好在有水，可以腐烂，但也不是干燥枯竭，这是它身体的最后一处支撑，生于山，葬于水，好过许多别处的草芥。我们只能与之生命的某一段相逢，像一些人在一些时间经过某处，它的枝繁叶茂留在了那里，它的春天的部分也许是他乡异地。

　　水是自然的脚步，叮咚作响，人就在这样的水声里去到山外。有时转个弯，或者回旋不舍，这是水的眷恋。有些水终究不会流出山乡，像一些人一生没有出过大山。我见过那样的老人，那样的老人眼里深邃无比，是幽深的海，没见过海的人却成了海。所以，走过一些宽阔的十字路或丁字路、听过一些漂亮的歌哨或者谎言、调侃一些美食和尤物，并不能自以为宽阔。

　　水之美在于流动，如眼之美在于真诚、心之灵在于活泛。眼波和心里的涟漪，因灵动而美。人未必行经太远的旅程，只要内心不失去水分、不失去清澈、不腐其本心，像这并不喧哗和深邃的水。水源不同，地势不同，水的风景不同，人也是。各自相安。取水的顺和善，避水的凶和恶。

阴历九月，又是闰年，水已不是丰盛之季，但在豫南，在新县的卡房，水仍然是丰盈的。一条婉转的山路，随意起伏的山脉，一些水始终相随。在宽阔处的湖面，一棵百年老树整个俯身在水面上，树干与水面平行，整棵树就在水里照了幅全身照。在卡房，这样百年甚至几百年的老树随处可见，有不少是古银杏树，在村落古民居的旁侧，在水的此岸与彼岸，它们一袭金黄，饱经岁月而又挺拔温暖，银杏树叶以根为圆心，铺满整棵树的身下，有时风也会将它们带到旁侧的溪水里，如同落花。我们在一棵古银杏树下站立，仰面待一片银杏叶落下来，等待音符飞起一般，而水里的银杏叶是湿了的音符，没有声响，是初冬的静谧。

我们沿着溪流走，水或窄或宽，脚步或轻盈或沉实。我们仿若也是水流的一支，在大雾的清晨，欢声流向这里，一路云雾朦胧，如同懵懂。云开雾散之后，已至卡房，我们亦归拢为沉静的潭水。我们是沿着最细的溪流进入村庄的，那水好似草书的飞白处似断非断，野鸭列队通过窄处欲游向宽的水面，两岸水草的影子在水里交错，而那种美，如非天然之意蕴流畅，是难以勾勒的。我们同样流经这里，从细流觅向宽阔，就这样进入大山的怀里，最好的山水让我们成为此处柔软的一脉，彼此交汇。

山之大别处，水亦有不同。听说卡房有滴水崖，景色为来者称道。于是继续入山，穿过各色树木的山峰，一丛丛小野菊、一簇簇白瓣黄蕊的油茶花、一些好看的乌桕树，只有山和树，只有转身的峰和盘旋而上的路。藏在山色里的水，如谜一般。我们蓄积一路的猜测，等待风景的落脚处，果然，山中半弯处，车停了下来，没有任何提示，水的谜面更深了。我们从林中一个隐约的路口进入，原始的山间小道，一段身姿曼妙的小路，便是山的底部，谷底山石错落间，清泉折行，水边有菖蒲翠绿。

逆水向上，水愈来愈宽阔，有水流叠落之声，寻一块大石站定，抬头间便是水的惊喜了。此处即是当地人口中的滴水崖瀑布，瀑布从山弯高处一叠一叠地落下，细数有十二叠之多，一叠有一次水的回眸，岩石交叠错落之间，绿植幽微，瀑布如同白底绿花的绸缎一般。同行的美人找不同角度与瀑布合影，扯绸缎一角、披绸缎在肩、以绸缎为幕，望之如一身水墨色旗袍，皆是天然之美。

此时是深秋，瀑布之下潭水清浅通透，细沙轻软，出水之石有致。从潭右侧，可见瀑布左下方有几米弧度，光影折射似天上虹。此处为大瀑布，高达十几米，下行百余米，有小瀑布，于大瀑布脚下再生起伏，母子一般。瀑一大一小，一落十二折，如岁月更迭，细水长流，依偎有加。

水源茂盛处，青苔泽润，红色山果遍布，来者于水边停留甚久，意犹未尽。沿山路折行至出口，又上行一里多路，途中有菜畦碧绿，妇人在水流平缓处浣衣，山谷分形，不知终向何处，而宽阔的一径，有山神小庙和几处人家，听说我们是来看滴水崖瀑布的，便热情地描述夏日滴水崖瀑布的水何其茂盛、瀑声如何响亮。水的源头似乎还在更远的地方，山路迢迢无尽头，我们在这几处人家古旧的房前屋后绕行，终不再逐水而上了。

我们像水一样从高处流下来，在山间兜兜转转，又归为平静的溪流，一处又一处的山弯和我们相伴而行，从滴水崖瀑布的惊喜惊叹，回到山水之间的无意缭绕，我们从水的曲折跌宕归于柔软和安宁，从岁月更迭的飞溅到烟火平实的依傍，从繁复的水花到简单的一脉，到山水间的一滴，再到千年古树的一叶一孔。我到山中来，再从山中去，谢谢这些山，谢谢此处水。

# 一个人的演出

到南阳市内，已接近下午一点。距离会议地点近的宾馆早已住满，途中预订的一家商务公寓，也在我们抵达前的几分钟将房间安排给了其他客人。

终于安顿在伏牛北路的一家旅店，南阳也是连续的阴天，天空此时混沌不开，路面上有四散的灰尘。我们简单地补了一顿中餐，没有出去走走的欲望，宾馆房间内有些闷，又只好出去透气。

这里距离武侯祠只有几站路，我决定去那里看看。乘坐24路公交车，经过玉器厂，经过美丽的白河，不久便到了卧龙岗。到了正门处已是三点多钟，游览时间并不宽裕。有老阿姨从不远处紧跟过来，起初以为是问路的，却说是另有景区入口，门票减去三十元。大概是要爬两架梯子，一上一下，我怕高，况且也不至于"俭省"至此，看她又去游说几个体面的男客，看游客对望做商量状，一前一后，时间又有耽搁。

进入景区大门，看到布衣躬耕处和清静的卧龙潭。如今多地的人文风景大致相同，并无太多特色，给人的感觉只是祠的主人换了而已。路旁有汉乐舞演出的牌子，上午和下午各两个场次，下午分别是三点半和五点，我对此有兴趣，便寻着路标，找到演出地点。

此时天已不算早，这里非自然山水，又非周末，游客寥寥，问景区内人员有演出吗，没有准确回应。旁边有一处景观亭，有稀疏拍照的游人，再问，有人说五点有。便离开，去了诸葛花园、汉代蜡像馆等几个景点。近来阴雨，此时景区已不明亮，绿植暗重，有墨绿色的光影，有一株月季，枝上唯有饱满的一朵，粉红色，摇曳着，我走近，拍下了她的侧影，时间已近五点，便回到演出乐坊。

舞台上深酒红色的帷幔安静地垂立，台前有古筝、编钟，地上有错落的顶盘，台下设古朴的木质茶座，古香古色，无茶，但有光阴的沉香，找正中一处坐下，室内光线柔和，有米黄色的光晕，看了看时间，距离演出还有五分钟，窗外已有暗色，来时问过是五点半闭园。

等待显得有些漫长，尽管只是五分钟，许因游人稀少，早已取消了演出，再等，等到的也只是园中暮色。我只想安静地在这里坐上一会儿，远离一切喧嚣，心里并不着急，享有安静，有醒神的空气，如同是穿越时光的汉代女子，远离当下的一切繁盛，打开自己随身带的一杯清茶，时间的溪水静静地回溯。

为了打造景区的看点，多半景区都有演出，异域风情、民俗文化、原生态演绎等等，有的需要另外购票，有的包含在总门票中。记得在凤凰古城，夜晚去看桃花寨的篝火晚会，苗家女孩唱着歌将我们迎入，夜深以后，苗族小伙子举着火把将我们送出。晚会节目是各地景区都有的杂技表演，毫无新意，唯有一个节目难忘：赶僵尸。夜色荒凉，异声四起，观众四处逃散。晚会结束后回城，人拥挤得很，一座摇晃的吊桥，抖得厉害，后来那桥断了，有四十余人落水。

这个黄昏，没有一首汉的曲一段汉的舞，也是合理的。渐渐对许多人、事、景，少了期待，也少了失望。这个变化的时代，需要自我抚慰、宽容和接纳。人少息演，也是可以理解的常情。

时间到了五点。在没有期待也没有失落的安稳中，她就这样出现在了舞台中央，稳稳站定，向观众鞠躬，然后优雅地撇过裙裾，坐下。二胡响起，是一首熟悉的古典名曲，遥远的天幕，月亮在乐声中升起，又盘踞成我心头的一团浣溪之纱，已交并的目光和听觉，滤过了清白色的水。

演奏女子身着与幕布同样的酒红色汉服，近乎隐于幕布，唯有乐声深情地，缓缓涌入我的耳朵，曲调有些清冷，却听不出悲凉。人世的悲欢，在于你经过时间的情绪，无论世事是否苍凉。

帷幕后的播放器里传来标准而浑厚的男音，是播报节目的，但没有演员走出来，她转过身去，奏响了身后的编钟。她是这里唯一的演奏者，而我，是唯一的观众。总会有人在某一段光阴里，等待时间的指针转动，然后为你演奏最后的乐曲，如同此时，游人皆散，却等到你最后的出场。

　　曲终人散，她站起来谢幕，脊背弯曲成坚守的样子，年轻的面容，被隐在深深的谦恭里。余音环绕，这是一场盛大的演出，在我心里。相信有一段琴弦，穿过裂缝的岁月墙垣，赋予这个平静而平常的黄昏安宁和温暖。

# 像树一样地爱和被爱

温度从几摄氏度到十几摄氏度，天气回暖了，人们藏起外套，身体轻盈，到阳光下舒活筋骨，爱意似乎也像是魂魄里的一丝红纱，被什么勾起，爱恋的人牵起彼此的手，那手掌是微型的琴，轻抚、挣脱、相扣，如同弹奏，四个对视的小小湖泊之间，有跃起的鱼儿。

大自然里也是爱意葱茏。鸟儿对鸣，鸳鸯戏水，藤和树之间的亲密度增加，花和花对放，一个芽儿牵着另一个芽儿从土里出来，如果有红地毯，全新的芽儿，就是春天里的小小新郎和新娘，是等待阳光证婚的一对璧人。

总觉得树是大自然植物中的男性。高大伟岸的是乔木，他们的高度多在六到十米，最高的在三十米以上。你看，乔木们一身褐色衣裳，身材伟岸，个头高大，给人足足的安全感，疾风也算不了什么，它们丝毫不会动摇。在春天长出绿叶，一片一片，像是男人笃定的表白。即使是戈壁、沙漠等险恶的环境，高大的乔木也总是能够挺拔地生长。

橡树是奇崛的男子，有着超强的环境适应能力，贫瘠、干旱、酸碱，橡树是不会抱怨的，平地而起，根基稳固，高大的橡树，给你绿色的树荫。橡树并不是天生的优越，但它长寿、强壮，有骄人的声誉，有一颗宽大的心，天生乐观，胸怀宽广。据说在欧美，橡树是神秘的树，它的掌管者是希腊主神宙斯或者爱神丘比特。传说宙斯神殿的山地森林里矗立着一棵参天的橡树，树叶发出沙沙的声音，那是神明发出的晓喻之声，想来那声音也是迷人的，橡树可真是名副其实的"男神"了。不过"森林之王"橡树已经名花有主了，是舒婷做的媒，你知道的，"她"叫木棉。橡树喜欢和他并肩站立的女子。

银杏是树中的长寿者，它的爱是扇形的小叶子，秋天沉默如金，银杏落叶的样子很美，有椭圆形的小果实，它树姿雄伟，是树中的美男子，虽是珍稀物种，却沉默深情，绝不张扬，像是生活呈给你朴素的庭院，弯曲的小路，深情地依偎。春天的银杏树，是个手执打开的折扇、书生气质的年轻男子，羽扇纶巾，清高智慧，你会在意他的诗意和文质彬彬。

树中不仅有橡树这样的男神、银杏这样的谦谦君子，还有生命力极强的白杨。白杨是普遍存在的一种树，它是树中的经济适用男。它不贪恋阳光，不苛责雨水，只要有一点儿水源，就能长成挺拔的一株。白杨是高速路两旁最常见的风景，一排排挺立，像两排坚毅的士兵。白杨树有平民般的性情，它没有显赫的身份，也没有挥金如土的做派，它可以当柴烧，可以打家具，可以制作农具，也可以成为房屋的栋梁。白杨树的家在阳光充足的山坡上，像是一个没有豪宅的男子，却可以给你需要的肩膀和适度的温暖。

我在春天的午后，想起一些树，假以其性情，并猜想它们的爱情，看一棵高大的乔木，这个率性、高挺的男子，会在自然里以怎样的身姿去表达爱意，又会赢得什么样的回眸和赞许，我并不试图去窥探树的隐私，只是想沿着一些树梢，举目，让目光接近云朵，有一些美丽的遐想。

再来说说灌木。灌木是没有明显主干的木本植物，植株一般比较矮小，不会超过六米，从近地面的地方就开始丛生出横生的枝干。这种感觉就像是一米七五这个数字，将男人的身高分为理想和不够理想。这么说来，作为灌木，是难以获得理想的爱情吗？现实中女孩子常常把男友的身高看得很重要，那么自然界中可能会爱上树的她们，也是这般地忽略树的责任心、学习力和其他内在品质吗？

所谓近水楼台先得月，因为常常被用来装点园林庭院，灌木们和花的距离很近，在白天借助阳光眉目传情，在夜晚借助月光窃窃私语，兴许灌木们会更先获得花的青睐呢。有时一阵风来，灌木们和低处的花草还会有一些肢体接触，像是温柔地亲吻手背和额头，花草们心里兴许不够矜持了呢。我相信植物之间，红绿、远近、刚柔的和谐，就像阴和阳一样，谁能说植物们在一起，太过于熟悉就不会有爱意呢？譬如痒痒树和含羞草，它们羞于人的抓挠和无礼注视的轻佻，但兴许其内心也是有着种种情愫的，那样自然生发的情意，只有它们的同类才会懂得。

我觉得，仅凭高矮、树冠是否阔大来判断一株树的爱情指数是肤浅的。你看现实中也有不少自信的男子，牵着跟自己差不多高而且穿着高跟鞋的另一半，一株优秀的灌木是不会过于敏感自己的身高的，而且，我们怎么能确定自然界的花也和人类一样以貌取人呢？人们常常揣测不够高、不够帅气的男子身边的女子，是不是有所图，是不是男人特别有气概或者特别有钱有权？我们不能以这样的惯性思维去揣测一株花草，草木之心可没有那么复杂。

灌木是植被的主体，是大地温暖清新的依靠，它们适应性强，生长快，栽培管理也不复杂。这么说来，灌木不需要特别的重视，也不过于以自我为中心，有的灌木本身就是花木，譬如栀子花、满天星、南天竹等，有着一颗温柔细腻的心，更懂得体贴和呵护，更容易获得小花小草们的信赖。

树懂他的她？这种想法兴许是无厘头，但巧合的是，光影下的一株老树，脱落的灰黄色树皮，正好勾勒成曼妙的女子的胴体，像是唐人仕女画的轮廓，那女子青春、丰满、凹凸有致，鹅蛋形的脸庞非常标致，令人惊讶不已。后来想起李煜的《相见欢》中"寂寞梧桐深院，锁清秋"一句，愁肠人俯视庭院，茂密的梧桐叶已被无情的秋风扫荡殆尽，只剩下光秃秃的树干和几片残叶在秋风中瑟缩，寂寞的不是梧桐，而是人孤苦的心，融入了人的主观情感的树，哪里是普通客观毫无生命的物象呢？

二十四岁的莫奈画过《春天的花》，他用色彩的敏锐表达自然的萌动与灿烂，也表达花朵矜持或者热烈的爱情。正如他后来回忆与前辈一起户外作画的感受时说，"自然变得非常美，一切都显得变幻多姿，真是妙极了！"是的，春天真是美妙极了，天空不再密不透风地阴重，自然界有了色彩，阳光终于治好了冷风的忧郁症，水里的冰终于被打动，世界浮动着温暖的气息，如果你觉得这样的环境适合长出一点什么，我想，那可能是爱情。

桃花开了，迎春花开了，水仙开了，风信子、杜鹃、蝴蝶兰开了，樱花、山茶、海棠也开了，春天是花的海，花是春的风衣、春的外套。当花从羞涩的骨朵，到敞开心怀的女子般褪去了羞涩和矜持，每一种花都有自己的身姿和色泽，每一朵花都有自己的体香和光影，那么，幸福的大树会想妻妾成群吗？

还有温柔的水、身姿摇曳的小草、缠绵多情的藤、依人的小鸟、棒打不散的鸳鸯、遥不可及的白云、温暖明朗的阳光，这世间如此之多的可爱事物，难道要一一成为大树的妻子、妾、情人，或者成为其草率的一个段落，如果这样，关于爱情，我们还能说些什么呢？

还好，树是忠贞的。即使有流动易变的水，有轻佻舞动的杨花。

譬如关于相思树，相传为战国宋康王的舍人韩凭和他的妻子何氏所化。两人爱情忠贞不渝，死后幻化为雌雄相思鸟常栖树上交颈悲鸣。宋人哀之遂号其木曰"相思树"。后用以象征忠贞不渝的爱情。

不只是传说。还有枫树的枫叶代表相思、木棉花象征爱情火红、松树寓意爱情常青、波罗蜜象征爱情甜甜蜜蜜、玉兰花象征爱情纯洁、榕树象征爱情百年不老、凤凰树象征比翼双飞……

像树一样地爱和被爱。

# 青 黄 不 接

记得小时候，收成不好年景的春夏之交，总会有一阵儿粮食短缺。粮仓见底，母亲去打米机房打完最后一挑米，我跟在她的身后，走在弯曲的山路上。她多半不说什么话，盘算着些什么。后来我知道，她是在计算这些粮食够一家人吃到啥时候，新谷下来还要多久。

那样的日子，晚餐有时会是汤饭，多半是将中午剩下的米饭和一些菜煮成咸饭，或者做些摊饼，然后切成菱形，再和红薯块一起做成红薯面片汤饭。更多的时候是面条。我小时候尤其不喜欢吃面食，面食中最不喜欢的就是面条了。晚上放学回家，进了厨房，第一句就问母亲做的什么饭，一听说是面条，顿时没了胃口，那是一天中最坏的消息，在学校搜肠刮肚地读书，就盼着回家吃顿好饭，半天的期待化为乌有。

晚餐通常比较晚。勉强盛个小半碗，也不敢在父亲面前流露半点不悦，面条满嘴跑，眼泪都要出来了，后来，细心的母亲总是在煮面时给我炒些米饭，才觉得一天又有了盼头。实在挨不过的时候，母亲会去有余粮的人家借上一挑米，新米下来时再还上。母亲借东西有个习惯，借得浅还得满，米堆成漂亮的弧形。这个小小的弧形，似乎有着母亲沉默的自尊。米不是随便谁家都可以借到的，自然也不是随便就可以向人开口，那时收成不好，缺粮的人家很多。母亲会仔细权衡，考虑亲疏，以免张口掉在地上。

在农村，人们多半不宽裕，对借钱借物尤为谨慎。有的人家富余但不肯助人，有的人家心善却力不从心，有的人斤斤计较，多一粒少一粒都会不悦，或者借给你一点物事就觉得倍有优越感，需要你小心供奉着，有人怕你还不起不肯冒风险，有人觉得借机投资感情看以后能否落得好处。帮工也是如此，帮谁不帮谁似乎也大有学问。

那时，母亲常会说起一个故事。某户人家的米缸里有一条小白蛇，主人家心地善良，不曾驱赶，后来发现所剩不多的米总是吃不完。这个故事被母亲说了很多遍，大概在每年青黄不接的时候总要说几遍。因为相信母亲，我们总是相信很多故事，也不曾考证。后来，每次舀米做饭，我都恐惧而期待，我异常怕蛇，但似乎又对米缸里有一条蛇充满了想象和期待。我挪开米缸重重的木盖，先探头看，然后才敢把手伸进幽深的米缸。我最终没有在舀米的时候发现一条白蛇，但我也从不怀疑父母的本分、诚实和朴素、善良。

《元典章·户部·仓库》里说："即日正是青黄不接之际，各处物斛涌贵。"庄稼还没有成熟，陈粮已经吃完，商家会趁机涨价获利。青黄不接像是一条缝隙，一条生活的断裂带，好似田间的沟壑，需要一次跳跃才能渡过。也是一个弧，在这个弧度里，有时你会看到彩虹。

后来上了班，进了城，自己买菜做饭，就会发现每年总有那么一阵儿，菜价翻倍，本地蔬菜青黄不接，大面积种植的黄瓜、豇豆等还未上市，菜贵得出奇。一日三餐还是要继续的，蒸煮煎炸，总不能因此冷锅断炊。我以为这就是青黄不接之于生活的全部意义和体验了。

我们慢慢长大，慢慢长高，很多人渐渐长成了"沧海一粟"——大海里的一粒米。普通和微不足道的人，其实就是世间的一粒谷物，许多这样的人就是一块谷田。人这株谷物，其命运各自不同，等待时间最后的割刈。是的，"即日正是青黄不接之际"的困顿，常常出现在我们的生活里，有时精神的谷仓空空如也，在收割的目光里也常常会青黄不接。

譬如，读完了高中，却不曾升入大学；大学毕业，却没能及时入职；入职以后别人都结婚生子，而你却久久单身。你按照季节生长，却长出了和人们期待中不一样的模样，所有关心的目光在等待收割，而你却青黄不接。那时，你需要像我的母亲那样，去找到一担精神的食粮。

带高三毕业班那年，一个最努力的孩子落榜了。十几年寒窗，却未能升入理想的大学，落榜并不是新鲜话题，但对于一个孤注一掷的复读生来说，近乎是全部的溃败。家境贫寒，母亲离世，姐姐在一次事故中精神受到严重刺激后下落不明，在复读和打工的艰难选择中，他在去打工城市的站台上拨通了我的电话，十八岁的男儿泣不成声，人生该往何处去？他说自己经过了多个不眠的夜晚，所有的人都觉得他不该再读书。我不能做"物斛涌贵"的商人，我需要给他定心和鼓励，这是他人生中青黄不接的时候，我们需要为他借得一担精神的食粮。

我的另一名学生，大学毕业后做了"行者"。在许多同龄人相继结婚生子的年龄，他徒步或者骑行，结伴或者独行，一副重重的行囊，一颗千里万里任我行的心，我看到他分享的行走轨迹，在大漠、在孤岛、在海岸、在杳无人烟的荒地，他走着，风餐露宿。这是他人生中最为丰盈的一段，却是许多人眼里不青不黄的时节，理解和鼓励他的人很少，我不知道他从哪里筹得自己的精神食粮，来完成这样独立的行走，走出自己的独特。相对于食物的短缺、人力和财力的缺乏，人在精神世界里的青黄不接，则更加特殊和艰难。谷物和蔬菜的生长都是有时令的，尚可以期待，不过是等候几个月的时间。我们无法指责谷物生长缓慢，也不能揠苗助长，一块田地的收成与自然条件有关，也和风调雨顺有关。而人这一粒谷子，我们却常常可以对其生长充满指责，我们试图改变他的生长节奏，人为规划一条整齐的路线。父母、亲人等待收割，朋友等待收割，甚至陌生人也等待着收割，你的谷穗却仍不够饱满，你青黄不接的时间远远超过了收获一粒真实的谷物。

这样的事情，不只是发生在别人身上，有时也包括你自己。当所有人都浓墨重彩地绘出人生的下一幅图案，你却始终无法交出自己的答卷，一个在人们眼里乖巧、聪慧、安静、好学的女孩或者男孩，在情感和婚姻上竟长时间没有着落，跟不上人生的节奏。我的母亲和我一样，承受了所有的质疑、盘问，和成百上千次好心好意的劝说。她守着空空的粮仓、空落落的心，不曾大动干戈，像我年少时候走在打米路上的她一样，肩挑重物，隐忍着盘算着，一路艰辛地沉默。

许多母亲在物质困乏的年代成功地渡过了艰难，却无法忍受子女这枚尚不饱满的谷穗。记得我的一位老师，一位优秀的教授，我们在一家咖啡馆临窗的桌边相谈，两杯淡黄色的西米露，柔软而充实的颗粒，她说她的女儿已三十二岁了，在一家出版社工作，研究生，相貌出众，却单身一人，这在她所生活的城市里是极为常见的，而在这位母亲的生活圈却备受关注。"似乎我的女儿因为没有顺利出嫁，就否定了她一切的优秀，而我就是个失败的母亲。"她跟我说。"不是这样的。"我否定别人的看法。女儿的人生青黄不接，有时需要辛苦隐忍地借得一担粮的，确实是母亲。

我原以为少时那些青黄不接，是最为困难的时日，无论对母亲还是对我，事实上并不是。聊叙时，我想起我的母亲，想起她怎样在我青黄不接的时候去借一挑米，像我小时候那样，隐忍而不失自尊（我知道她的内心无比自尊）。那时，她有小白蛇的故事，而后来那段时间，我不知道她心里信奉什么。

所有的人都可以忽略一粒忘记季节的谷子，在不解、议论、催促和试图更改意愿之后，仓促收割，唯有理性的母亲不能，她仍是自尊地、笃定地等待你的收获，她在人前始终怀着深深歉意，而又浅浅地解释。她坐在季节的风里，她是孩子的粮仓，不抱怨，也不失去信心。

我在物质丰富的年代想起"青黄不接"这个词，想起那条小白蛇的故事。时间和物质的极度丰盛并没有带走一个词，自然万物，春生冬藏，季节交替，有序生长。这是时代进步的力量。我也终将进入我人生的成熟期，收获我的幸福，但并没有因此，我就会想起五谷丰登，想起琳琅满目，想起一切丰盛时代下的盛大词汇，我记起一个弧，一个跳跃的弧，一条横贯我生命的彩虹。

# 月　　出

多年以后，有一种声音，在记忆里成为光束，从远处照向我，照出一条满是光芒的路。我相信这不是通感的原因。人生里第一首打动我的曲子，是一首加拿大民歌，歌的名字叫《红河谷》，这是我后来知道的。

正是这样一首曲子的适时照耀，让我知道，这个世界上还有另一种存在——音乐。无关乎成绩，也无关乎温饱，那只是一段旋律，那样地来到我的生命中。我后来在一个空旷山谷里听梵唱时，有过这样似曾相识的感觉。

那时我读初一，对于在乡村长大的孩子来说，十一二岁多半仍是懵懂，生活里除了那些基础的色调，所见惊喜无非是山果、蚱蜢，以及蛙鸣和蟋蟀的弹奏。课程表上没有"音乐"这两个字，那时候国家并没有开全课程的要求，所以我们并没有一本叫作音乐的课本，哪怕是当作课外书来看也好。

记得那是一个下午，美丽的女英语老师走进教室。如果我没有记错，她应该姓李，那时我们并不能准确地知道老师姓什么，因为在学期初始，老师通常不怎么介绍自己。因此我们常常用老师所教的学科，作为老师称呼前面的修饰语，如"英语老师"。英语老师是城里女子的样子，皮肤白皙，一条辫子偏梳在一侧。

就是这个美丽如光束一般的女老师，在那天下午的英语连堂课的第一节课后，平静地问我们："你们会唱歌吗?"没人回答。她又说："我来教你们唱歌吧!"那时老师只是说教唱歌，并不说教音乐。我们刚刚来到一所陌生的学校，虽然儿时唱过几首儿歌，也只是含混模仿，并未怎样入心。

老师将歌词抄写在黑板上："野牛群离草原无踪无影，它知道有人要来临;大地等人们来将它开垦，用双手带给它新生命……"

我们知道有些文字是可以唱的，按照一定的节奏哼唱，会有旋律飘出来，但并不知道会有这样好听的旋律，深情、宛转、悠扬。大家并没有欢呼，也没有谁插话，只是默默地跟着老师的旋律走。她抄写我们也跟着抄写，抄完后，老师先唱一遍，我们静静地听。

那节课突然变得肃穆起来，在那样一种严肃、安静和神秘的氛围里，我们只感觉到有月亮慢慢升起一样的美好，有果实渐渐染红一样的美好，有花朵被蜜蜂围绕一样的美好。教室里异常安静，只有老师的歌声氤氲在教室里，盘旋起伏，我们屏息聆听，有如神明降临。

我美丽的英语老师，左手轻抚着辫梢，眼睛黑亮，声音清晰悠远，我们端坐着小小的身体，感觉月亮正从背后慢慢升起，但谁也不肯扭过头去。兴许是这乐曲太过动听，兴许是我们刚刚来到一个陌生的环境，小心得很。

"野牛群离草原无踪无影，它知道有人要来临；大地等人们来将它开垦，用双手带给它新生命……"老师认真地、一句一句地教我们唱，起初我们声音很小，若有若无，也没有觉得羞涩，而是感觉到一种神秘的茫然，老师把一句歌词按照节奏拆分，一点一点地打着节拍教，我们的声音终于渐渐放大，渐渐响亮，渐渐开阔，渐渐深情。

这是一首加拿大民歌，红河谷一带的人们垦荒种地、建设城市，将野牛群出没的红河谷建设成美好家园，我想老师应该介绍过这些，但我不能准确记得了。仍然记得的，是我第一次由荒芜想到茂盛，由窄小想到广袤，由声音想到光芒。

许多年以后，我还会想起那方讲台，想起扎一条黑辫子的英语老师，想起教室里飘荡如月升的旋律，想起小小的我们屏住呼吸迎接光芒的样子。我们第一次安静地在乐曲里走，如同脱下鞋子，沿着溪流缓缓试探，温润的河水没过我并不坚实的脚踝。

时间会让人忘记一些旋律，也会忘记那些朗朗上口的歌词，但那样的歌曲和旋律第一次飘然来到生命里的幸福感，我始终不能忘记。那不同于我升入初中前的那个六一儿童节，反复练习指挥，在镇里的舞台上貌似懂得旋律一般地指挥，大人们说我镇定自若，而我并没有被歌声打动。

兴许还有另一个神秘的地方，在我曾经生活过的乡村之外，在我并不宽阔的校园之外，除了教室、书本、村庄、田野、食堂，还有一个地方，还有一些事物，如同天空蔚蓝、月夜朦胧一样高远和宁静，那种旋律陌生而又熟悉、辽远而又切近，它不同于父母的呼唤，不同于早晨的朗读，不同于人们劳作时候的号子，也不同于有人在林间长啸。

它让我觉得，我每日托腮仰望的天空和无端遐想的未来，就那样如一段旋律一样绕着我，它飞过我的发梢，擦亮我的眼睛，或者陪我发一会儿呆。我知道有一种生活的样子，和我眼睛所能触及的现实不一样。

我深深地相信，有时候我们会乘着一种无形的东西，去到很远很远的地方，无须散发弄扁舟，也不需要乘坐高铁和飞机，那种地方并不是简单的绿洲，并没有预设的目的地，但它曾召唤着我们，日日夜夜不停息。

我相信人生不仅仅只有两条线索，明的功利和占据，暗的规则和深邃。我相信人落定在这个世界，不仅仅只在生存和死亡的两端，一定还有另外一些萦绕和盘旋，一些守望和寄存，一些无法用脚步丈量、用仪器计量的精神珠粒，那是深海里的珍珠，是草叶上的露珠，或者其他，我们可以在一段旋律遇到它，也可以在一抹月光里遇到它。它是存在的，有时隐没，有时则清楚地显现。

"野牛群离草原无踪无影"，现在想来，后来我生命里的那些歌曲词句，华丽者有之，抑扬顿挫者有之，高亢苍凉者有之，轻盈曼妙者亦有之。那些年的青春里，涌进来多少的歌曲剧调，有多少流行歌曲触动过青春的心，我又被多少经典诗词打动过，在生命里来来回回地走。后来我去听过演唱会，听过古琴，听过长笛，听过吟诵，但"野牛群离草原无踪无影"一句，以及《红河谷》的旋律就那样长在那里，像是月亮里的桂花树。

我有时候试着哼唱，除了第一句，后面的歌词我都记不起了，旋律也是，除了前几句都忘了，那些旋律像是石子一般，打不起水漂，却也在水里存储着。我记得歌的名字叫作《红河谷》，但歌词显示不是我要的那首，我也不想去刻意搜索。

直到有一天，我打开一首曲子的链接，旋律深情而宽广，他唱：人们说你就要离开村庄，我们怀念你的微笑……如此熟悉而又不同，我坐在书房里一遍一遍地听。这是《红河谷》的旋律，这是《红河谷》的另一个版本。我选择了循环播放，然后将自己舒适地安放在书房的椅子上，在曲调里陶醉。

同样是一个平常的下午，在日常的琐碎里、在一明一暗的两条线索之间，和那样的曲调重逢，我竟流下泪来。夜晚渐渐到来，我感觉背后有月亮升起，但我不愿回看。我们一生可能都在路上，那样一种婉转的包围，一种或明或暗的指引，一种如神示一般的不由自主，能够带我们找到精神领地和出口。

　　我想起了许多年前的那个下午，美丽的英语老师和小小的我们，以及不曾扭头但深信背后会升起的月亮。时光飞逝，岁月流转，那些茂盛和光芒如期而至，葳蕤生长，如同邂逅。

# 光和影的比例

## 初冬

初冬的傍晚常常从下午的五点就开始了。今天是阴雨天气,三点天就昏暗下来。没有可以围炉肆意谈话的人,没有准备几本渴望阅读的书,来得太过于突然的冬天,像额前撩也撩不走的湿刘海儿,或者其他任何不在一个频道的状态,人在突兀的季节里有些无所适从,你窝在一个地方,思绪空白,哪里都不想去。

秋天短暂得很,一场雨接着一场雨,若干次冷雨之后,一个叫"秋"的词就会被嘴角忘却。这个秋天是忙碌的,因此没有几次感慨,而雨的冷也似乎浑然不觉。年少的时候,所有的季节都是明媚的,两季之间的痕迹随时可以用橡皮擦去,譬如那时,对突然进入的冬季是没有任何注意的,少时的目光跟着立体的风景走,而后来才想起去回嗅季节的气息。

午睡起来，接近三点钟，周末的下午，天色却是黄昏般暗重，披衣走到窗户近旁，浓重的雾气挡住了视线，什么都看不见，将窗户拉开一个小缝，倒是没有冷风进来，外面昏沉沉的，天空的烟灰色和路面接近，像是调色盘里同一种颜色有不同的明度。

想起这几年的入冬，多半的记忆是已是不明朗，总是温暾暾的，欲怒不怒的样子，惹不着也逗不喜。冬天本是最有发言权的季节，一场铺天盖地的雪，就是洋洋洒洒的五千言，可有时却又偏不这样，以沉默的压抑来彰显不同和权威。

想必是哪里也不用去了，说好要去转一转的，暂时也别去了吧。我从母亲那里徒步走回自己的住处，安静得像是一处从高处流向低处的水，一路平视而默然，有时脚步移动轻得很，像是一片草叶，偶尔明媚一点，觉得又是四月的落花一般。我已经习惯，不在经过的那些路径制造喧嚣。

回到屋里，打开灯。距离晚餐的时间还早，乌黑冰冷的天，没有着急忙慌的事，便窝在灯火的附近，在取暖的光团里，静下心来，随意地坐了很久。这是琥珀样的时光，又像是小孩子在半通透的水球里，漂浮在水上一样，我浮在时间的水面上。

入冬了，距离一年的终了，还有三个月的时间。时间是一根长的草叶，被哪只小牛什么的一口吃掉了四分之三，这剩下的一段，早晚也是要被吃掉的，着急什么呢，便觉得平凡的日子里，没有挥霍或者随意地撕扯就是心安。剩下的这一截，还是换个小虫来咬啮吧，即使无法在短的时间里更改和填充什么，也好仔细地听听时间慢下来的咀嚼声。

许多的书里，并没有一本特别想读的，目光扫过那些书脊，并根据自己曾经的阅读进度选择掠过或者停顿，但并没有想抽出其中任何一本来。想要改换口味，不想读书橱里的书，像某顿不想吃母亲或自己做的饭，也像任何一个普通女子，想给自己的新季节添置几件新衣，那些曾经精挑细选的服饰，突然不想上身。阅读也是这样，偶尔允许它懒惰和刁钻一下。

索性就这样坐到天黑。牙签瓶和眼部精油的小黑瓶，它们俩是一般高的，就像季节和季节，同样是时光里的一段，彼此却情绪、意味、景致不同。那么，少年的牙签瓶，和后来的眼部精油，也是不同的吗？它们之于完整一生的段落、字节的疏密、祈望的明暗，对于空白时光的感受，又是多么不同。在这个灰白色的初冬季节，你身处哪一个小节呢？你的灰白是生出淡粉，还是更加凝重的深灰呢？

夜晚的灯火，将人隔在并不宽阔的晴朗里，而初冬的雨，一滴、一滴，一滴和一滴相隔的时间越来越长。你听到滴雨声，然后跑到记忆的小径里溜达，那一滴还未曾蓄满，等你再溜到出口，它正好滴落在你记忆出口处的脖颈里。小时候等母亲喊吃饭也是这样的，你看一次、看一次，等你刚溜出厨房门，米的香气就招魂一般飘出来，母亲身上的暖光，将你变成飞扑的蛾。

雨后来是下大了些的，不然想象是要得瘙痒症的，抓也抓不得的难受。渐渐雨声有了些着调的感觉。这雨是从昨晚就开始蓄积的。昨天是阴历十月初一，按习俗是人们给故去的亲人祖辈送寒衣的日子，通常这晚我并不出门，我是怕黑的人，像这般阴阳通感的日子，何必去添堵呢。

昨晚朋友约在茶社相聚，茶和聊叙的温暖是牵引的光。我在天黑时打车出门，各个路口处都有祭奠的人，车的确出奇地少，出租司机在我上车后，热情地招呼我，你来我往的问答间便到了目的地。返回时，已接近十一点，路上弥漫着浓重的烟气，仍有不少祭奠的人蜷在雨幕里，看着他们的落寞深情和忽明忽暗的热烈燃烧，却无一丝感喟。

又是冬天了。雨是秋冬的伴奏带，季节的手指按下它，它就这般地，丝丝串串。昨日里那些燃烧，能送出另一个世界的温暖吗？同样地，在雾霾深重的这个冬天，随手拧开一些光，有谁记起，自己给自己，抑或给他人，一些触手可及的温暖呢？或是问起，你的世界、我们的世界，温度几何？

## 对光的渴望

我确认白天短了许多，像小时候捉襟见肘怎么也捏不住的铅笔头，有时想要量一量白天短了多少，像比比中指和无名指的长度一样。有时特别想要握住一天中剩下的时间，却需要将白天的短笔头接在任意的光束里。

我关了办公室的灯，室外一片黑暗，黑夜宽阔，如海一样。借助电梯里的并不健全的灯光，我来到一楼。天是真的黑了，尽管时间刚刚六点，我耸耸肩，游到时间的墨海里。夜如黑色薄凉的水，归家的人像一条小白鱼，需要在这水里寻找捷径，然后回到自己熟悉的岸。

需要经过的这段路并不远。路灯还没有亮起来，缺失了路灯这个夜晚的主要光源，到处都是灰蒙蒙的。残缺不全的广告灯，散漫地浮在一些门店上，有气无力的，像是春节时门上没有撕净的年画，或者灶膛里灰烬中的一条红纹，它们的眼睛挑拣地望向一些人。

熟悉的小城变身为汪洋，我经过的道路，像是水底的隧道，但我要去的地方，不是美丽的海底世界。一个人的瞭望，是等待升起的旗语。有时，可以人为造一些光，譬如一盏台灯、一个暖气炉……

初冬的夜晚，是光青黄不接的时候，没有秋季的明净和延伸，亦没有一场恣意的冬雪成全夜色。四处的灰，交集着晦暗、雾霾、尾气和初入冬季的慵懒，而那时，你对光的渴望，便超出了自己的预期。

下午，在一个嘈杂的环境里，看爱丽丝·门罗的《亲爱的生活》，四周说话的声音很大，交谈并非光与影的和谐。门罗静静地讲述，带阅读者曲折地走一条幽僻的小径，你并不着急知道去到哪里、每一个故事带你走多少米，你会觉得有光，你的阅读就是光。那时，你俨然不会觉得周围的喧闹，光的呼喊越过了涌起的顶沸。

现实中，我们并不常遇到有光的人，无须以太近的距离看清对方衣着的品牌、分辨对方香水的气味，你只是远远看到对方身上有光，温暖与柔和相宜，这是幸运的，而多半的时间，你并不会拥有这样的好运气。有时，过重的脂粉、粗糙的言辞、某些金属的成色，消弭或者遮掩了一个人的光芒。一个物质成分含量过高或者一个身份过于显赫耀目的人，并非一定就是有光的，即使现实的世界里，他们常常是人群中的火。

一个周身有光的人，会让人感到和悦，他或她的目光经过，是平等的舒适，是温暖的关照，即使毫无指向，却也有着通透的明朗。和有光的人交流，时间便会从初冬倒流，在秋日里的河上泛出粼粼的愉悦的波光，而光源，是我们每一个人都可以成为的，当你成为坦诚的光束，会有更高的概率遇见有光的人。

自然的光是我们对光的渴望的分支，有时，人们徒步或远行，事实上是想要生活半径之外的光。冬日来临的时候，人们的脚步就要慵懒许多，瘦去了红和青，草和树叶也枯萎了许多，光就隐去了一些。在初冬，在雪到来之前，我们的眼会有干涩的感觉。去远处寻找一些风景的装饰吗？太多类似的打造雕琢，是有景色无神韵，徒增眼的疲劳。

一个世界的精彩在于人、事、物的光彩，如同一件瓷器，有美丽的釉色没有平柔的光泽，也是失去质地的，一本装帧打磨的书，封面是金粉修饰，却没有耐读的内容，即使在圈子或者上层辗转相送，亦是无光可言。

就像平凡的面孔，可以照出漂亮的照片，庸常的风景，可以拍出流光溢彩的宣传页，除了人为的修饰，摄影师是在拍摄时精心打了光的。艺术之外，人们也越发地精通补光、修饰、遮掩之术。世界越来越多精彩的预设，却少了活气，赞美的语言有你意想不到的精美和曲折，而诚意的光火在肺腑里被摁灭，在一种严格的流程化的交流、会晤、研讨形式里，每一台演出都极尽奢华，唯独难以擦出思想的火光。

上帝说要有光，于是便有了光。这是《圣经》里的话。光是清楚划拨天地的起初，光是明媚一切混沌的现世温暖。初冬的季节里，需要借助一些人造的光芒，来驱散逼近的霾和寒意。

# 一　树　梅

## 在街口

在十字街口，朝东的绿灯亮起。我和她说，再见，新年快乐。她笑笑，我们太熟了。

她在等她那个方向的绿灯。我先过马路。穿过马路时，我才意识到，这些漫长的独自等待的日子里，她是陪伴我最多的人，十几年的相识，我们常常在熟悉的街口，相见，再见。

岁末的最后一天。下午她来我的办公室，说一起出去走走吧。而那时，我正赶制一篇约稿。对她来说，这个时间，辞旧迎新，需要纪念；而我，在近乎漫长的平淡日子里，渐渐忽略了装点特别的日子，抚触过时间的鱼鳞以后，安心地看它游走，却也懂得她此时的心境。

被撇在这样一个常被称作完美幸福的小城里，守着青苔般不敢重踩的岁月，做我喜欢却难以沸腾的专业，而她，经营着一段忽冷忽热渐至冰凉的感情，常常问我日子的花边呢。她也近乎剩下了，一个女子的心没有真正的归属，守着身边人不也是漂泊吗？

我接纳并开启了一段空白的时光，母亲的态度从决然的四字成语到委婉的祈使句，最好还是怎样，越委婉越伤心，如同小时她为我挑出扎在手上的栗子外壳的刺一般，一手拨动针尖，心里极度心疼，那样的委婉是回针刺向自己，母亲看到我的坚持我的勤恳我的安静，也无力苛责些什么了。

较之我的处境，她要好些。家里生活丰裕，父母在城市的繁华处为她置有新居，与此同时，亲情之爱也层层勒紧，选择了自己并不喜欢的工作，在家人催促下开始爱情，遇到阻碍会被重点关注和单方指责。我常常看到她的孤独，这较之我栖息在小出租屋，更是难以消解的困惑。

一位熟悉的大姐也是如此，下午在我写字之余，她打来电话，说她站在窗口，看外面车水马龙。她四十几岁，业务很好，不过当下环境中没人看重这些。她在等待时间，太阳暂时没有下山，大约五点，她回家做饭。这样的机关，每天按时来或者不来的人，都是等待时间流逝的人。

刚穿过的十字街口，是我经常通过的两个街口之一，工作和生活多在这两个街口的辐射区里。生活简单到两个十字，如同两个交叠的十字架。需要拓展什么领域呢，我水性全无，穿不过深水。机制如一只大手，越来越多的人成了水面上的死鱼，努力和翻腾有什么意义？

一秒，下一秒。我们也在等待时间，在人生的街口。我以为我会彻底视年份这个四位数的个位变化如平常，而穿过十字街口时，我知道，她已经成为今晚，不，是今年最后和我面对面说话的人，许多年来，作为朋友、知己等一切身份，她成为较多陪伴我的人。

余下的时间我不需要说话。我加快步子，赶回我的小屋。膝盖处有些冷，下午的久坐聚积了一些寒气，腰椎处有些硬板。渐渐转至我所在的巷子，穿过邻居门前的葡萄架，冬季无果，葡萄藤瘦弱而干枯，透过网状的藤蔓，我看到有月在空，半个月亮，一半光辉藏在云层。低头迈过门里映出的菱形灯光，有谁家里传来一阵快速切菜的声音。

年岁更迭之际，已无什么善感多愁，怎样都是向前走，只是这段路，像是堵车，紧紧挨着，互相催促，距离你不得不通过的收费站还很远，或者你独自去到郊外，一条路通向远远的尽头，你就走啊走的。谁也无法左右时间，包括命运的纹理，但也不必惆怅，一生如水上舟，如这般时，不如享受漂泊之上的轻。

一次次在街口说再见，然后来到命运的转弯处。我们这一生，要经过多少街口，又和谁或轻或重地道别？陪伴你几步的、陪伴你数年的，总会有感念，尤其是那些知道你的薄弱仍固执陪伴着你的人，情愿迎接你的来和目送你的去的人。

# 一树梅

小院里的梅花要开了，给了我一抬头的惊喜。天气冷后，多蜷居二楼室内，院子里阳光不足，绿色胆怯了似的，没有多少可看的。

娇嫩的花草被移入室内，这棵梅树在院子的角落，脱落了满身的绿叶，那日看了它一眼，觉得有些生疏，光秃秃的疏枝有些灰暗，平常并不引人注意，我渐渐要忘了它是梅树。

今日于二楼取水，低头时隐觉有些不同，一枝梅近乎斜伸到我的鼻翼处，再看时，先前那些如随手勾勒的粗线条般的枝上，缀满了黄色的骨朵。有的微梦待醒，有的微齿细语，有一朵，已是矜持地对我笑了。谁于昨夜，染墨枝上，留下这满树的梅，并不留下姓名？

我四下望寻，看有无同在的看花人，果然没有，我把一句"梅花这就开了的"喜，又收回到舌底，却还是想对谁说。说与何人呢？若是有邻人在侧，怕人觉得我对这自然的花开花落过于上心了呢。我深深地看了这花一会儿，就默然回屋去了。

二九了，没有一点儿雪的征兆，梅花自顾自地开，没有雪，总觉得那花少了些润泽。没有雪的冬天，了无生趣，干干冷冷的，四季的特征已不明显。天短了，温度反反复复地

114

升了又降，倒是这梅花开，让我记起已是深冬，可是无论怎样，我不若雪更懂梅花的心意。

多年借居于此，除了那些书，我唯一拥有的就是这株梅了，事实上，从所有者的角度来说，这株梅并不属于我，那些花朵也是，但那些花香是没有所属的，我便幸得，枯燥的冬天，我有了美丽的赏花处。自然之物不同于那些功名物质的所在，在于它的无私和公平，知道回馈每一个有心的人。

当事物被占有，被分割，被蓄意抢夺以后，自然风景也不能幸免。能有一树梅，且免费示人，冬天时目光有一处寄托，这就足矣。天下再美的风景，如果被圈禁起来，购买方可入内，便失却了许多风味，你看了好，也说不出其几分好处来，且可去处多半类同，更觉索然无味。

所幸这树梅花，不在那些圈禁之列，有几分虬曲的天性，年年嗅得花香，再有书香数许，又有何心头之憾事呢？

## 没风的地方

终于找到一个没有风的地方，我在这里坐下来，树叶湮没了我的平底鞋。枯色的落叶铺满了眼前的地面，倔强的青草穿插在落叶之间。这是蓬勃与羽化的融合，落叶是最坚强的枯色花朵，鲜艳的那些不过是浅薄，凋零和归根是天壤之别的旅程。

前面是茂密的林，雪松、梧桐、柏、翠竹等，错落而生，高处稀疏，二分之一以下是茂密的绿，它们一起挡住了冬天向我扑面而来的风，这里相对安静，没有风，心里少去了很多拥堵，我从城里出来，难得有阳光很好的去处，出门时有很大的风，头发吹得很乱，身着绿色衣服的我，不是它们的同类。

远处火车呼啸，不远处工人们正在修葺河岸，我不需要去任何远方，已经扼杀了远行的渴望，但我心里需要一场劳作，一次犁铧翻出血迹般的深耕。四处走走，有一个地方，没风就好。

我去到河的南岸，阳光虚弱，北岸的阳光洁净如羽。穿过一座漫长的大桥，像是穿过脏腑里的隧道。阳光和恼人的风一起将我裹挟，我沿着河流一直走，就想到一个没有风的地方，幽深的河水从我的左侧不停地向我赶来，那清澈的幽暗，像是汹涌的人潮，我背道而行，穿过河风，像是穿过川流不息的人流。

一条家乡的河流，徒步可及，无论悲喜，或者平静。巨大的水的波纹，像是欲望无限的唇，将阳光的碎金吸入肺腑，经过的人读不懂水的欲念和语言。万事万物，皆有表述。人并不容易找到避风的港，有时你看到一些明亮，等你赶到，却只看到虚弱的白色的光。

天空中游来一条巨大的黑金鱼，它时而游得自在，时而游得艰难，单薄的身子在风里左右摇摆，说不清是快乐还是痛苦。放风筝的孩子，分开后汇流，活泼如蓝色的水。我们都在风里，那些漫天的风左右着落叶，左右着每一个普通人的命运，也左右着那条黑色的金鱼，尽管我们不是风筝。

面对树林，忘记明天要赶的路，在无风的地方沐浴。这里没有人可以聊，我深情地凝望大树，它却无动于衷，竹子也是，谁也不需要我的赞美，抑或是安慰。然而，我在这里找到了词汇的河床，所有的语言，一一涌向它们该去的地方。我寻着那条黑色的金鱼，穿过孩子们咯咯的笑声，找到放线的人，一个有弥勒佛一样笑容的黑黑面庞的老人。

终于找到这样一个无风的地方，在这新旧交替之际，我的心里满是晴朗，我想着像捡拾棉花一样，捡拾起那些枯叶，接纳所有的阳光，献给我接下来要走的路，献给我的伙伴、我的路人。

一树梅

# 素食三味

## 豆腐

自食素以来，豆腐就成了家里的重要食材。清早，去羊山四街，买块鲜嫩的豆腐，要排很长的队。卖豆腐的老大爷通常在八点左右出摊，豆腐水嫩，细如凝脂，清白可人，稍微去晚一点儿就错过了。在豫南的菜市，卖豆腐的常有多家，但口感不同。大爷可是菜市的名人，先来后到，一点不马虎，生意做得也是"一清二白"，绝不缺斤短两。

在豫南，最好吃的豆腐要数李家寨豆腐。李家寨是豫南的一个小镇，那里的豆腐颇有名气，因为工艺久远，水质清凉，所以磨出的豆腐香嫩绵软，口感细腻，清香有余。自然，因为地理条件相近，其附近的柳林和董家河等乡镇的豆腐也是名不虚传。因此，在青山绿水的地方，就有人建起了"豆腐山庄"，做起了全豆腐席。山环水绕之地，亭台楼榭，花草点缀，豆腐被厨师妙手烹制，造型各异，口感多样。这是

　　　　　　　　　　　　光和影的比例

豆腐的专场，好像一个人的专场演奏，没有掌声雷动，有的只是身心愉悦，回味无穷。

豆腐好吃，吃法也多。可以用香油凉拌，可以蒸熟后拌菜，这是最简单的。我喜欢把豆腐切成小块，以葱姜蒜和豆瓣酱佐之，做成麻辣豆腐，很是入味。或者单面煎炕，来一个小白菜炕豆腐，这也是豫南餐桌上最常为客人点的家常菜。除此，也可以切块冷冻，制成冻豆腐涮锅，可以油炸做成豆腐泡，可以卤成豆腐干，等等。豆腐真是无所不能，可以做主角，鲜香登场，也可以做配角，辅佐入味，深得人心。

在家乡的名菜中，豆腐是最好的配角，许多菜都离不开豆腐佐味，如罗山大肠汤、固始汗鹅块、清炖南湾鱼等，这些非素食，就不多加以描述了，只是想到豆腐与众多食材的相生。我想豆腐这种素食，最好的莫过于家常，不必苦心搜索就可得享，虽为素食，却不寡淡。孙中山先生说："夫豆腐者，实为植物中肉料也，此物有肉料之功，却无肉料之毒。"这就是豆腐的好处了。

说到吃法，《本心斋疏食谱》中说，"今豆腐条切，淡煮，蘸以五味"，就是将豆腐切成条，不加盐，用水煮一下，吃的时候蘸着酱汁吃。这种吃法最能见豆腐的原汁原味，时下一些餐厅推出的"禅意豆腐""本色豆腐"即是如此，器皿多半是素朴的陶器、原木等，古色生香。这种吃法令人难忘，会让人想起小时候在邻人磨坊里吃到的刚出锅的豆腐，那种热乎和醇香，也真正让人体会到李渔所说，"此蔬食中第一品也，肥羊嫩豕，何足比肩？"

在街巷，我们经常能够看到一些卖"臭豆腐"的小摊，吃客甚众，我向来对它敬而远之，后来吃到了真正的"长沙臭豆腐"，以长沙辣椒酱和香菜为佐料的臭豆腐，外黑内白，外酥里嫩，鲜香可口，令人赞叹不已，那时不知是该赞不绝口还是咀嚼美味了，常常是边吃边赞叹。长沙太平街有臭豆腐博物馆，里面有臭豆腐制作流程的现代化体验，也有可爱的豆腐玩偶，我们真得对一块小小的豆腐刮目相看了。

记得小时候，磨豆腐的匠人挑着豆腐担子，喊着"卖豆腐咧——"，通常是早晨或者黄昏，随着那一声吆喝，味蕾被唤醒，地锅豆腐的香味瞬间弥漫，年末岁尾，母亲总会买回一些豆腐，那时家里没有冰箱，以井水自然保鲜的豆腐，成为过年餐桌上的美味。

入秋以后，母亲会选好品质的豆腐，切块，开水煮一下，然后晾干，佐以辣椒面，酿制成"臭豆腐"，吃时以香油浇淋，很是下饭。这种小菜，叫作开胃菜，很多家常菜餐馆里，以三五块装碟，和泡椒萝卜、花生米等一起作为赠送菜品，有情有味。豆腐，不仅仅是一道素食，也不仅仅是一道美食，更是关于食物的记忆。

豆腐被誉为"中华神菜"，相传其起源与汉朝淮南王刘安有关，据说他炼丹不成，却炼出了最伟大的素食——豆腐，被豆腐作坊尊为祖师爷。豆腐这道素食，如素食中的佳人，好看、美味又颇有内涵。

# 荠菜

初识荠菜，应该是在学堂里。当代女作家张洁的文章《挖荠菜》入选中学课本，从那时起，我便知道有一种野菜于作者是何等的美味，且在忍饥挨饿的年代，给了她营养和支撑。那是忆苦思甜的文章，上代人对下代人不识荠菜多有责备。那时读到的荠菜，是作者情感的寄托，于我并未产生多少真正的情愫。

后来我知道，荠菜是一种野菜，我们老家叫"地菜"，我喜欢"地菜"这个名字，符合其乡野气息，大地之上，一味独特。这是它的俗名，对于我来说，却像是昵称。地菜还有很多名字，比如护生草、净肠草、地米菜、菱角菜、清明菜等，如果刻意去记，好像是在中学课堂上，要记住古代作家的字、号、别号、谥号这般，失去了亲近某人某物的天然之意趣。

我想我小时候是吃过地菜的，在母亲包的素馅饺子里、在冬天涮火锅的配菜里，只是没有留意。荠菜是平凡的菜，唇齿留香，却不肯留名。或许无意之中，也知道是地菜的味道，但炒制加工以后，并不知道她的样子。直到长大一些，在春天的时候，和母亲一起去菜地，发现她宝贝一般地掘起一些野菜，抖落泥土，青青的边缘凹凸不一的菜叶，白净的细细的根须，清白鲜亮。回到家里，会有清炒地菜、地菜馅饺子、地菜煎饼等，我才深深地记住了她的味道。

后来到城里工作和生活，每年春天来临的时候，地菜就在眼前绿起来，总要和朋友相约去挖次地菜。清明节前后，去山间采茶，去乡村踏青，也总是少不了要挖地菜。大树下、菜畦边、草窝里，地菜有很强的生命力，嫩绿着，远远地散发出特别的清香，闻香识地菜，认不清地菜这种野菜的，只需凑近闻一闻，就会毫无疑问，清香中带有一种天地宽阔的味道，并不飘散，即使没有风，也会向你的鼻翼慢慢靠拢。

荠菜饼、荠菜豆腐羹、荠菜水饺、荠菜炒千张、荠菜土豆焖面、素炒荠菜等等，将荠菜带回家，除去杂草和老叶，用清水洗净，青翠欲滴，那是春天在厨房里的一次生长，薄薄的叶子汁液丰富，让人感觉春天从野外到了我家，那是春天的食欲，也是春天的食浴。

地菜饺子绝对是饺子里的一绝，无论是素馅还是荤素搭配。我选择素馅的饺子，切碎的地菜和豆丁、粉丝等食材翻炒，完美地相融，但是一口总能吃出地菜的味道。地菜的香气从薄薄的面皮中透出来，有几分含蓄，咬下一口，又清晰地诉诸味蕾。

荠菜最大的特点，我以为是鲜。荠菜鲜香，老了就会开出白花，叶子的颜色也随之转暗，香气渐渐淡去，民间有"宁食荠菜鲜，不食白菜馅"的说法，挖地菜地时候，稍微去晚了一些，便只有遗憾了。嫩地菜可以做羹，这几年，素食中的蔬菜羹很受喜爱，还有小米炖时蔬，地菜羹也是可以尝试的。

苏轼诗云："谁知南粤老，解作东坡羹。"这道东坡羹有五味之鲜，其中之一就是荠菜。"揉洗数过，去辛苦汁。先以生油少许涂釜缘及瓷碗，下菜汤中。入生米为糁，及少生姜，以油碗覆之，不得触，触则生油气，至熟不除。"以苏东坡之精细烹饪，地菜的香气和米饭合二为一，想来令人垂涎。

荠菜从《诗经》中走来。从《诗经》说"谁谓荼苦？其甘如荠"开始，想必荠菜就已经为人知道了。几千年来，一茎野菜，牵动了人们的味蕾，也缠绕着人们的情愫。唐代杜甫有"墙阴老春荠"，明代田汝成有"三月三日男女皆戴荠菜花"，又是怎样的春情春事，想来如此，我一直对荠菜知道的太少太少，素食一道，何素之有？

## 菌类

我较早熟识的菌类有香菇、黑木耳、平菇、蘑菇，后来知道的有杏鲍菇、金针菇、银耳、茶树菇等。菌类真是一个大家族，种类之多超出我的想象。认识菌类的感觉，像是去到了一个山野，推开一扇柴门，却发现庭院宽阔，里面欢声笑语，方知自己疏于走动，如同陌生的来者。

我食素以前，所食也多半是菠菜、韭菜、茼蒿、土豆、白菜这些常见蔬菜，烹饪技术又不够好，所以常觉得味蕾难开。后来四处搜寻，查看《素食谱》《功德林素食谱》《本心斋疏食谱》等，才知道素食种类之多，据此留心生活，发现食物确实远比我的想象要茂盛。

菌类远不止我认识的那些，比如鸡枞。鸡枞是一种菌类，汪曾祺先生在《昆明食菌》里提到过，称之为"名贵""菌中之王"，在《昆明的雨》里也说过，据说鸡枞菌"开伞"之后很像鸡鬃，味道胜过鸡肉的口感。每次读到这种食物，我总是心生向往，期待能够食得，纵然文字百般细腻，也不若入口品尝来得更真实、更有烟火气。

食得鸡枞是源于小区附近开了一家养生菜馆，其推荐菜品就有"青笋炒鸡枞"，这鸡枞为何物？菜端上来，青笋切成细长丝，鸡枞浅褐色，一个胖胖的菌杆上面是一个未打开的伞状菌帽，入口果然好吃，口感适中，很有弹性。此处口感与文字吻合，与其说是服务生推荐了这道菜，不如说是汪老推荐。

鸡枞之外，必吃的一道是"养生八菌汤"，说是取云南的八种菌材，辅以红枣、虫草花、枸杞等煨制而成，汤色黄亮，营养丰富。到底是哪八种菌，至今不能一一辨认，云南气候独特，地貌复杂，有丰富的野生菌，黑鸡枞、黄鸡油菌、黄牛肝、黑牛肝、红牛肝、松茸、青头菌等等，大概取其中部分和常见菌类一起炖汤。

菌类又被称为"山珍"，因其营养丰富，备受家庭烹饪者的青睐。食素以后，菌类频频现于我家餐桌，常见的是山药炒木耳、粉丝金针菇、蒜苗炒香菇、干锅茶树菇、爆炒杏鲍菇、三菌汤等。每一种菌色泽、形状、口感不同，吃起来也不觉得单调。

我熟识最早的菌类，是木耳和香菇，这源于一段种植经历。小时候家里种过香菇和木耳，记得大概是在春末的时候，父亲会选择适合种植菌类的树木，将其锯成长短大致相同的树段，在树木上打上种植孔，控制好菇房的温度，将菌丝分装好并封上种植孔，之后看菌们一点点萌发、生长。

时隔久远，我渐渐记不得那些画面了。菌们有别于其他农作物，它们对于温度和湿度的要求，以及种作的要求更加细致，是我那时感觉到的不同。除此，常常要去帮忙采摘，大朵大朵的，开满我的竹篮。如此说来，与其说是菌类在我年少的记忆里留存，倒不如说是我曾经亲历了它们的一生，也采撷了时光。

"人间肉食何曾鄙，自是山林滋味甜。"南宋林洪的《山家清供》中，对菜肴做法的描述极为精细，其中一道"山家三脆"，为嫩笋、新鲜菌菇、枸杞菜"入盐汤焯熟，同香油、胡椒、盐少许，酱油滴醋拌食"，竹笋、菌类和青菜的滋味合一，色香味俱佳，可如今不知哪里寻得枸杞菜，就算寻得，食材的滋味和纯度也远不如那时。

清代袁枚《随园食单》中说，扬州的定庵寺有一道"煨木耳、蘑菇和香蕈"，三种菌类，熬制很有讲究，每种厚度如何都有定例。如今，素食不再单是宗教戒律，而更多地成为人们餐桌上的自主选择，关乎身心健康、生态环保等，或者是味蕾关于食物的一种选择。

素食简单，但对食材的要求更高，只是时下，遍寻菜市也难得天然的好时蔬了。近日于古人食谱中寻找可学着做的素食，但总是难出其真味，总想回到食谱等书籍中，隔空咀嚼，在文字里细嚼慢咽，感受古人食材的精良和烹饪的精细。

# 夜 色 弥 漫

## 沙落子时

　　还是同一个角度，只是今晚的月亮没有升起来。白天的温度和夜晚初始没有什么大的不同，只是窗棂里少了月。月不是窗的一部分，但月嵌入窗里，窗就有了伴，有了几分别致。

　　我想起"转朱阁，低绮户，照无眠"一句，月的光辉慢慢流转到红色的阁楼，顾盼低照。眼前窗并不是朱色，只是平常的状貌，没有镂空的雕花，人也不是无眠的，但并不觉得因此丢失了什么意境。

　　有窗有月，有窗无月，不过是不同的存在和变化。想起昨晚的月，是半圆多一点儿，并不是很满，也不是很大，却恰恰好看，是充实而有生命力的芽，望过去，不知是要长出玫瑰的瓣还是秋葵的果，总是觉得那芽的未来是美好或茁壮的。

这是时间的沙漏，在白日与夜晚交接处的一刻，如同海与海的交界线，此时是酉时。白天是沸腾的海，夜晚是浪花的栖息，一切所见投映在视觉的平仄里，如贝壳和海螺随意散落，慢慢流逝。

窗外那棵乌桕树，叶子已转红，藏匿在夜色里，但白日里看过，便如同标本框在了心里，白天的喜悦会在夜晚长出另一些枝叶，白昼和黑夜也许是一棵树的两个枝丫，或者是一片叶的两面，生机各不相同。我不时抬头看一下，我们对事物的再现总是期待，那些经过的美好，日后长成我们期待的一部分。

夜幕来临时，并不着急打开灯光，白日里的光芒和温暖储蓄着，还可以延续照亮一些时候。黑色有时是会发光的，像黑色的衣物反而增加年轻白皙女子的气质，重要的是，黑色的浓度和环境更适合一些光亮的部分穿过，譬如思绪，譬如心情的灯盏。想象没入黑暗的平静，有身着素棉的柔和感，自身携带光亮，夜会是最好的衬托。

远处住户的一窗灯光，好似那几块不多的光是暗，而暗处都是光。这是一种什么样的感受？我们随时可以尝试把生活扭亮。我不知道这种感官的能力可否作用于现实，学会从暗处寻找生机，让心里的那一小片光不至于耀人双目，而周遭不明亮的部分，可以在心里补光。

一生中有无数的夜晚，而每一个夜晚的前世，都是不同的白天，我们把这每一天都看作一生，如果可以这么假定的

　　　　　　　　　　　光和影的比例

话，那么生生世世就可以实现了。如同今日，一个人读书、晒太阳、做酱爆鸡丁、写喜欢写的字，再晒几十枚香菇，这就是平凡的一日，不像往常早出晚归，并不知道室内有如此好的采光。若要是将这一日当作一生来看呢，是平淡还是足够充实？是寂静还是安然？逝去的这一日会遗憾吗？似乎也是很有意思的事情，如果觉得不甚理想和欢喜，明日就尝试不一样的感觉。

一日短暂，可以欢喜，可以忧伤，可以相爱，可以相视，短暂而灵动；一日也不短，足以让人有朝花夕拾岁月匆匆的紧迫感。且将今日作今生，是否珍视、是否真实、是否坦然，只是长度不同罢了。像个后世人一样，在明天看自己的今天，看夜幕降临时被弥漫夜色包围的那个自己，也看其他时刻不同的自己，真是别有一番意味。

如此这般，此时便是一日中的暮年了，夜色遮蔽了头发的颜色，就权作已是暮年之人吧，若是不想，就打开灯看光彩鲜活的自己，有温暖灯光的夜晚如何不是黎明？

是的，在子时，十一点到凌晨一点，是我们的重生，然后在安睡中度过我们的幼年，沙落无声，黎明到来，青春伊始。

## 泼墨与仪式

某个夜晚，再一次经过那熟悉的街道时，觉得道路宽了许多，霓虹和路灯亮了许多，而脚步并无张扬的快意，大地如纸张，落地如键字，每一步都是书写。有时候，夜晚将白天的欢乐包裹起来，经过的道路或如线团一样，散落开来，直至原点。

总会有一只淘气的猫对时间的线团穷追不舍。我们不得不在某个晚上像奉命帮母亲缠绕散线的孩子，一圈一圈卷绕整理，将经过的人生段落梳理圆满，那意境枯燥认真或者神思美妙。

人这如蜗牛的重壳，兴许是与生俱来的背负，如同骆驼的双峰，始终在沙漠的广袤里耸动，如同种子需要叩问大地，并推开石块的无辜。在天地之间，渺小应对寥廓，一目观众生万象，自然是难以轻松的，而那一些脚步，仿若一颗颗种子，向下求生，向大地要一些幸福。我们经过的那些段落，未必总是如线般柔软。

兴许像灰尘，即使天天打扫，也难以明净如初。日日照镜子，在清晨平静地审视，却终有一日惊讶于容颜的改变。即使欢乐，即使缤纷，也依然要记得生命的来处和去处。

这是夜晚泼墨的领悟。当我经过某个十字路口，脚步在夜色里随意散落，如同墨色上点染的花朵。年少时换下布鞋，期许可以走出更广的天地，后来是生动的高跟鞋，变换气质和节奏，再后来回归舒适的平跟，回到运动和布艺，甚至扔掉鞋子，回归海滩，换上旧鞋，回到乡村的田野，回到一种果实植株旁边的泥土上。

淡入淡出，花开花谢，十指已粗糙。日子短小了，也在昼短夜长的欢乐里担忧时间的慌张，这一生的线段也画过了不少，慌张之余，却好似最后登上山峰的人，意外地看到了云海或日出，倍生欢喜和珍重。且截住时间里长出的急迫，和生命比例里错位的部分，一寸和一寸，去要踏实和温暖的光阴，往日可谏，来日可盼，愿晨光熹微，翌日安稳。

法国童话《小王子》里说，仪式感就是使某一天与其他日子不同，使某一时刻与其他时刻不同，只是不同，不等于喧嚣和示人。走到一生中的某个晚上，有时是仪式一般的感觉。你经过某个路口，在某个站牌下停留，一阵阵的远光灯划过宽阔的马路，霓虹在头顶空洞地繁华，而我知道，一个夜晚的灵魂气质，在于你内心的瓷实和这一些未名的凝重。

"敬畏时光，感谢命运如此待我，宽宥我在尘世绚烂里的捉襟见肘，念我一日耕耘，一日素朴，不曾乱了心。"我曾写下这般语句。路灯依傍，温暖在侧，不必惊慌打探明日。人作用于这个世界的，不单单是你的双脚，还有你周身的气流、局面以及空气指数。搁置是一个救生圈，无论你能否泅渡，如同灯光对于这个夜晚的救赎，如同沉重以后，步履匆匆。

总是很轻易地就过了很多年，我们在长大，曾经的大人在衰老，曾经的老人去了遥不可知的地方。这些年，看见过青葱繁茂，也听见过病痛衰老，知道生活有苦难叵测和繁华的谎言。时间带走了许多人，年轻的她、壮年的他、风烛残年的他们，时间也即将带走一些故事、一些树叶和落花，正如秋天来到了，冬天落了雪。从最初的恐惧和惊讶，到后来的平静和沉默，像雪覆盖住最后一片裸露的泥土，人们在心里短暂地难过，然后又各自刷新。老房子刷新成新房子，旧瓶可以装新酒，然而面对时间，我们只能沉默，再聪明的人也得安分。

我们继续编织生活，一针一线，保持轻盈和明媚。我们有时就像一个观众，被不同的人唤到不同的地方鼓掌，这是编织之外的部分，那些营造的各种氛围，待你说出美丽的违心的话，或摘走你心里的一枚果实。我会盲目疼惜那些试图嫁接自己的人，在并不适合或者力所不能及的枝上，甚至为了景观的奇特，不惜虬曲了枝干。

个体的生命是渺小的、是微不足道的，但也是沉重的，这种轻盈和沉重构成夜色般神秘，凝重不仅仅是一种与生俱来的生命伴手礼，也是一粒盘结在你胸前的纽扣。我们只能负重前行，如同是行军的战士，以一个普通人的身份，在时间的征途里行军，行走在日出日落般平常的愿望里，行走在人世缭乱缤纷的欲望之流里。


## 夜中一粒


冬天的夜晚来得比平时早。黑是个吹响的小哨子，夜是一片小树林，神秘而又悠闲。我们起初抱怨这林子太深了，后来便觉得安适，时间终是均匀了一切，在昼夜交替之间。

这种变化，使安静多于喧嚣，理性多于感性。黑与白的转换，像是钢琴的键盘，我们仿佛站在一架古老沉默的琴旁，白昼与黑夜，是我们的琴，黑白相间的日子，就是我们的弹奏，是弦上的光阴。是啊，人这一生都在弹奏，高低起伏，疏密变化，就在那些平凡的日子中间，和谐而盎然，在每一双手之间，岁月葱茏，你会听到人群的交响。

在夜晚的某个地方坐下来，夜色如绸。人一粒、两粒，或者几粒，并不影响。"夜不是为着所有的人，夜把你和你的邻居分开"，当你在巨大的画卷上找到自己的角落，然后勾勒自己的溪流、山川、一抹炊烟、一枚小的鹅卵石，当然你也可以抱住你心里的乐器，弹奏或者神思。我们缩小了自己，世界会显得没有那么拥挤。

和一些声响保持适当的距离，建筑的声音、装饰的声音、急促的脚步声、儿童的稚语，声音是极具穿透力的，声音也怕黑，黑时人们会减小一些音量，黑夜不需要动手，声音自己会拧小一些。在夜幕下随意安放，身体柔软如猫，截住了步履，即使梅花朵样的脚印也暂不要开放，不过梅花和夜的黑色虬枝是绝配。

最好的夜晚是静态的电影，各自移动或安适，并不发出卓越的或尖锐的声音，剧情是文艺的、生活的，不是战争的、恐怖的，夜色弥漫的时候，剧情正是风生水起，而也消音一般，让那些嘈杂的部分隐匿。当然我们也不必是静止的，可以安放，可以聆听。

夜晚刷新了一切，示意安静。冬天的夜是听者的旷野和山峦。夜晚是适合聆听的时候，我们有时需要离开人群，需要离开那些华丽的声音的八卦阵，去听见更为真实的音色。真实让一些树木脱落了树叶，让话语剩下主干，少了枝繁叶茂。你有时会爱上那些挺立无华的冬天的树，好似觉得这个世界比什么时候都更需要坦诚。

不必有绝佳的听力，听见每一个人的欲望或心声，权且都不必，如果真有密语、深渊、漩涡、跌宕、暗声，不必过于专注杂音，或者掘探他人，或者如同一位穿越者，背负许多玄机。更多的时候，听见自己，听见风声，听见鸟鸣和爱，听见那些视力之外的善与恶。

内心丰富和坚韧的人，从来不觉得夜的冗长，一首曲子反复聆听就是平常的不平凡。即使在同一个地方、同一个时刻，我们可以听见夜不同的分隔，十二个小时，可以是梦的田园，也可以是荒涯野渡，比肩而立，却不能听见同样的世界。在冬天的夜晚，有时想听到山谷的回声，想要听见落雪在枝条上晃悠。

我读过的诗里说："我经常在夜里祈祷：只用手语而不是言语，祈祷会悄然生长。"是的，是那个"给你早在你出生前多年的一个傍晚看到的一朵黄玫瑰的记忆"的吟者。我用微闭的双目映现那些字，一个书页飘落在夜晚。寂静的夜，从不是空洞和晦涩，而是饱满和充实。

光和影的比例

冬天的手指是慵懒的，冬天的琴弦会落上一些雪，冬天的夜晚是不肯辩解的寂静。没有一些喧哗的水，没有话语如残叶铺满地面。人生因夜色弥漫而宽阔，话选择说给懂得的人，世界因听到的声音和聆听的姿态而不同。

# 自行车转啊转

## 1

就在人们快要忘记自行车这个代步工具时，我刚刚能熟练地骑自行车，许多人听来不可思议，我记得他们惊讶的表情。偶尔在人群里遇到一两个同类，会觉得知音般相投。

我是落后于这个急速发展的时代的人。这已不是小时候，自行车是时尚、是潮流、是更快的抵达，如今它被淘汰、被忘却，慢于时光，而以环保之名再现于街头，我们才彼此相合。我想我的慢、拙，和我适量的精神清洁，应该都是偏僻的荒野，需要一辆小巧的自行车才可以抵达。

一起去骑单车吧，朋友热情地招呼我。那时我背着双肩包，快乐得像个中学生，也忘记了我是个不会骑单车的人。阳光和车身都明媚着，很是好看，像我们不可以随时找回并触手可及的青春。

可是……可是，我不会啊。我瞬间收敛了我的活泼和欢快，笨拙得像个孩子。

你可以的，朋友定定地看着我说。没问题，你可以的，慢慢来，没有你想象的那么难。那些鼓励，仿佛是抽枝长叶的树枝。我想试试。面对许多我觉得可以驾驭的事与物，我开始变得自信。当你被全然信任，那些枝条就一条一条地长出来，长成你心里的大树，然后成荫。

朋友陪我练习，在宽达百米的大道边的人行道上，偶尔有逆行的车辆经过，偶尔有未清除的路障。我在前面摇摇晃晃地骑，一条完整宽阔的道路，竟然被我断成了许多部分。朋友在后面跟着我，有时隔着十几米对我喊话，多半是鼓励和宽慰，"没事的，稳住，不要慌！"我扭头，看到朋友满头大汗地跟随着，保持和我近乎相同的速度。

我那么慢，我担心的事物那么小，我的慌张有时足够夸张。我等着对方说算了吧，反正你也考了驾照，或者以后你自己再练练。可是没有，我的每一个小问题都被认真对待，像中学生坐到了幼儿园的小班里，我在学别人轻而易举就能做到的事，不需要在意他人的关注。

后来是朋友在前面引路，我在后面跟着，还是不够稳，不够快，听到汽笛声会慌，加上平时运动不够，我很快就满头大汗，但身体和心理上觉得轻松了许多。但凡有一点进步，朋友就笑着鼓励我，那样的笑容，那样的信任，似乎是我一生中得到的最大奖励。

这么说并不为过。从小到大，在生活的很多方面，我都是轻而易举的，也得到诸多认可，但事实上，发现一个人的优势并不难，譬如一个人五官端正，思维敏捷，譬如一个人古道热肠，善于倾听，人们喜爱并接纳你的优点，更善于选择一个人的长处交往，但当人们发现你弱的一面，议论讨论后，就忽略或者屏蔽了。

我有我的慢和拙、我的怯懦，如在许多年里骑不好自行车，我相信还会有一些其他我已发现的和我尚未觉察的。人们习惯性地看到你的好，却鲜少有人能包容你的慢和拙，以一些耐心和宽容。这看似很简单，其实并不是。

春天的街头出现了小黄车，扫码即骑，便于停放。我们一起骑车慢行，享受在一起的慢时光，去公园和小镇，去原野和地头，去绿植和花丛。车身流畅，黄蓝两种截然不同的颜色，冷暖相宜，成为生活的风景。世界有泛滥的爱，有偏执的追逐，却少有真正的呵护与包容。

## 2

记得有次我和朋友骑车慢行，去一处尚未完全开发的湖泊景观，来回十几里路，其中有一段平缓的长坡，我这个骑自行车的新手，在去的路上发现车行流畅而迅速，起初是衣襟和长发吹起的喜悦，返程的时候，我知道我要经过慢长的上坡了。

上坡是艰难的，我用尽了全身力气，车轮转速仍是很慢，有时近乎要倒退了。那个长坡像是一个长长的海豚音，你觉得要收了，却发现并未停止，坡度仍在延伸，这感觉像是一个长长的回忆，无休无止，疲累困乏。

我的老家距离街镇大概有十里路左右，中间要经过一个陡坡，眼前这个坡度与之比起来，是不能称为坡的。坡上有几户人家，有一个简陋的茶水站，人们上了坡之后，多半要在那里歇一会儿，家长里短地聊上一些，方圆就那么大的地方，茶摊的主人好像认识大半赶集上街的人。

父亲常常骑车经过那条路，记得那时家里有一辆加重自行车，黑色的，多半是逢集的时候骑，去集市买和卖，或者送我上学。有时是带着重物加我，我坐在前面的横梁上，后面车座的两侧是重物，有时车座一边是重物，母亲或我坐在后车座上。那样的一辆自行车，现在算来，承重有二三百斤，父亲使劲地蹬着，尽量地多上一些坡，然后才让我下来步行，再推着重物上坡，我也会在后面推一把。

多半走得很早，天还不是很亮，我要赶去学校上课，父亲要赶到街上找个好的摊位，他常常汗流浃背，却不停歇，他不说什么话，只有竭力的喘息声，我想早点下来步行，常常不被允许，他用尽自己的最后一丝力气，有时我会屏住呼吸，保持不动，感觉那样自己就会变轻一样，没有魔法，只是心里的想象。后来在城里乘坐三轮车时，遇到三轮车夫爬坡，我就想下来走几步，似乎是一种不忍的本能。

那坡在一条国道上，道路在当时已算平坦和宽阔。上坡之后，会有一个同样坡度的下坡，真是有风一样的感觉，那是艰辛之后最大的欢乐了。坡度的平坦处有一口井，上有水泥井盖，搬动之后，水清冽甘甜，上坡的艰难就淡去了。那时并不知道上坡到底有多辛苦，一切都是文学的想象，只有这次比对，是真实的。

同样带我走过这个长坡的，还有小学数学老师吴老师。那次是因为到乡里参加语数联赛，吴老师带着我和另外一个男孩子，那位同学坐在前面的横梁上，我坐在后座上。印象中那时吴老师年轻，个子很高。还是小孩子的我们，坐在老师的自行车上，是幸福也是紧张的，一路上的情形我已经不记得，那个坡是怎么经过的，我也觉得不是太清晰。似乎不敢太多说话，只记得老师给我们交代了一些比赛的注意事项。

第一次坐老师的自行车，其紧张程度，竟甚过比赛的过程。一个很大的教室作赛场，都是些同年级的孩子，从吵闹到安静，然后就开始答题。陌生的地方，陌生的人，我四处看着，看看别人再看看自己，不慌张也不着急。记得后来去吴老师家吃了饭，老师家在镇上，师娘下的厨，五六个菜，老师说别客气，一定要吃饱。那时少有在别人家吃饭的经历，应该是不太敢吃，有些拘束，吃完老师又用自行车把我们驮回了学校。

不久，吴老师骑着自行车回学校，高兴地告诉语文老师，我的语文得了第一名。小升初的时候，听说我的数学考了满分，为了知道准确的成绩，我和母亲又去找了吴老师一趟，只见到了在街上工作的师娘，她还认得我，高兴地核实了这个消息，后来吴老师调去镇上工作了。那时，老师像家人一样。

## 3

其实，我在很小的时候就学了骑自行车。家里有了自行车，闲置不用时，或者来的客人骑了自行车，小孩子们就开始学。多半身单力薄，自行车要用了劲才能推稳当，身高也是够不到车座的，单脚滑行，慢慢地，右脚从梁下斜伸过去，算是勉强能把车骑走。

摔倒是常有的事儿，有时是车，有时连车带人。起初，父母或者哥哥在后面扶着后车座，然后慢慢松手，倒也学会了骑行，在院子里拐弯抹角地转，欢乐得很。扶行人比起骑车人来，更觉得累，但大人们虽然辛苦，也是高兴的，感觉自己孩子又多了一项技能。那时摔倒，仿佛更心疼车而不是心疼人，小孩子身体灵活，倒也不怕摔。

母亲个子高，腿也长，一般说来，个高腿长的人学车更容易，但母亲直到现在仍不会骑自行车，记忆中母亲也是学过的，有时跟我一起练几次，但至今仍未见她在生活中骑过自行车。母亲是聪明能干的人，做事灵巧，脑子灵活，但为啥不会骑自行车，我也说不清楚。我想我可能遗传了她。

这可能与母亲的谨慎有关，做事求稳妥。记得我读初中的时候，有一次放学，父母赶罢集等着我，我便骑了他们的自行车在前面走，摇摇晃晃的，路边经过的车老远就停下来让行，这可吓到了母亲，后来便不放心让我骑了。

还有一次，我们一些同学约着回小学母校，我骑着车带了一个女同学，学校附近的公路有一个陡坡，下坡时我有些紧张，其实按理来说只管骑着下来，减减车速，就没有什么事儿。可当时觉得心里紧张，越紧张越无措，就摔倒在了旁边的稻田里。那时刚刚栽过秧，田里是水和泥，虽没有摔很重，但以后更加胆小了。关于骑自行车的记忆，在很长很长一段时间里，就终结在了那儿。

哥哥却骑得自如。我很小的时候，他去哪里，我喜欢跟着，像个小尾巴，坐在自行车的后座上。有时候他去跟同学玩，我也要跟着去。后来他大了，我也长大了，他不再带我，可能觉得我是个拖累，或者走哪儿带个女孩子，玩得不够自由。

后来他去厂里上了班，我到城里上了学，周末常去他那儿玩。有次一起去亲戚那儿，夜晚返回厂里，是个夏天，路上没有太多的行人，车也少得很，整个马路显得十分空旷，哥将车子骑得飞快，下坡的时候像是一阵风，他那时年轻，带个人像是骑空车一样，真是风一般的自由。

在我印象中，是哥从外面用自行车带回来电视机、肉、糖果和家里的一些必需品。那辆自行车似乎是家和外界的通道，由父亲骑出去骑回来，由哥骑出去骑回来，每次总会有一些小小的期待，家境也在这样的一去一回中有了起色。

时间总是流转，家里的自行车先后换了几辆，最后是一辆黑色的自行车，后来便慢慢闲置下来，之后父母进了城，那辆自行车不知道是送了人还是当作废品处理了。前几天回家，母亲说又处理了两辆自行车，其中有一辆是小侄女上中学时买的，粉紫色，很漂亮，骑了一段时间她便不再骑了，车看起来还是全新的。

想起小侄女骑车上学那阵子，因为住在二楼，自行车总是由大人们搬上搬下，更多的时候是我的父母，每天早晚各一次，父母从无怨言，像当初他们教我骑自行车一样，一遍一遍，满都是爱。

# 4

自行车转啊转。

是啊，自行车转啊转，光阴就这般溜走了。说来自行车是代步的工具，可是当我静静地去回忆它的时候，竟然觉得那分明是一部摄录机。它用车轮记录，用车座记录，那转动的链条和轴承，分明是时间的表盘啊。

我这样一个不擅骑自行车的人，我以为我和自行车之间，是远远的两处，彼此没有牵连，而事实并非如此，它和时间、亲情、成长等紧紧地联系在了一起。某个事物进入生命的缝隙，有时候是参与，有时候是参照，无论如何，我们都曾经在它出现的时光里多了感受。

那么多的爱在自行车上流淌，小铃铛在清晨的阳光或傍晚的霞光里响起。没有尾气，也少有超速想象，生活就靠这样平常的代步工具辗转，生活的发生不是停滞不前，也不是疾驰而过，那样的日子令人觉得安好。

在车把上挂一提新鲜的糕点，在车后座载回一个美丽的姑娘，孝心的孩子用车推着老去的父母，见面摇个铃铛，是问候也是一阵音乐，那日子暖暖的满满的，并不比现在贫瘠。

自行车转啊转。我想起这些，是因为河大的书蝶老师写了《自行车上的爱》，她的学生芳也深情地回忆起自己自行车上的年华。这真是有趣味的事。爱屋及乌，也会爱一个人写的文字吗？可是我是个不擅骑自行车的人啊，我要跟上去，在文字中慢行，迎着她们的背影，摇一阵丁零零，唤她们等我，我们一起骑自行车去远方。

书蝶老师在开封，芳在郑州，而我在豫南的山水之间。仿佛我们的旅行是登上了同一趟列车，哦，不，是自行车。孙老师是温婉的女性，珍珠一般温润和光泽，倒是适合在江南，我曾以为她是柔弱娇嫩的女子，后来才知道她是被生活磨砺得智慧和坚毅。

自行车带我们去到许多地方，她和她们的生活旅程，她和他们的爱意情长。这是属于她们的慢时光吗？那些动感的

　　　　　　　　　　　　光和影的比例

时光，像是珍藏起来的一幅幅连贯的老照片。孙老师说她至今仍坚持骑自行车去上班，这让我想起一些骑自行车的人，在急速飞转的时代里，骑车上下班、骑车去公园、骑车去看老朋友、骑车在春日里闲散地走。

这真是难得的慢生活，在这样的慢时光里艰辛回味并享有快乐。在车轮经过的轨迹里重温，在文字的字里行间骑行，将这个时代的繁华、迷幻、高速和拥挤放在身后，一些简单而快乐的人彼此跟随。

有时候，想要去的地方相对偏僻，不够繁华，不是最远的地方，也不是最宽阔的地方，需要一辆小巧的自行车，就可以抵达。这是另一种抵达和路经缤纷之美。

# 折 翅 记

在热烈喧闹的人群中，我第一次感到，这里有春天的蓬勃，每一张面孔都是花朵，每个晃动的手臂都是抽枝长叶的部分，我向他们望过去，也向她们望过去，透过清晨或薄暮一般均匀的光芒，如同在有着蜿蜒溪水的森林，我感到氧气充足，万物平和。

刚刚屏蔽了身体的不适，一场病如同疯长的稗草，竭力薅尽，地上仍有散落的草叶尚未枯萎，人在一段日子里，像一粒攒不上劲的种子，刚从地缝里挤出一点，整个人被包裹在深度疲劳的硬茧里。万物都在复苏，人们在热闹的世界里开出自己的颜色，即使忍受削足适履的疼痛。白天外面阳光正好的时候，我将自己整个地放到阳光里，伸展手臂，如同尝试打开翅膀，只要跑过了这段时间，四季更迭，我可以从容一些，但不能够。

小火锅、羊肉汤、蒸菜馆，到处都是热气腾腾，干锅小炒、生煎蒸煮，养生滋补，食客们来往穿梭，选购取用自己喜爱的食物，做一次栖息和觅食，女人们更是精致地享受素

　　　　　　　　　　　光和影的比例

食，香蕉奶昔、红枣银耳、水果沙拉，涂了各色唇膏的美丽喙部，取食优雅，笑意嫣然。大口喝酒的男人，细细咀嚼的女人，嗷嗷待哺的孩子，所有的食物都是一棵生命大树上的果实，汲取的人们像是满树的鸟儿。

我终于落枝为安，尽管飞翔是鸟儿的使命。这是一个黄昏的晚上，我去一家平日里不大乐意去的美食城，把自己置身于喧闹之中，不再对自己有任何催促，选择放下一些紧要的事并不容易，每一次起飞都在时间里酝酿了那么久，尤其是在紧要处的几步，折翅的疼痛还很清晰。

不远处的那张餐桌上，一些人正在热烈地交谈着，我不知道那是什么样幸福的话题，可以不时地加以手势，那些手势很连贯，划过空气的时候甚至有一种饱满的美感。我不知道他们在说些什么，喧哗的热闹吞噬了每一处人声，叽叽喳喳，所有的人都在表达，所有的人都在交流，语言的香气糅合在一起，流淌成共同的声音的河流，未名的河流。

欣喜地看待这一切，平常的一切多么新鲜，多么有生机，我以至于怀疑自己的视听，在一个多么平常的晚上，感受却是如此不同。病后的感觉如同重生，对于平日里我们觉得枯燥如复制的世界，只需要一场身体的不适、一次心灵的大雨，就可以看到它雨后初晴的样子。

迎接一场大雨是不易的，那落满大树的鸟儿，兴许你是唯一打湿了翅膀的，凌乱的羽毛需要重新梳理，接受鸟儿历经辛苦衔来的一粒，不发芽的一粒，发了芽不生长的一粒，亲自将它送入土壤，看它在三月阳光反复来临的早晨枯萎。放下是一种深刻的勇气，黯然中明白并非所有期待都会有果实的泽被与福荫，一颗无力生长的种子，常常要面对自己的苛责。

那晚并没有吃太多东西，我在俗常生活的一角，经历了四季的转换，感受到了从阳春的蓬勃到落雪的宁静，试图忘记一段辛苦的日子，以及突如其来的种子的空洞，慢慢捡起它，握在手心，满是疼惜。是的，我们要结出一样的果实，并为此在一些日子聚力，直到没有力气，折断羽翼。

人群散尽，我也即将离开这里，偌大的美食城没有了声音，有一些手势仍如新生的枝条一般没有敛去，这才看到，那是几个聋哑人，四个男子，两个女子，二三十岁的样子，他们依然平静而快乐，我不知道他们在表达什么，手语里写满热烈、饱满和力量，我近乎落下泪来。我在心里藏好那枚没有发芽的种子，用泥土覆盖，将一段辛苦但找寻不到意义的日子折叠。

我离开那里，和他们告别，一只淋湿了翅膀的鸟儿向几只折翅的鸟儿的告别。我要飞向我的森林、我的巢穴，安静地养伤，慢慢地清零。


我飞回母亲身边，她看到湿漉漉的我，安静不同于往日。不知道该落在哪里，已经不是小时候，羽翼未丰，可以落在她的肩上，也不是少女时常有的依偎，静静地落在她的衣襟旁边。

一只折翅的鸟儿，和已经老了的母亲。我们很久都不说话，她在感受我的疼痛，我在抚慰她的衰老，无声胜似有声。我将自己以最为舒服的姿势陷在沙发里，母亲坐在旁侧，一副风雨不动安如山的样子，她将身体微微侧转向我，双手半握，放在膝盖上，整个人坚定如同磐石。

这是我极为熟悉的姿势，每次生活的风雨来袭，母亲都这般沉静而安定，她一生清瘦，却从不脆弱摇晃，数年前我经受生活的骤雨，母亲晨起接到我的电话，踩着露水匆匆赶来，我正心神不定，母亲坐在我的床边，面容平静，她只说了句，"有什么是过不去的呢？过去那么难，现在都一步一步走过来了，会有什么过不去的坎儿！"仅此数句，字字清晰，再无多言。

与此同时，母亲默默地将担忧放在心里，不多日，她就憔悴了许多，但仍开朗着、忙碌着。我有时跟在她的身后，想起小时候，她以年轻的身姿飞来飞去，我快乐地盘旋在她的周围。除了挚爱亲人，有什么是需要我们苦苦攥紧的呢？心里有一片晴空，就不会被人为的大雨淋湿。

"不管遇到什么事儿，也不要和身体较劲，担不动了就放下。别想着不甘心，跟身体比起来，那些东西都不重要。人这一辈子谁是啥事都顺呢？"

看我并不多说什么，她便一句一句地重复说着那些话。平日里多是她听我们说，高兴的、不高兴的，远的、近的，今天是我听她说。母亲并不知道我这段时间在忙什么，遇到了什么，但她是无须把脉的医生，无须望闻问切，便捕捉了一切。

生活的丛林里，当你淋湿了翅膀，许多同伴就飞走了，有些话似乎也不知道该以怎样的方式分享，有些人适合一起飞，但很难真正一起停顿和栖息，而飞回母亲身边，无须诉说，自成交流。

我在沙发上沉沉睡去。梦里是一次长途的飞行，我力气尽失，羽翼颤抖，被迫停下，再次起飞，又是跌落，一次又一次，直至筋疲力尽，完全不能动弹，时间白白流逝，成为淹没我的河流。母亲从忙碌的枝头飞来，她频频告诫我要放下，哪怕是小事情，哪怕是自己觉得重要的事情。

恍惚中醒来，是母亲在小声念叨，我安静地听她说话，如在佛山，如同诵经。母亲以佛心度子女，不过说一句万般皆空。你若安好，便是晴天。母亲不懂哲学，但她说出了至理，我便知道，最深奥的哲学和最终极的力量是爱。

我知道我是想和时间赛跑，太久以来，都是落在了时间的后面，在夕阳下的小径上徘徊，在微风吹拂的沙滩上漫步，时间将我甩在身后。失群并不是十一月的大雁南飞，独有的一只面对人类的枪口，或者失散在雁阵之后，发出一些哀鸣。我曾迷恋一朵花的香气、一株草的影子，但并非因此爱上停滞和荒芜。

谁都无法复制别人，一个人的一程，是一首天然的曲子，曲风、音质和节奏各有不同。多年来在慢车上看世界，执着于自己喜爱的事物和热爱的事情，从来不曾后悔那些在时间的纹理中缓慢梳理的日子，感谢自己遇到了另一种美好。这是飞翔的不同路径，凭借了不同的风，就会拥有不同的痕迹。

　　我唯一的遗憾是时间走得太快，我想要追一段日子。那是个重要的时间节点，有想去的王子舞会，努力安排好了一个一个事情，希望它们有条不紊，如果可以跨越一条河流，便能走上追赶时间的捷径。我相信自己可以是一只临时住在风中的鸟儿，完全可以飞一阵子，也曾经飞过，我知道我的时速。

　　时光如梭，逝者如斯，时间在飞，我也在飞，极力扑打和时间赛跑的双翼，却在深度疲劳里跌下半空，一只羽翼受伤的鸟儿，在时间的河流溺水，为无法续接的里程而难过。时间有一种力量，看不见有如洪荒之力，像小时候牵过的一头不肯回家的牛，眼看天黑了，我拉不动它，牛绳扯得紧绷，牛纹丝不动，贪恋最后一口草，时间的影子虚无缥缈，其力如同海上的大风。

　　一段日子只剩下我和时间、时间和时间、我和我。我们有时像是在拔河的两个人，在前面的部分，我觉得自己在时间里如风，红色标记远远地倾向于我这边，而就在最后那一刻，自己没有力气了，只好松手，任胜利回归时间那一边。

今天输给了昨天，我输给了自己。人和时间的战争多么残酷，任你丢盔弃甲。

时间有时不单单是一条河，而是来自八荒的洪流，所有的水都向一只鸟儿汇聚。面向生命中段的大地，才知道早已不适应削足适履的生活，时间的力量在于，你无法回到过去，包括回到过去的体能和状态，按照年轻时候规划的进度，并非可以得到时间的庇护，而是心神俱散。

身体是一只旧巢穴，好似年久失修，无法继续承载飞翔的梦想，一只从天空跌落的鸟，惊惶之间，在时间的旋涡里浮沉，而时间并不温柔慈善，给你格外的包容。大地广袤，地面哀伤，有许多只折翅的鸟，捡拾折断的翅膀，以细足踟蹰前行，直到跌倒匍匐，伤痕累累。

而时间是一阵海上的怪风，你越追赶，越是无能为力，只有让心停下来，时间才会停下来，殚精竭虑地去飞，并不如平衡地驾驭。

# 栗 子 笑 了

栗子是有秘密的，她的谜面是一些青色的细长的刺，那些长满刺的青色栗包，像一个个小小的刺猬。我们无法亲手打开那些谜面，如果借助剪刀等工具来获得谜底，又似乎缺少一些诗意。唯一可以做的，就是等待，等待那些栗包张开口，笑意盈盈的时候，谜底会自然地揭开。那是秋天里笑口常开的日子，满山的栗子树，随处可以听到栗子发出的笑声。闲暇时，听到板栗落地的声音，我们会到草丛里、落叶间，获得一些答案和喜悦。

许多吃过栗子的人，并不曾有过这样的猜测和体验，他们似乎从来没有见过栗子的谜面，他们与栗子的首次见面，兴许是市场上的糖炒栗子，是板栗焖鸡里的板栗，也可能是栗农们收获了之后带到市场上兜售的栗子，那是果实的谜底。而我庆幸可以成为那个猜谜的人，一颗颗果实带给我等待和收获的喜悦，不仅如此，等待栗树的果实从矜持少女到成熟，她笑着开口说出秋天里的句子，这是一个美妙的过程。

我们从栗树着花时开始翘首企盼，那时候，栗子只是一个朦胧的期待、一份诗意的酝酿，一串串细条状米色的花絮开满栗树枝头，满山的清香啊，花落之后，渐渐地长出一个小小的栗包，起初只有豆粒那么大，后来慢慢长大一些，但那时的刺并不尖锐，无法呵护果实，心急的人打开一个栗包，里面空空如也，如同一个小小的讽刺。

后来栗包慢慢生长，逐渐有拳头那么大了，人们等得有些着急，以为里面会长出饱满的栗子了，打开一看，栗壳是白色的、柔软的，里面的栗仁尚没有完全长成，水润的、黄色的嫩果仁并不足以吃出板栗的味道。只有一直等到栗子成熟，栗包笑着开口，栗子从高高的枝头落下来，我们听到果实落地的声音，内心的喜悦再也包藏不住，这才有了一次真正的完整的收获。

我珍藏着那样的过程，一粒果实从满怀期待开始，渐渐地长成可以自我保护的自己，一路护卫着自己从稚拙到成熟，然后在秋天的信任里投身大地的怀抱，在对枯枝与落叶的感恩里回到我的掌心。这个过程，如同山里的孩子，成长路上总是很好地包藏着自己的内心，在许多年的生长之后，才敢于在秋天的阳光里迎着生命的枝头完成一次展露。这是栗子与众不同的人生谜面。

秋天是忠诚的，笑意盈盈，我们需要打开那些带刺的外壳，再剥开果仁那红褐色的外衣，然后除去那贴身的护卫，那是最为柔软却难以打开的一层，一颗黄亮的果仁才会呈现，一颗栗子的真心才为人识得。层层包裹，一片金黄，这是果实的内心。我喜欢这样的果实，在于她将真心和笑意一起和盘托出，而不会有任何分离之举，这是山间收获的笑容，笑得最为真实也最为好看。

秋天，在山间的早晨，我们起床后会去山的怀抱里捡拾这样的喜悦。我和大人们一样，都是身着长裤，将自己包裹严实，有时还需要借助一支竹棍，来寻找那些藏在落叶和枯枝之间的栗子，从来都是满载而归，栗子在我们的口袋里鼓胀着，欢腾着，沉甸甸的，因为起得早，阳光多半还未升起，但我们的内心已是阳光普照。没有一粒果实是值得遗忘的，乡间的老人们早就用实际行动告诉我们，在朴素的山村，每一个人、每一种事物都是一个谜面，而那些谜底是我们受用一生的道理。

日常可见的果实，大多有好看的外表，而栗子拒绝了这样的水嫩和亲切，她严实地包藏自己，从一串细弱的朴素的花絮开始酝酿，从不以过于热烈的花香宣告即将孕育的一切，等到她长成青色的梦想，并以不可触摸的外衣拒绝叩问，专注于生长，直到其长出洁白的果实，如一袭白色嫁衣，有着喜悦的心情，再到慢慢担负的责任，将果实长成坚贞的所在，等待自然的恩赐，并迎接终归于坚实大地的笑意。

在秋天的枝头，母亲常常以一种坚韧来收获另外一种坚韧。她从小是大山里的姑娘，大山养育了母亲，母亲也在大山里默然而坚韧地生长，我后来去过那样的山里，大山的庇护，如同栗子带刺的外壳包围了她，她单纯地生长着，却也格外地坚强。即使后来在拮据而时常艰难的生活中，母亲也乐观地生活着，她总能笑口常开。

记得小时候，栗子成熟的季节，母亲会爬到高高的栗子树上，用长长的竹竿敲打那些栗包。栗子大面积成熟，为了有一些收成，零星捡拾是不行的。母亲会做好自我保护，爬到树上打栗子。我至今对那些高大的板栗树望而生畏，母亲却身手矫捷，很快就爬到那些树上，找到稳妥的支撑点，再让我把长长的竹竿倒着头递到她手上。竹竿长且重，我要很努力才能准确地递给母亲，她接到以后，巧妙地调整竹竿的头尾，然后是方向和角度，以便灵活地敲下那些远在枝头的栗包。

开始打栗子了，栗树如同发出一阵阵欢笑声，栗子和栗包一起下落，那是山间的交响，母亲常常交代我躲在安全的地方，但那样的乐声和笑声震撼着我，我忍不住探头去看，又不得不在栗包突然落到跟前时，惊讶而嬉笑着落荒而逃。有时为了捡一颗饱满的栗子，也有可能会被弹出的栗包打中，那实为惊险的游戏。母亲嗔怪着，让我躲远一点，反复地叮嘱。有时候即使百般小心，也会在捡拾栗包时扎到刺，留下疼痛的记忆。

我不知道山上有多少栗树，数着忘着，母亲却记得很清楚，她心里有栗树们的地图。她一一攀上那些树的枝丫，那些彼此交错、虚实相生的枝丫，如同母亲在现实生活里面对的困难一样繁复错杂，而有些困难如同她怎样攀爬都无法敲打下来的顽固果实，我也常常看着母亲在那样的枝丫上歇息，叹息和遗憾。但更多时候，她辗转于高树之间，笑声响亮，在艰涩的生活里笑着面对，我的担心一一落空。

在我印象中，我成年之后，母亲仍然保持着那样的习惯，秋天来了，栗子笑了，母亲的笑声也会在山间响起，她不顾我们的劝阻，即使那时生活已经宽裕不少，但她依然不改勤劳的本心，不肯遗落山间的那些果实，以至于她的执着成为我们的担心，被我们屡屡劝诫。母亲听后开朗地笑着，应承着，而后仍然把她辛苦收获的栗子分送给在城里工作的我们和亲戚。

她的一生就是这样，在云雾藏遮的山间长大，又如同一个坚实栗包，严实地庇护着我们，她不惧生活的风雨，而我们也得以在这样的包藏中幸运地成长。我始终不能忘记的是，她在高大栗树枝丫上的情形，我甚至清晰地记得每一颗栗树以及母亲在树上的动态，我记得小小的我常会从树下向上仰望，在那些粗大的板栗树叶和褐色的粗壮的枝丫之间，母亲美丽而坚强地倚在上面。我也因此记得，我从叶间的缝隙望向的天空，秋高气爽，天空蔚蓝而空旷。

母亲身高一米六九，身材窈窕，年轻时面孔极为秀丽。如果单单从外表看，她应该是纤柔的女人，应该是被山水温柔呵护的女人，即使多年辛苦的劳作也没有使她变得粗糙和壮实，她始终是窈窕的，如山仁厚如水善柔，笑口常开着，中年时父亲的疾病和子女生活的重担也没有压弯她的腰。母亲一生节制、坚韧而乐观，如今的她仍然如此，始终美丽，姿态端庄，这也近乎成了我们心中的谜。

　　母亲年岁渐老，后来移居城里，每到秋来，她总会惦记起老家的那些栗子树，甚至念叨着要回去收栗子，被我们阻止。理由很是简单，年龄大了，要保重身体，再者说，城里的栗子几块钱一斤，何苦要颠簸来去呢？那片长满栗树的山坡先是交给邻居捡拾，后来随着拆迁就荒置了。

　　又是一个秋天，我们从一个云端里的村庄闲行返回，半弯山路上，一棵油栗树长在路旁的山坡上，树上挂满了小栗包，我们不由得停下来，折了几枝，有的已经开口笑了，栗子是红褐色的；有一些还没有张口，栗包绿油油的。这是棵野生的油栗树，果实比普通的栗子小很多，果实真香。我把折来的野生油栗的栗包放在路边，用脚轻轻一踩，稍稍旋转一下，栗子就出来了，我惊讶于自己动作的娴熟。

　　这也令我想起了我家后院山头上的一棵油栗树，它倾斜着生长，俯身在房檐上，果实成熟要晚一些，果实小一些，但是特别香。我对后院的这棵树印象特别深刻，因为这棵树距我特别近，果实小而香，我们等着它自然成熟落地，一个一个捡拾，这里有着特别的欢乐，每次捡拾那些小小的油栗，都觉得特别开心。院落里、大树下，充盈着我们无数的笑声，那是自然馈赠给我们的果实，也是季节留给我们的欢声。

小时候，大量的栗包采收回来，需要用剪刀将那些开口或即将开口的栗包一一打开，那时我们会穿上平底耐扎的鞋子，裹好裤腿，那些成熟的栗包只需要轻轻一踩，栗子就全出来了。这样的劳动有欢乐也有艰辛，有时不小心会扎着手，需要坐的稳当，小心侍弄才行。被扎到手是常有的事情，母亲会找来细针，捏着被扎的部位，一点一点挑刺，她动作小心，不时发出紧张的感叹声，那个爬高上低、生活中坚韧无比的母亲与此时完全不同。

山路上得到的几颗栗子，小巧可爱，真舍不得吃，被我们捧在手心，好像回到了小时候那般，一颗一颗地数着。母亲每年都要到市场上挑些油栗回来，果实虽小，但皮薄香甜，然而总觉得不如老家那棵树的果实好吃。这次的路遇，剥开来尝一个，特别好吃，完全是山里的纯有机无污染食品，算是好好地回味了一次。

记得有一次，一个亲戚回老家，捎来了老姨捡的半袋栗子。闲聊中亲戚说到，有些栗山荒了，便有不少老人去捡栗子，有个老人将捡来和采来的栗包带到集市上，有不少年轻人没有见过栗包的样子，愿意自己尝试用剪刀剥开栗包，这成了一种有趣的体验，也为老人带来了收入。母亲因此牵动了回忆，说起过往，大山历历在目，果实依旧欢笑。果实从来都不是果实本身，尤其是对于曾经牵挂着那些果实的母亲来说。

栗子新上市的某个中午，家里总会有一道熟悉的菜肴——板栗焖鸡，这是我们家乡的名菜。母亲精心挑选土鸡和上好的板栗，精心烹饪。她恪守着年轻时候的烹饪方法，菜肴在秋天里散发出特别的香气，母亲忙碌着，在那样的香气里，一个又一个秋天从我们心头掠过，抬头看窗外，这个秋天秋高气爽，果实飘香，我想起栗子的生长和母亲的一生。

光和影的比例

# 冬 天 的 树

　　如果，人们习惯性地向大自然索取一些什么，冬天似乎是敬奉最少的季节，没有好看的花，少有苍翠的树，甚至连山果也难以找见，那就期待一场茫茫大雪。雪该是冬天的盛产了吧，却也常常失约。

　　于是便觉得冬天是晦暗的，了无生趣。即使雪来了，又能带来些什么呢，诗情画意不是必须，除尘洗白也是艰涩，对于肉身饥饿的人来说，冬天像是一个空粮仓。

　　天还是冷了，人们开始增添衣物，减少出门，戴上耳暖，套上手套，加个口罩，甚至护膝，尝试包裹身体躯干的一些树枝。低温的日子，我们尽量选择不外出，天晴时，追着少有的阳光窝在一个地方晒，在户外舒活筋骨，那时，我们就会看到和人一样立地而生的树。树在寒风冷雨里，任风一片一片地剥落自己的外衣，裸露深处的灵魂。面对同样的季节，人和树的躯干部分，分别选择了敛藏和承受，这就是树和人的不同。

　　我们曾太过于热爱春天，在密集的花朵和枝叶之间，词语如同摇滚一般狂热。是的，如果人对萌发的欲望远胜于节制的内敛，也并不足以为奇。明媚的季节有天然的好人缘，满是期冀，人们热烈地赞许，包括季节里的一切，不分绿肥红瘦，凭亲疏好恶可以论定是否需要亲近，而冬天则出身于寒门，冬天的树，是这个寒门里瘦弱的梦想。

当一切愿望、梦想和天马行空开始凋零，如同精美漂亮的赞许在身份转换和时光流转中暗淡一样，如同没有根的风缭绕缠绵而后横扫涤荡，只有冬天的树，深深根植于自己的土壤，以挺立的身姿迎接风霜雨雪的变化。即使没有人以慵懒外套包裹的双臂，僵直地拥抱一棵树，即使在咀嚼和评议了它们的果实之后毫无感恩，即使在失去了如华盖一样的遮挡和庇护之后，冬天的树，仍平静地度过自己的冬季。

冬天的树是另外的一群人，是不同于人的一些影像。当我们仰起目光，一一触碰那些伟岸的身躯，我检索到了冬天馈赠给我们的冷静、理智和宽阔。冬天从来不单薄，冬天的树是这个世界最沉默和坚实的人，就像我们极力地从自夸和浮夸的人群中挤到这个季节的边缘，我们会看到一些普通、坚毅、正直的面孔。

无论是在冷静清浅的水面，还是在晴朗的天空，冬天的树和树枝都是最自然的线条、是最自由的影像。它们被画在了蓝天上、画在了白云边、画在了晚霞里。冬天的树的线段，是合乎任何一种背景的。无论是高大的乔木还是娇俏的灌木，冬天的树或高大伟岸，或清新消瘦，或笔直挺立，或盘曲遒劲，大都简单舒朗，清白坦诚，那些天成的枝条，哪一枝都是人类渴望的极简和自由。

冬天的树是俊美的，冬天对于树来说，就好像春秋之于我们，可以简单和舒展，却不会过于花枝招展。我相信冬天的树是有故事的人，却不需要只言片语的叙述，每一棵落叶的树都是故事的承载，它们舍弃了叶与叶的赘述，只告诉我们故事的高潮和结局，而透过枝干的缝隙，我们能够想到它一生的起伏。冬天的树，是故事的精华，在摇落了一身绿叶之后，精彩的故事往往从虬曲开始。

树上一夜花开，是雪带来的好运气。这不同于人的一夜白头。雪覆盖住了那些粗粗细细的枝条，雪超度了树，有时是整个地覆盖。大雪来临，冬天的树顶风冒雪，雪化后一树美丽的琼枝，树也在下大雪时弯下自己的腰，但这是暂时的规避。雪的白和树的坚毅，是冬天最好的结合。曾以为雪是冬天唯一的礼物，直到我看到了那些树，看到了冬天的玉树琼枝。


## 鸟儿的段落


深邃季节的天空，是少了烦琐絮语的开场白。没有一丝尘杂，天空明净，等待盛大的启幕。

一群鸟倏地从屋后飞出来，星星点点，均匀密集地排在一样的高度。灵动和娇小的小影子，突然地来去，在你的心里走一趟，就又不见了身影。像是撒娇的稚子，天空的心里蓄满了包容。

几棵白杨高挑地站立，疏朗的枝条，有种清逸的美，那是独属于初冬的个性，写满简单的深刻。没有果实，没有了夏日的绿荫，它们不言不语，像是懂得了季节和天空的深邃，展现出的真实，是一棵白杨在秋天里的丰硕。

那些鸟儿，落在了白杨高处的枝头上。树枝微微地晃动。它们带来了微风，树枝轻颤，那些鲜活的叶子，是鸟，它们合拢了小小的翅膀，长成了树的叶子，大树是等待描绘的轮廓，那些飞来的雀鸟，妥帖地丰满了一棵清瘦的树。春意盎然，一群鸟的栖息，瞬间带来季节的转换。

它们像是在树林的客厅里开会，一次重要的会议，鸟儿四面八方聚拢而来，在枝头商榷。有时会有一只鸟突然离席，也许是临时有事，或者那些轻描淡写的讨论在某只鸟的想法里是毫无意义的固执。

那只离席的鸟儿稍后又飞了回来，一些顾全大局的鸟，继续安静的枝头会议，没有叽叽喳喳，却聚集了很久，终于，鸟儿们集体飞离了那些枝丫，如同散会一般。有时，雀鸟是天然的画家，点染铺排，天空瞬间多姿生动；有时，它们是短跑健将，迅速从起点飞到终点。

在屋前的空白地段独坐，惊喜于这群鸟的来来回回，鸟儿是季节里许多许多的省略号，让天空富于遐想。

有这样一群鸟的天空是幸福的，有这样一片天空的眼睛是幸福的，而有这样目光可以企及自由的我们，也是幸福的。这个秋天很长，这个片段很美。

这是一个寂静的乡村，你若是坐在那里，用四十五度角看天空，你会忘记来时路上的灰尘，雾霾已经几天不能散去。此刻，鸟儿们所在的几百米的空中，是童话的天空。

遇见一群鸟，享受生命的平静和惊喜。让目光离开地面，看它们飞来再飞去，或者如一只鸟，偶尔长在生命的枝丫上。喜悦的鸟儿轻晃枝头，微风就从远处的视线上走过来。

总会有一些美好，迎接你视线的另外一端，落空的时候，请移动你的视线，保持向上的视角，与安宁、生动、平和、密集等一切温暖深情相对。

其实，你也能长在枝头，做一只知足的鸟，没有名字，忘记目的。只是可以飞一阵，只是有一片自己的天空，如果树木可以栖息，不介意树枝的丰茂与单薄，也不想开口歌唱，就隐身成一片普通的叶子。

# 少时雨声渐远

　　窗外的雨，从直线变成了虚线。秋天正在触景生情，它要用这些虚线，表达季节心里的许多内敛和不确定。雨从昨天夜里就开始下了，雨多么绵长。我在雨声里浅浅睡去，又醒来。不，有很长一段时间，是雨在我心里睡去了，我听不到雨声。她絮叨了那么久，而我，却听不到它。

　　凉凉的薄秋的早晨，我打开一首名叫《树叶心》的歌曲，听歌声远远近近地起伏。歌声飘远后，我还在秋天的薄凉里，没被歌声带走。我在乐声里，看这秋天的雨，实实虚虚地下着。天空由许久以来的阴郁，变得极为苍白，一张庞大的没有血色的脸，人们渐已习惯看它的脸色生活。

　　天空不像小时候那么蓝了，如今，那样的蓝被封存在我的想象里。那时还不能看到外面的世界，小小的我在大大的山里，总会使劲地仰起脸，看山顶的绿树被谁画在了蓝天上，山很高，天很蓝，树是翠色。雨天的时候，那些心形的树叶就被洗得干干净净，有时雨水从叶尖滴落下来，无声地汇入我的手心。我伸出小小的手掌，努力地紧握住一些雨水，然后又看它们从指缝间回归大地。

雨下得大的时候，流线型的雨，会从高处的树叶上落到低处的树叶上，然后再向下落。如果很巧的话，树叶刚好很绿很肥厚，我就会幸运地看到一场雨水的三叠泉瀑布。参差跌落的雨水，很活跃，很热情。没有瀑布的喧响，但确实是我心中的壮观。

仿佛每一滴雨水，从天空回到大地怀中的时候，都会流经我的心，那时，我的心如同被雨水清洗过的心形树叶，会生出许多翠色。雨水渐渐聚集为心中的水色湖，那些无声或有声的雨是童年时的音乐。后来读到冰心散文中的"雨后的青山，好像泪洗过的良心"，心里想，良心若有色，大概是儿时心里澄净的翠绿吧。

村子里男孩子居多，我是不和他们一起爬高上低的，而较为亲近的叔伯门下，我又是唯一的女孩，所有属于女孩子的梦幻色彩，都只能我一个人创造。有时候我安静地坐在池塘边，什么都想，什么都不想。村庄里是宁静的，有时候会发现一只小小的蚂蚁落到水面上，我慌忙把它救上来，像是拯救了一个生命，觉得自己很伟大；有时候是一个熟透了的柿子，落下的时候发出最剧烈的心跳声。我偶尔也会去观察塘边坡地上的青苔，装模作样地学大人做一次天气预测，然而那时，我是不知道什么"水地泛青苔，必有大雨来"的谚语的。

日子是单纯的蓝色，一个人小小的脚印，在田野、在山坡、在大树脚下。大人们都忙，大孩子们都到外面的世界去了，似乎整个院落和村庄都属于我。小小的日子是孤单的，却总是有滋有味。一个人，小小的心却满满的。

有雨的时候更欢实。有时，正在山边寻找一只蚱蜢，雨就追了过来，我们就赶紧跑到微凸的山檐下面，后背紧贴着弧形的山体，雨落在山上的植被上，又顺着垂下来的草叶落下来，刚好落在我们脚尖前面一点，那种恰到好处的躲避，往往成为我们莫大的欣喜，调皮的我偶尔会把头探出来，和雨水亲密地接触一下，再赶紧躲起来，或者伸出双手，淋淋手心又淋淋手背，那时候雨下得多不大，雨滴在手心里，痒痒的。夏天的时候，不经意地会赶上一阵大雨，我们就摘了荷塘中大大的荷叶当作雨伞。雨水落在荷叶上，有时像鼓点一般响，我们就在这样的音乐伴奏下，转着圆圈跳着舞回家。

若是丰收的季节，赶上雨就要来了，大人们会忙着抢收。我们这些孩子，也会像冲锋陷阵的士兵一样，跑在最前面，歪歪扭扭的，帮助大人们干一些力所能及的活，那感觉，像是和雨赛跑，我们要在雨发出第一声啼哭之前，跑到终点。那时候的原野上，左邻右舍就会热闹起来，先忙完的会给后忙完的搭把手，气氛既紧张又热烈，笑声、吆喝声、催促声、抢在雨前面的喜悦声，忙碌时随口喊出的绰号声，一齐上阵。有时，雨仿佛善心大发，一时半会儿不肯落下来，倒是越来越浓重的乌云，在头顶浓得扯不开。

　　　　　　　　　　　　　　　　　光和影的比例

大家刚忙完，雨就落了下来，先是厚重的几滴，像是擂响的重鼓，我们赶紧在大人们的催促下先往家跑去，一路上是雨的序曲，快到家的时候，雨的交响就开始了，待大人们赶回来，一场雨和大地如同久别重逢一般，悲喜交融，天地瞬间模糊了界限。这时候，我们会坐在自家门槛上，看这场天和地的倾情演绎。那时候雨会下得很大，间或会有闪电和雷声，我是最怕雷声的，然而坐在父母旁边，却不觉得害怕。也唯有这时候，才可以安静地依偎在暂停忙碌的父母身边，别样安闲和宁静。这时，我会觉得雨声越发地美妙，甚至想要挽留它。

　　雨声里有多少欢喜啊。即使在小小的学堂里归来，忘记了带雨披，淋成一只落汤鸡，也是欢喜。那时候，父母多半是忙碌，没有时间来接，有时候就想，自己冒雨跑回去吧，他们还可以省些力气。在雨里跑啊跑，不经意地一头就撞进了母亲的怀里，这不，她也正朝学校的方向赶呢。母亲故作嗔怒地责怪我怎么不等她去接。我倒没有感觉到雨的冷，那时的雨是会嘻嘻笑的。

　　后来长大了。譬如现在，还是常常下雨，常常下雨的日子我也一样会倚在窗前听雨。雨依旧叮咚或者淅沥，偶尔也会噗噗的，或者宣泄而下，只是，在这样的雨里，我渐渐听不出雨的喜悦和温柔了。如今，早已走出了那些四围的山，世外喧嚣，即使常常于一隅的安宁中，对雨的视听渐渐迟钝起来。

南宋词人蒋捷有一首《听雨》，从少年时歌楼听雨，红烛盏盏，罗帐轻盈，到中年时的异国他乡，小船上听雨，江面茫茫，西风清冷，孤雁哀鸣，及至暮年白发，独在僧庐，感人生的悲欢，任由阶前小雨滴到天明。一生听雨无数，心境却不同。

准确地说，我的人生尚未真正启航。雨和悲欢的心境，还不能真正地体悟和融合。我还缺少一场雨下的偕行，缺少人生泥泞里的真正跋涉，人生的种种际遇正待发生。为何，雨声似乎不再清晰、不再欢畅。视线里不能抬头触及的青山，抬头无法看见画着绿树的天空也渐渐远了。

原以为，母亲在的地方就是归途，我却不经意地在一场秋天的雨里，想往生命的反方向走一次，沿着自己来时的路。就这样，秋天的窗被轻轻关上，雨被关在了窗外。穿过夏天的浓密的树荫，穿过暮春秋千上孩子欢畅的笑声，我在一个雨后时分，回到了我最早生活的地方。

又见炊烟袅袅，那是我记忆里的蜻蜓啊。一个六七岁的小女孩，背着奶奶用各色碎布角缝制的几何图案的书包，在雨后的青翠里，侧身回望一条乡间的小径。小小的她，再次被围在了山里，她仰首，望见的是山顶浓密的树。树，被谁画在了天空上，雨洗的树叶有些绿有些澄澈，像女孩的眼睛。那眼神，好熟悉，好幽远。

# 一个孩子的祈祷式

沿着一条寂静的缓坡路，慢慢进入一个村庄里，路的两边长满芜杂丛生的草，真正裸露的浅黄色路面只有一脚的宽度。

路右侧是一片宽阔的庄稼地，田地主人在离开村子的时候，不忍这田地荒芜，便植入了半身高的白杨，如今，它们已是参天而立。主人离开的时间无须推算，只是这样的挺立和苍翠却成了另一种荒凉。时间长成了枝叶，也改变了一个村庄的命运。

村子里是极为安静的，没有深深浅浅的犁铧经过，没有狗的吠声，甚至，看不到一只骄傲的鸟雀，亦不能欣喜于老牛的两只憨憨的眸子。我探着脚向里走，像是进入这个村庄的考古人。这里没有古物。一个现代的村庄，不远处机器的轰鸣声，正在急剧地加快它的心跳。

他，就站在我所在的这条路的另一端，一个小小的端点上，我们隔着一段荒草铺就的路面，小小的他，像是一根细针的针孔。我想向他挪过去，可那条细路像是被哪家姑娘遗弃的绣花针，我被针尖抵住。我看着这个五六岁的小孩子的形单影只，就那样泛出疼惜，锈红色的，他小小的肩和臂膀，是这个村庄的心脏支架吗？

这是一个面临拆迁的村子，近处停一阵响一阵的机器作业声，忽远忽近，但最终还是近了。各类铁器凝心聚力，掀开土地的外衣，村庄的皮肤开始大面积溃烂，也许要不了多久，那些锃亮的新型掘土机，就会向着我刚刚进入的那条路，张开铁制大口。这是剩下的一个长柄舌形勺状的地带，一条小路一端连着四户人家。他，就站在长柄和勺相接的地方。

他的眼睛里，没有迷思的水。我走近看，看到一些凝重的忧郁，有些干涸，有些茫然，如同距离他站立处几米远的那个荒废的土井，一口曾经用来汲水饮用的井，井口四围长满了长的草，水是明亮的藏青色。阳光拨开那些草，稀疏错落地挤进水面。

目光绕过浮满叶子的水倒映的天空，绕过那曾远如眉黛的山。我看到他，像是看到空荡荡的池塘里的小小蝌蚪一样。他独自站在被满目绿色包围的地方，在苍凉和青翠之间，在村庄的骨骼相互挤压的深邃和不平静里。

嗨！我招呼他，他不说话，也不转身跑开，断断续续的目光忽远忽近地看着我。这时，一只瘦瘦的小白狗迎着跑了出来，尾巴尖上写满欢乐，它也不叫一声，只是站在这孩子的腿边，也一样地看着我，有种陌生的欢迎，也有暗含的拒绝。他向后退了半步。

我走到他身边，将一个会移动的金刚铠甲和一些零食拿给他，他看了看，又缩回了手，蜷起小小的手指，他并不缺少这样的玩具和巧克力，城乡的物质差距早已没有那么大。我试图抱起他，他本能地僵起小小的身子，有着执拗的抗拒。是的，太久了，除了爷爷和奶奶忙碌间隙粗糙的抚拍，没有谁安静细腻地拥抱他，他快要忘记了那些。

这是我们定点送教的一个孩子，见过几次，他应该认得我，却仍然有许多的生疏。显然，爷爷奶奶又不在家，他一个人，守着几个空洞的院落。这里本来是有四户人家的，一家早年进城，投靠自己有本事的亲戚，算是投机取巧发了财；另一家也在随后进城，做起了小本生意，起早贪黑，日子算不上是囫囵；另一家的两个老人，起初是极不愿意离开村子的，后来因为拆迁，也随着在外工作的儿女进了城。

最早离开的那家，老房子已经坍塌，另外的两家，门前石缝里也长满了芜杂的植株，零星的空洞的院落是旧的绿丝绸上的窟窿。村庄藏匿了最后一朵野花。半围是山，院落与院落之间只有几条小路，如今多半被野草覆盖着，细若愁肠。我带着他在这细带般的小路上走几个来回，抓几只小虫子，他就嘿一声笑了。

爷爷呢？爷爷在帮忙拆这个村子。我明白了，爷爷去附近的工地做工了。奶奶呢？奶奶去地里要收好多的菜。是的，好多菜，为着儿女，他们仍然自食其力地经营着。我想起他们过早招摇的白发。"你怕吗?"我问。他摇头,然后低头,又抬头睁大眼睛看我。"玩什么呢?"我又问,又觉得有些多余,就不再追问下去。

记得上次见他的时候,他就告诉过我。去年,因为太小,爷爷奶奶要早起去村外打零工,他就会被锁在屋子里,是的,是"锁"着,这样"安全",但我很快就否定了这些字词,又矛盾般地认可,至少他们的初衷是这样的,还有什么方式比这更让人放心呢。有时,他的爷爷奶奶早晨出去,晚上才回来,就会在家里放一盒泡面,一根火腿肠,饿了他就自己吃。他还说,他常看一整天的动画片。

残酷的动画片。动画片,本来是一个孩子童年时特属的欢乐啊,这样听起来,倒成了一种苍白的陪伴,这是欢乐的禁锢,单调到让人心惊,每次想到这个,我就会心疼,疼惜。

你若问他,爸妈呢,他会大声地告诉你一个遥远省份的城市名字,特别地响亮。他不知道那是哪里,也许听的人,也不一定到过。这个孩子说起一个省份一个城市的时候,和地理无关,和经纬无关,只和亲情有关。

他很久没有见到自己的爸妈了。多久?他就数着手指头告诉我。然后就又玩起了草编,忘记了指头正数着的数字,或许,他在心里根本没有真正明白距离和思念的含义,小小生命里莫名嵌入了孤独的蛇影。年轻的父母也是心狠,可是,为着生存,这也许是没有办法的事。

就剩下这些草了,还有几只不知名的小虫。在他小小的视野里，这算是些温暖的底色。池塘干涸了，只剩下些浅浅的浑浊的水，没有鱼虾之乐。我想，就算这里有满池的水，我们捉住了一两只蹦跳着的小鱼小虾，高兴地喊一声，又有谁来看呢？这里已经没有小伙伴了，那池水，不过徒增些危险因素而已。

没有人一起捉蚂蚱了，没有此声起彼声应的欢乐；又能和谁一起去找一块向阳的山坡草地，学着大人的样子谈心，说些只有孩子能懂的稚嫩话。一个人看树上的梨花洁白，琢磨一朵花有几个花瓣，天空不会说话，脚边的泥土闷不作声。有时看小狗在柴草窝里打滚，即使看懂了对方，小狗也不会叫一声他的名字。或者一个人站在那条路上，像我来时看到的一样。

这真是孤单的童年。说一句儿歌，没有人应下半句；画一根红色的草，没有人说不对。没有菜花黄，没有纸鸢飞，没有牧童短歌的诗意，没有《窗边的小豆豆》。有的，只是机器的轰鸣声，和远处一天天由青绿而灰黄的山脉，早晚要发生的是，机器的冷漠和时间的任性会吞噬掉他刚刚站过的那块土地，和最后一棵倔强的青草。

过了会儿，他想起什么似的，一路飞也似的跑回去，翻开他的小人书，从前到后给我讲一遍，再倒着说回去，遇到不懂的画面，就用黑黑的小手指着点着问我。我说出图画的意思，他就又讲一遍给我听，好像是我不懂一般地认真。

这是夏天的时节。回去的时候，经过余量不多的几块田地，似乎还有些丰饶的意味，庄稼还在疯长，昭示生命的不可遏制。那个小小的他，又是这些谷物中的哪一粒呢？万般怜惜，我却不能长成一片稻叶，包卷一颗等待生长的心。

我突然想起他攀爬到屋门口堆积的一米多高的粮袋上的样子，他披着一件爷爷的衬衣，因为劳作无法洗净的土黄的白上衣，宽大的敞襟衣服将他瘦小的身体半包围在里面，晃晃悠悠的，而他弱小的黝黑的小身体，像是一粒缺少温度和阳光的谷粒，被遗忘在季节深处。

有时，他托着腮，像是盘坐在小山上，这是他一个人的"蜀道"，是他小小心灵的云端和祈祷。有人说，童年是人一生的奠基，那么，如此这般的童年，这样留守的天空，又将会给他的未来飘来怎样的云朵？这大地之上、沧海之间的一粒，枯叶是他的蝴蝶，灰尘是飞扬的奔跑，山水在他小小的心里相互依傍。

走出村庄很远很远，我一直想要忘记他小小的影子。记着有什么用，我微不足道的双手。我轻晃了一下前额，他还端坐在那里。我微闭双目，向着田地里的一粒谷子，摇响一些守望的虔诚，为着生命的欢畅饱满，为着岁月的五谷丰登。

# 大 雾 弥 漫

　　雾时，我在房屋里，房屋在雾里。如同果核在果实里，果实在果壳里。我剥了一个栗子，果仁鲜亮，有香气，好似从大雾里钻出一个身影来，一个灵魂有香气的人儿。人在大雾里隐遁，觉得安妥，有果实的香气，团雾即灰色的果皮。

　　大雾弥漫的时候，能见度不足二十米，视线遮挡，只能在有限的范围内琢磨，人好像被仙气围绕，更易成为思想的果实。并不能够做到腾云驾雾，但思想可以、诗句可以，在想象的云雾里转悠，偶尔在诗句里幽幽来回，真是特别的体验。

　　所有的一切都是谜。在这样的漫天大雾里，人、高楼、晾衣架、远处的马路，谜面各自不同，谜底在云开雾散时才会揭晓。但并不着急知晓谜底，那些迷雾是事物的面纱，朦胧而神秘。平日里极为熟悉的地方，遇上大雾就不熟悉了，像是熟悉而了解的人，突然遮上了云雾，改变了面孔和心思，即使反复琢磨也是不解。常常不愿意去琢磨人的想法，宁愿就在云里雾里，等云开雾散之后，自然有了新鲜的认知。自然万物都比人心坦诚，何苦与叵测纠结呢，叵测不是雾，是雾里的隐匿灾害。

雾是个新生代魔术师，缭乱之间，把天地变成以你自己为圆心。人在雾里得到一些自我。一团自然的光跟着你，只有你跟前的地方是亮的。雾一大早就把魔术变好了。你去里面走一走，找不出什么破绽。人往哪里都走不出去，雾是个会变形的软体物什。且自适一会儿。天空炖了一锅汤，雾气蒸腾，弥漫整个空间，但雾没有香味。

雾蒙蒙，雾茫茫，雾腾腾。人也腾云驾雾了一般，你看不到身影，都隐藏起来了，自个走起路来也觉得有些轻飘，这明明不是仙境，但疑似。"起舞弄清影，何似在人间"，人在雾里可以有些醉意，好似那白茫茫的是假托的月光。雾是个消音器，大雾时听不到什么噪声，大概雾里人们都多了一些小心。

人走不快，车飞不起来，即使远处有个人影，就算是了若指掌的人，你也看不见，更别说打招呼。我们假装这世界没有太多的人，哪怕那些看不见的忙碌身影正上天入地，飞来飞去。身影稀疏，不必摩肩接踵，也不必上下打量。

那就和自己打个招呼。嗨，你好。你可适应？一场大雾连自己也觉着新鲜了。看不到远处，但总觉整个雾都在缭绕着自己，感觉自己在一个巨大的白色水球里，摇摇晃晃，雾让人慵懒和矜持起来。还好，本来平时的自己也没有高清的视力。有时觉得雾是空中楼阁，在那里缥缈一小会儿，自顾自地打个盹。

今日里吃饭、读书、睡觉，仍和平日没什么不同，但也有身处异地的感觉。会友是不宜的，像是人和人被禁闭起来，聊什么都不敞亮。看书是可以的，但文字在大雾里摇摇晃晃，一个一个挤在一起，感觉不够逍遥。看来人在大雾的白色果壳里，总是觉得有些慵懒，灵魂的香气也不再奢求。

雾是天空的咒语，可只能箍住人类的一小会儿自由，极目远方，受到阻碍，再加上些阴冷，声音冷涩起来，如嘶哑的弦，或者从心里降低嘶吼和呐喊的愿望。大雾提醒我们慢下来，走不了高速，也远离了高清，不去拍摄什么，视线很短，容易碰撞，这时候，你会极度怀念阳光，被一日大雾藏遮的阳光。

我想到米沃什的《礼物》，"如此幸福的一天，雾一早就散了，我在花园里干活，蜂鸟停在忍冬花上。"限制是幸福的另一种体验方式。


今日又大雾。能见度大约在五十米。已经是连续第三天这样了，雾、雾、雾，大雾弥漫。冬至那天有阳光，母亲送来六百个手工饺子，地菜馅的，一半是素的。我素食已经接近一年了。素食令人觉得清爽，像是一道可以照进心里的阳光，日光照耀不到的地方，食物帮忙去到了。每一道蔬食，我都能感受到它们曾经发生的光合作用。这样的一年，我觉得自己像是个储蓄光芒的人。

大雾弥漫

冬至那天以后，隔一天，紧接着是平安夜和圣诞节，都是在大雾之中度过的。往日大雾，自己也像是个谜团，猜谜的过程并不轻松，尤其是人要想到自己，要接纳自己和别人的不同，需要诠释谜底，像求证一道数学应用题。现在不了，大雾的时候，我觉得自己心里有阳光，素食的颜色如七彩的虹，一道道在身体里面。当然不只是素食的作用。阳光无处不在。也许是成长，渐渐了悟些什么。昨日和今日，我都不打算去狂欢，狂欢也是一阵迷雾吧，腾云驾雾一般，度过商家精心制造的日子，然后降落，回归平凡。平常生活，平安喜乐，其实并不需要附着什么。

大雾天，见不到人影，竟然连鸟儿也不再有动静。这是大雾带来的局限，目之所及，灰蒙蒙一片。这样也好，还可以雾里看花。露台上的黄玫瑰，一直开着，直到现在，一朵落了，然后是另一朵，还有三个花骨朵呢。这不是花中的仙子，是平常的花束，但我喜欢。记得这花是一个阳光充裕的周末下午我们从浉河边的花卉市场带回来的，卖花的老人皮肤黝黑，这是劳作时阳光照射的结果。果然不是温室里的花朵，我从花店里带回的牡丹、蕙兰等，开过一阵就凋谢了，精心照顾也不行，这株黄玫瑰却一直经雨经雪，茂盛地开。我喜爱这平常的花，暖黄色，饱满的大片的花瓣，聚在一起的时候像是健谈风雨。

李渔的《闲情偶寄》中说，"花之一日，犹人之百年。人视人之百年，自觉其久，视花之一日，则谓极少而极暂矣。"一朵花是一个优美的灵魂，含有不同的意义，如人活得平常而丰盈，互相启迪而非物质地看待。如此想来，人一生都如花之今日，在迷雾之中，"雾里看花，水中望月"可以是物的哲思，而一双"真真切切"的慧眼，如何来得容易？年轻时声嘶力竭地唱"借我一双慧眼吧"，而今呢，人们长大之后，渐渐学会了深度沉默，面对一些事情，各自心领神会，不肯好好地讲出真话，很多时候"面带微笑，一起消耗"，那微笑何尝不是迷雾啊。

今日大雾，和朋友相聊，朋友说，每个人都有不为人知的辛酸，每个人的内心都与外表有出入。我不知道，她是否是因观雾所得。每个人看别人，似乎只能看到外在的一部分，余下的是云雾笼罩，也是别人的经历和隐私。这雾是人和人之间的屏障，也是人和人相对舒适的距离。但不能终日这般。陌生人的彼此靠近更是如此，驱散彼此的不确定，需要耐心，需要信任和过程。

由此，人们开始关注人与人之间的能见度，与家人的可见距离，与爱人的可见距离，与陌生人的可见距离，这样的能见度并不等同于气象预测。我们都是平常人，粗茶淡饭，粗布衣裳，不必柴门虚掩、小径曲折，也不必霓裳羽衣、歌舞作计。常常，人们在需要阳光照耀的时候，希望能拨开迷雾，彼此靠近，而这之外，又觉得阳光如此地耀眼。

雾霾深重。这是人内心丰富选择的结果，也是人内心艰涩难平的隐忍。昨日，听到一则交通事故，有人员伤亡，大雾天气里，撞车事件时有发生。而云雾缭绕的生活呢，狂欢、真诚、静悟、微笑、距离，美好的事情何须成为迷雾呢？如此，心灵的车辇也许会导致另外一种冲撞。

常常觉得人间有雾，人心有雾，许多的人和事越来越觉得难以分辨了。人世间的能见度是多少？二十米还是五十米，不能知晓，也不愿去纠结。雾霾天气也越来越多，但人们总有办法照亮它，各种灯火以及声音，但即使最热烈的欢聚、最爽朗的笑声、最动人的赞美，也是雾蒙蒙的，并不敞亮。

晴朗的日子有弥漫的雾，而有雾的日子恰恰令人觉得光明。大雾遮掩，真实得以在小范围显现。真实是一种驱散迷雾的阳光，它从可见的地方给予光芒，给予一些坦诚，令人感到轻松和惬意。那些诚实，令人想念庄稼地里的玉米、高粱及其他一切谷物。大雾是一件隐身的衣服，是大地上的纱帐，是谷物们短暂的藏遮之法。

不像谷物只披上绿叶和茎须，人常常穿着隐身的衣物行走。那些衣物花花绿绿，笑容曲曲折折，有时候，为了一个不能冠冕堂皇的理由，人们会散发迷雾，降低能见度，人们多半在沉默中敷衍，沉默是最大的雾团，笼罩自己，也试图笼罩他人。但每个人的心里明镜一般，雾不仅限制了人们的视野，也足以令人喑哑。这是现实生活中的哑剧，表演者常常自觉高明，但不知道雾不过是一件童话里的新衣。

雾本美好，缭绕诗意，有轻灵之美。青烟翠雾，飞絮游丝，云窗雾阁，月笼轻雾，雾在文字中兀自美好。自然之雾，是我们想象中的纱衣，是腾飞的仙翼，是少女的迷宫，是温柔的安全感。许多年来，怀着对雾朦胧的喜爱，对天真和纯粹保有心动。但一个词语不仅有本义，还可以引申。

并不期许一切明朗通透，世间有迷雾，人生有迷雾，这本是生活曲折和辗转的本真所在，这并不新奇，也无须感慨。大地坚实，云端未知，而腾云驾雾者常常百般技艺，为远离初衷、为蝇头小利，制造语言和真相的迷雾，在百般苦心和自得的缭绕中，感受自以为隐身的高明，自以为的可见度极低。

闲来话雾，在雾中说雾。淡烟笼在枝头，人影在窗外模糊，远处看来，极小而又晦暗，人入雾境，与美好仙意相违背。这倒也是很好，不必知晓那人影是谁，只见人影渺小，且自在雾中，想必其心中也各有谜团吧。那人影先后进入不同的路径，消失在淡烟笼罩的绿植之中，进入各自所求而虔诚的生活。

大雾弥漫，这半日的不明朗，恰如光晕在周围，被包围在局限的明亮里，这亮度本身并不比平日明亮，但恰因有雾，自然光亮也是一种照耀。每个人只能照耀周身的一小片，一场雾总会留下近处的可见。大雾弥漫时，我们对阳光更加青睐，彼此烛照，也许才能让视野更加宽阔。

近来常想到"弥漫"二字，但凡雾天，感觉总与少时不同，那时以单薄的身体感受弥漫，弥漫是满满的充盈，是诗意的降落，是山野里藏遮着的谜，是诗人笔下猫一样的细步，而今不同，弥漫是漫天厚重的，有驱散的意愿，也有叵测之意味。雾从少时的迷宫，到今天的箱楼，总觉得意味不同，好在阳光是不会变的，值得我们继续期许。

　　　　　　　　　　　　　　　　　光和影的比例

# 降落的寓言

## 一日雪

我听到雪来了。雪并没有落在我的耳畔，也没有一丝丝冷。早上醒来，我听到满世界的安静，天色的白不同于有阳光时和未有阳光时，我知道是雪来了。

视觉和触觉佐证了对听的一切疑虑。我从不同的窗看雪，去露台上摸一摸雪，我并未因此怀疑女性对听觉的依靠，一切最为熟悉的发生靠的是气息，确实是雪，尽管雪来的时候，我俨然像个孩子无法安静。

我按捺住内心奔突的喜悦，只在房间里来回地走，从不同的地方看雪降落的姿态，让喜悦通过视觉传递出去，融入漫天飞雪里。很想自言自语地说雪，让来自雪的欢欣也如漫天的雪一样弥漫在整个空间，词语像雪片一样，无声地在心里飘临，但又化掉。雪来时的一切，都如此有节制，包括心里的念头，包括味觉。

煮了一碗乌鸡汤面，看雪的时候，心里、胃里清空了一般。喝汤时我边看雪边念叨，便觉得这汤好像咸了一些，味道重的时候，雪在眼里也不能恰到好处，雪来的时候，口味似乎也清淡了。这让我想起"撒盐空中差可拟"一句喻雪的不灵巧，雪是没有味道的，但品雪的舌尖不同。

人似在这雪里斋戒一般，满心圣洁，外面没有风，没有脚步，没有声音，没有夸张的愿望，我们在迎接这世间的爱、洁白和天使吗？我在这一刻觉得肃穆、通透、静白和依恋，我想在望雪前整理自我，洗净面庞，梳理发丝，雪落下来，雪落在我心里，而我是平静的，在心里储存一地洁净。

我爱这有雪的一日。尽管这还只是上午，我知道这漫天的雪不会停，雪会一直下，直到夜幕降临，如同有些爱、有个人一直陪着你，听这世间的洁白。

## 降落的寓言

雪整整下了一日。这雪够意思，不是顺道经过，也不是假意应和，而是厚厚实实地来到这人世间。漫天的雪花飞呀舞呀，是诉不尽的衷肠，是毫无尘杂的共处。

我们和自己说雪，和对方说雪，和一些人说起雪，关于雪的那些好话漫天地飞呀舞呀，是道不尽的淋漓和无须刻意的真实。说雪的时候眼里只有雪，没有背景，没有假设，没有比较。是的，雪里的语言苍翠茂密，和雪相对以及谈及雪

　　　　　　　　　　　　　光和影的比例

时词语毫无心机。

雪整整下了一日，我们被雪围住了脚步，但又觉得有雪的一日身心轻松。像个画中人在大雪背景上的某一处，不肯挪动脚步，风景的变化也只是画师的浓淡处理，世界白了的时候，觉得许多模糊和周折都可以忽略掉，像个孩子，像个画中的人影，天地洁白中的一粒，小到可以忽略。

我如此地爱这雪，爱这覆盖的短暂的洁白，这一日雪里灵魂停顿般的修复，如同经历思考一夜白头的人，在突兀的白里理智生长。这是真正的白日，所有的一切与雪发生关联，雪阻碍了我们，也丰盈了我们。雪后，将会有踏雪的人在风雪里裹上厚重的棉服，也因而卸去了另一些背负的甲壳。

去雪里走走，脚步深陷到雪里，听树枝被雪压得吱吱作响的声音，有时冷不防一个趔趄，带来一些慌张与欢笑和一个被雪压弯了腰的树枝相逢，深深理解雪枝负重而不愿摇落，雪路难走，而踏雪的人最易抵达童真、欢乐、远方、温暖和扶持。雪帮助我们捡拾一切我们无暇顾及和想起的所在。

雪听人的赞美，也听人的抱怨，雪来时白衣飘飘若仙，离去时满身尘埃与烟火，连记忆都是白色的。万物觉得迷蒙，人心更知冷暖。而我更愿心存敬畏，视这雪为上帝降下的寓言。

## 让我安静，没什么

喜欢房顶落满了雪，四周也是白色，露台的门边挤满了雪朵，我躲在屋子里，像地里的麦苗一样返青，觉得世间祥瑞。有时窗户边沿也落上了雪，窗子上结了冰花，我自个儿在温暖里走来走去，这是到了什么地方呀，如同在东北的雪乡，在一座晶莹的雪殿里。

在雪裹的世界里，找一个黑色的陶制的花瓶，插上几朵彩色的棉花，那是普通白色棉花的彩染，大地上最为普通温暖的织物，我曾亲手捡拾过它们，制成碎花布里柔软的填充。我此时在这落满雪的房屋里，是不是和那些棉朵在碎花布里一样，那些近乎布满的白雪在我心里印染。

我因此喜欢上有雪不出门的日子。在心里画一座白色的小房子，里面一个背对着门的小影子，我不想画出她的样子，只需要把她的长发梳成独辫子。让她看雪吧。人平日里并不会随时看见自己，画中人也不必和自己面对面。画时感觉自己坐在落满雪的鸟巢里，或者像个夹心的糯白蓉蓉糖，小小的椭圆，我是里面的馅。画一条小径，小径上一片纯净的白，没有人走向这没入雪的小房子。

大雪封门让我觉得安稳，我在有限的空间里来来回回，或者静止不动地酝酿什么，都是最好的自由。咿呀呀哼歌，咕噜噜炖汤，呼啦啦翻书。偶尔电话进来，感觉自己在另外的国度，一场大雪让不同的人变身为各自的意象，我的意象是白色的尖顶房子。

我想起了《白色严冬》这部电影，被困在挪威茫茫雪野一个小屋里的三名德军和两名英军，狭路相逢彼此敌对的两路人在雪里共处，人性的善一点点激发出来。我一直喜欢那个背景，相信雪可以让人放下屠刀立地成佛，相信雪是能荡涤一切的善。

里尔克说，雪花上千次落进一切大街，世界是白色的，雪是橡皮擦子，用自己的颜色修改了一切。我相信，雪花也落进每一个白色的小屋子。从早晨开始，落满睡梦，地上的雪堆积很深，醒来的时候，这天就是我喜欢的落雪不出门的日子。

现在，让那个白色小房子里的独辫子女孩转过身来，让她和自己面对面，让她笑意盈盈。原谅自己和自己的狭路相逢，也忘记曾经现实的道路和自己的初心背道而驰时雪一样的坚守，是的，生活也是没有硝烟的战争，我们终将选择与时间并肩。相由心生，她是三月的样子，是十月的样子，灿烂和端庄，我在心里几笔勾勒，春华秋实。

一切仍是平常，空的双层玻璃杯，一些核桃在桌角，一些莲蓬随意安放，把零食逐一排列，像考试审题时那样捡个喜欢的吃掉。时间的小鞋子没在了雪里，指针已经冻僵，我听不到谁的脚步。天晴了，我要把露台上的雪堆起来，半个月亮形状，我不再是孩子，故作夸张，或者堆个满月，让自己感到一些时间的慌张。如果有人问我些什么，我要学着意大利雅姆的口吻，说："让我安静，没什么。"

## 我这里的雪是从你那里来的

昨日飘雪时，我望着这漫天的雪，目光由上而下，每一次视线的转移都是一次大雪纷飞。那些如雪一样落下的目光，从我心里盘旋而出，落地成白，而那些与天一色的雪花们，它们从哪里来？

我们知道，雪的故乡是天空，雪千里迢迢而来。这是一次美丽的迁徙，而随之迁徙的，还有那些飘飞的思绪，我们把雪告诉他乡的亲友，他乡落雪的亲友，他乡仍未落雪的亲友，即使那里阳光明媚，并不妨我们一起在心里经历四季，经历雪舞。

这是雪的好处，每一片洁白都有呼应的视线，每一次降落都自带安顿。那些洁白的花朵落地成蕊。那样覆盖的白色，含蕴了所有季节、温度和念想。雪和雪在一起，毫无顾念，彼此相投，是的，唯有那漫天的雪，把我们所有的感官打开。

雪天时，我们像完全不通世事的孩子，相信所有的赞美，也原谅所有的叵测，在一个没有区分度的调色盘里，彼此相近而温暖。约一次围炉夜话，说一次喝茶的愿想，即使大雪封门，即使漫天白雪阻隔相聚，我们还是会相信雪，相信清欢，相信所有。

这里从昨夜开始飘雪，飘雪的时候我和一位远方的朋友聊叙，而他那里仍是无雪的冬日。我把一篇叫作《白》的文章不经意地发过去，而他说他想起了乡村想起了小时候。雪漫漫，下了一夜又一夜，我们在各自的城市相安。而晨起时，他说，我这里的雪是从你那里来的。我知道，他的城市开始下雪，距离只是数字，而相投的对方是眼前的一些白。

不问"你那里下雪了吗"，不说"君自故乡来，应知故乡事"，也不说"晚来天欲雪，能饮一杯无"，只是轻轻地说，我这里的雪是从你那里来的，这是距离的恰到好处，是自然的美意。

那么，我目之所及的茫茫白雪，这一整日里不肯停下的，我这里的雪都是从哪里来的？想来真是美好。

# 初冬日记

## 疲惫的鱼（阴）

　　昨晚睡了好觉，早上起来觉得轻松了许多，但想到有未完成的任务，又如云雾般昏涨起来，继而如石，压顶一般难受，不敢久卧，从床上起来，去露台深呼吸，去窗户旁看落叶，想想凡事不过如此，便说服自己放下一切，但总有絮状的充塞感，脑袋也如有恙的鱼一般。

　　仅仅是间隔了一个夜晚，情绪的起落便绵延千里。昨晚吃养生菜，在"静好厅"，取"岁月静好"之意，环境雅致，壁上书"静以修身，俭以养德"，一切着以静字，室外假山、小亭，还有溪水潺潺。饭后在室外散步，略感清凉，见溪中有一红色小鱼，独自缓游，私自觉其清冷，便未久做停留，想起"子非鱼，安知鱼之乐"，又类推想到"吾非鱼，安知鱼之清冷"，不过是自觉清冷罢了。

　　我们又延续了一些欢乐，归至家中，三五亲人，增添了一些热闹，心里暖和了许多，家里的空旷也少了些。及至上述，一夜睡至天亮，醒来觉得甚是幸运，便对未完成之事有了些许的期待，可往日里熟悉而又乐于做的事情，做起来却觉得力不从心了。

想起见到那水中鱼时，曾问旁人："怎么只养了一条？"各自闲说一些看法，但并无答案。鱼不足两寸，红色可人，是夜色中的小火焰，在堆叠的山石和绿植中寻找，也只有一条，便心存一些疑问，人有时会成为独自的一条鱼吗？只能安于有限的水，或身在许多条鱼的游弋中，却不能欢乐，记得人说鱼只有七秒钟的记忆，未必是真，但鱼终究不是人，而是人借此意象，感到了一些自由或者不安罢了。

外面的世界依旧忙碌，也有一些信息涌来，我却置若罔闻，深度的疲劳之后，身心的不适让我感到一种从未经临的无助，像一种力，又像被一种山中细长的藤蔓缠绕着，那藤从少时熟悉的山径缠绕而来，穿过我生长的全部时光，裹住我的双脚，令人寸步难行，这样一种极富于耐心、温柔而又决绝的缠绕，漫长而又有生机，给人挣扎不出的苦楚。

母亲养了三条小鱼，两条金鱼，一条普通的小银鱼，那日去时，觉得疲劳，便移步去鱼缸看小鱼，顺便稍作休息。其中一条金鱼并不欢乐，起初我猜想，它也许是在休息之中，我追随一条欢乐的鱼游了许久，再看那条鱼时，它竟然无法在水中游动，呈半漂浮状，细看鱼身，竟有了些浮肿。"这条鱼病了吗？"我惊讶。闲时观鱼，竟然看到了一条鱼的痛楚，我给了它鱼食，它仍然有捕食的欲望，但鱼食瞬间就被那些健康的鱼抢吃完了，它无力吃到一颗近在嘴边的鱼食，奄奄一息。

我和母亲将那条小鱼隔离到一个安全的环境，小心地托起它，喂了几颗鱼食，再放入水里静养，我不相信鱼会有同理心，会对一条生了病的鱼以理解、关心和避让，水的现实是残酷的，只适合那些旺盛的生命游弋。同类多半如此。为了避免强行喂食给它造成不安，我们将鱼食撒到水里，希望它能在有力气的时候自己吃到一些，这不是庄子和惠子之间，我和母亲没有一场千古之辩，我们默契地做了这些。想来在母亲的心里，这段时间的我，也是一条不安而有恙的鱼吧。

我渐渐远离人群，远离那些健康的鱼，无论是体力和神思，我都跟不上他们的游动了，曾经熟悉的水域，越来越多地活跃着别人的身影、别人的欢笑、别人的唱和、别人的灵机，一条病了的鱼渐渐被时间和水忘记。

不多日，那条鱼就病死了，父亲和母亲惋惜着，将它移走。他们一向是心软的人、善良的人，我知道这个消息是在两天以后，知道我的在意，他们告诉我时有些郑重，好像是告知某位熟悉的人的离世，甚至还解释了鱼未能救活的原因，描述了鱼离开这个世界的状态。他们似乎知道，此时的我身心俱疲，已无力牵挂其他，唯一能够记挂的就是这条鱼。

我和家人一起去理疗，去晒太阳，体力好的时候一起去骑单车，去爬一座矮小的山。这就是我近期全部的活动水域，除此之外我再也无力游到更多的地方。仍有不知情的人来找我倾诉，试图将苦水分流一部分给我，我有一种无力感。我蓄积着全部的情绪，偶尔也会说给懂得的人听。欢乐的时候，会有许多的鱼一起游弋，无力的时候，一条鱼会被渐渐隔离。

我曾经拥有过更多的水吗？欢乐时去过的地方、高兴时一起畅聊的人，如今想起来，觉得远至千里万里，我曾经多么珍惜那样的水域，珍惜一起游弋的人，而没有了可以支撑的体力，那些水会瞬间干涸。我想到失群的大雁，想到被马蹄踩倒的一片小草，人总会在某个时候受到命运的阻隔，但并不因此会得到飞翔者的回眸和眷顾，鱼的世界是这样，人的世界也是这样。

据说，一条小鱼的视力，仅能看到十几厘米远，但我记得那条病中的鱼，它的眼睛黝黑、有光泽，好似可以看清全世界。这是它留给我的心灵感应。

## 相认（晴）

当我在这里写下这则日记的时候，我分明看到了残余的灰烬，一次次燃起的希望的灰烬，清扫，倒掉。然后翻新这里的土壤，寄望长出另一些花草来，可以期待，可以愉悦，但是没有。泥土的气息在几日后淡去，花草尚未长出，而散落的枯枝在聚拢，又恢复燃烧的念想，没有阳光，没有火柴，仿佛它们会自燃一般。

人有时候不肯放手，持续一场拉力赛，直至筋疲力尽，但这丝毫没有竞技的乐趣，不肯放过自己，和另一个自己争夺，而那个真实的自己已经颓唐，你心疼，你颤抖，却并不轻易与之和解，你觉得你不应该是现在这样的，但你并不因此就会再次翻新那里的土壤，扫走那些灰烬，直至承载着意志的身体不时发出强烈的抗议。

那些燃烧时好看的小火苗，像是冬日里的炉火，如此切近，你可以随时将手拢过去，烘去那些冷意，听到围炉而谈的欢笑，你将获得全部的温暖，那虚幻的快乐并不会持续得太久，炉火很快因为体力不能续添，逐渐熄灭而冰冷，并着那些渐渐收回的手，欢笑一起冷却，你独自坐在满是灰烬的炉旁。

抱歉，这些日子，我只能做自己的清扫工，一次次倒掉那些灰烬，也倒掉那些希望，然后像个无助又无力的老人，歪倒在一棵树旁。这是十一月的大街，冬日的寒冷临近，我尝试以自己的筋疲力尽去迎接那些过路的目光，并试图原谅自己。

我相信人心里有另一个世界，一个自己完全无法预知的世界，你是那个世界里的另一个自己，譬如那个清扫灰烬的工人，而现实中的你，也可能正在某条林荫道上，或者在某处唱着欢乐的歌，你们在交错的时空的某个点上遇见彼此，而相认是困难的，一种相近而又极度相抗的感觉，如同失散多年的亲人，你渴望拥抱诉说，但又无法不去挣脱。

这是一场近乎冷却的相认，人只接纳了部分的自己，而另一部分的自己是封锁的。早上起来，感觉自己在一座山峰上困坐，地点在接近峰顶五分之四之处，但又不能向上半步。每一天都是一座小山，每一个时辰都在攀爬，而这些日子以来，常常至此而返回。五分之四，是个可以咀嚼的数字。我想起那个受罚而推石头的神，石头推上去就会滚落下来，而我每天都要从接近峰顶的地方慢慢走下来，从期望的顶点返回并不容易。

我试图坚持，但失败了。这是一座并不高的山啊，体力也不至于如此吧？仍是失败。我必须接受这种惩罚和折磨，怀着推石头一样的忍耐。我记住了每一次乏力时转身处的树木，记住了它们怎样——枯萎和散落，并被火苗燃起，化为灰烬，我没有看到日出，只看到一些燃烧后的灰烬。

如同一个魔咒，每天都是那个点，每次都是带着灰烬折返，如果可以是一只爬三步退两步的蜗牛也行啊，但我不是，我兴许仍是那个清扫灰烬的老人，携带着灰烬下山并不愉悦，时间还早，想去的山顶就那么一截儿了，可是没法再坚持一小会儿。这是一场与陌生的自己的相认，一次次退后，又一次次迎上。

初冬日记

# 落雪了（雪）

终于看到了今冬的第一粒雪，第一粒雪是冬的序言，如同打开的书本又合上，我不知道她想说些什么。第一粒不是第一笔，不是第一个字。那时我捧着书坐在露台上，身体虚弱，无法入读，我伸出书本，让一粒一粒的雪落入字里行间，添字加词一般乱了那些文字。

收了书本，回到卧房，室内温暖如春，拉开窗帘看雪，雪花成朵，室外雪舞弥漫，我瑟缩在窗前，像一个软绵的物件，身体不适，竟然连思绪也不能飞起来，我试了几次，只好放弃，一个没有灵感和思绪的看雪人，一个在二十五摄氏度的虚假春天的看雪人，我在雪的眼里有恙。

隔着玻璃窗，雪有时飞向我，有时又飞远，只有不多的几片落在窗上然后化掉。所有的人都在忙碌，所有的雪都在飞舞，世界就是这样不停息，而我落在这里，像是堆积的雪，我想象两三天之后，我会多出一两个朋友，我的雪人朋友。静养并不容易，一个人不能做自己想要做的事，时间就会流逝得特别快，如果大雪封住了人们的脚步，于我也是一种安慰。

一直喜欢下雪，喜欢在下雪时写下文字，喜欢在漫天雪里想象飞舞，即使大雪封门，我也能想象出一座白雪皑皑的小房子，那是我的绘本和童话。想象也会生病，如同一个身

光和影的比例

体不适、行为受限的人，胆怯着不肯跑出去，借着人为的温暖，隔着玻璃看雪，一季和一季是不同的，不仅仅是自然的变化，不同的还有人的身体、心智和认知，这才是一个人的四季更迭，是自己和自己的握手言和。

人无法从身体里飘出雪花，即使是圣诞老人，他可以送出冬天的礼物，那日走过商店，已经看到有人造的雪花上市，雪花那么大，像我深度疲劳时看到的变形而夸大的字。我曾以为，是我的世界变了形，原来是许多事物早就变了样，我们看真的雪花，也看假的雪片，我不善于辨别和忽略，为此也失去了一部分脑力，加速了身心的疲乏。

雪一会儿小如米，一会儿大如羽片，一会儿又小到初始，如第一粒。如人有时候会落泪，那是人体唯一能落下的雪花，身体积蓄到冬天，会飘上那么一阵儿，不会有人看到你眼里的雪，你会默默地融化它。可是有时候，身体的冬季需要一场大雪，雪花大如席，雪花纷纷落，覆盖那些想象的麦苗，让一切复苏，想象复苏、体力复苏、灵性归附。

我的身体开始落雪，比这场雪要更早一些，那是人们的秋季，也是我的秋季，农人还在收割，果实也还算丰盈，但转而就是鹅毛大雪，一次一次地飘落，堆积在心里，骤然而寒冷，渐至成冰。这是时序的错乱，错序到来的冬天，令人毫无防备，我仓促收拾我的农具，像个抢收不及的农人，看果实腐烂在田里。田野里到处是吆喝声，混杂的声音里有一个疲劳农人的喘息，我知道的，谁也无法看着一个农人放弃果实。

外面的雪越下越大，好像即将把我覆盖，这世间的雪即将掩盖一个力不从心的人，往日的冬天，大雪几日，我在家里看雪覆盖了全世界，留下我想要的白，而这场雪却不同，它淹没了我、我的农具、我的果实。世界仍然极速转动而斑驳，自顾自地精彩。

我想到小时候，那时我还没有长高，雪常常将我的双腿陷入，并收留我的鞋子，那时是欢乐的，我喜欢雪对我的贪恋。而此时，我像是个在雪原跋涉的人，像是南极科考的人，我是一个困惑的攀登者。没入这大雪和寒冷，无法迈出半步，我看不清自己，但我知道我的头发和眉眼满是落雪，甚至冰凌。

无关乎是否到达终点，我应该感谢这一场身体的落雪，这即将覆没的寒冷，这是一次自己和自己在寒地的相逢，冰冻三尺，你一身冰雪，而我胆怯地不敢拥抱你。我亲爱的雪人，你跋涉去了哪里？我亲爱的雪人，我在暖热的室内，而你又经历了怎样的瑟瑟寒冷？我亲爱的雪人，大雪吞没了你的食物吗？我亲爱的雪人，我停下来等你、暖你，在身体的冬季里，别哭。

雪依然在落，那是季节的余悸，是时序的回转。我看到窗外，有人将花草一一搬下来，移到室内，那是幸运的花朵，每一个生命都需要呵护，包括被我们遗忘的自己，人和绿植有异，但也有近同，感知冷暖，叩问本心。

当一个人的身体落下一场大雪，当时序不再如常，请不要惊讶，如同此刻，我坐在窗前，看一场自然的大雪，飘飘洒洒，落尽为安。

# 捕　　光

从推拿店回家的路上，我沿着盲道慢慢地走着，一条黄色的专供盲人走的道路。请原谅我临时占用了这条盲道，我只是想要获得一些艰辛的体验。一条窄长的道路，好比城市里的大树上一根普通的枝丫，细弱而瘦长。虽然修路的时候尽量取直，但仍时有曲折，遇到路口会中断一段。在我的左侧，是宽阔的马路，景观带造价不菲，路上汽车疾驰，行人穿梭。

眼睛偶尔闭上几秒钟，感受基于平坦道路之上，各种车的疾驰，感受时光在身边穿梭，不肯停留，感受这棵城市的大树，油彩斑斓，老树新花。我很快就失去了平衡，寸步难行起来。曾数次乘车从这里经过，这是一条新修的道路，道路优美宽阔，但盲道也不免常常被人占用。一枝黑色的树枝，远离蓬勃。

刚去过的一家盲人中医推拿店，就在小城这条主干道的旁侧。接待我的盲人师傅，是本市郊乡人，四十多岁，学习中医推拿并执业按摩数年。我一一陈述自己的不适，深度疲劳、用脑过度、肩颈压迫等，这些日子，极度的身心不适感排山倒海一般袭压过来，待我发现时，已是不能低头看一个字。一个读书人不能看书，又面临一场渐至临近的重要考试，我完全不能接受身体的这种罢工。

我躺在按摩床上，如同一台废旧的机器，一一报告哪些零部件已不能运转，好似送修一台家里年久失修的电器，人不也是一台机器吗？一直以来运转良好，渐渐忘记了它也需要保养、需要科学使用。当我试图按照它崭新如初时的速度，来催促它运转工作的时候，它就彻底地罢工了。这是身体的现实，它突然就停止了工作，全然不顾我的计划和着急，我也只能被动地躺在这里，近乎要落下泪来。

透过按摩床圆形的透气孔，我看到极小的一部分圆形地面，白色的纱幔垂至地上，微微透过一些光来，是我此刻唯一所见的光。我深深地呼吸着，想象一片广袤的平原，而思维如悬崖勒马一般，我不能再去做任何想象了，唯有松弛。那时我近乎渴望自己是一台机器，如一台老旧的冰箱，换一台新的即可，或者是一台电脑，更换电脑的部件或重做系统，它就可以工作了，而后说一声"好了"，说一声"旧的不去，新的不来"，就恢复了如常的生活。然而此时此刻，我什么都不能做。

盲人师傅静静地听着我说这一切，他不急不躁，好像时间不曾流逝，他缓缓地拨通经脉，并一一说着不要着急、注意休息、身安心安之类的话，像默默念诵的经师，不说话时又像是被时间风化的山石。我跟他说起医生的建议，近期不要有压力、不要看书、不要用脑、不要压迫颈椎等，我起初不以为意，想着休息一阵子就好了，捧起书本欣欣然，直到这次罢工。和师傅说起"我是一个脑力劳动者，这些都不能做，我还能做什么"，说起"身体不以人的意志为转移，这次我是领教了"等。我语无伦次，像一辆破旧的马车终于到了驿站，不停地搬运和抛卸。

师傅其实是欢乐的人，他说起近日怎么回到百里之外的乡下，带回一只土鸡，说起散养鸡的肉香怎样不同于养殖场的鸡，说起在自己老家，国家精准扶贫，给他盖了三十平方米的新房子。我不抬头看他的双眼，便觉得他是一个健全的人。一个盲人，怎样坐车、怎样转车、怎样穿过乡村土路，绕过竹林和池塘，平稳地回到自己家中，并带来一只土鸡，且能欢乐地说起那种迷幻的香气，这是何等不容易的事。

以心为眼睛的人，虽然失去了以眼睛看世界光明的权利，但他们的心亮着，白天夜晚都不曾熄灭。一段无助算什么？一段黑暗又算什么？推拿结束，我决定沿着一条盲道走回去，和身体和解，接纳我的维修期，放下维修期里不得不错过的事。这是生活里的一段窄路，如同盲道一般。

我花了很长时间才走回去，和我疲累的身体一起，走一条曲折漫长的路，其中几次遇到汽车、共享单车横在盲道上，假如盲人师傅走过这样的一段路，又该有怎样的艰险？我很抱歉，我将一个盲人师傅当作情绪的收纳箱，将零星的

　　　　　　　　　　　　　光和影的比例

艰难寄放于他人终身度过的茫茫黑暗之上。

人有时会在心里失去一些光明，即使双眸明亮，内心也可能蒙尘。而这时，好似被人从三月的树上折下的一枝柳条，无法返青，不能摇曳，人可以在扑朔迷离的城市里慢下来，感受一些行为受限者的不易。心灵才是看这世界的眼睛，匆忙太久了，我们需要一次完整的擦拭。

我曾在一段时间多次去过这家推拿店。这是一家盲人推拿培训学校的分店，四张按摩床、几盆绿植，有一名值守的按摩师，客人多时会临时从总店调配。我去过店里几次，好像需要调配的时候并不多。师傅说他在这个店工作两三年了，按摩水平只是普通，我来这里，一方面是为了调理身体，一方面是为了克服对时间的焦虑感。

那段时间，我觉得时间过得飞快，人在平常的生活里，好比站在高铁的站台上，一列列高速列车从身边飞驰而过，鼓胀的轰鸣和嗖嗖的风声将人淹没，我对时间的追赶，很像是我小的时候，百般努力地去抓一只鸡，左扑右按，总是在快要抓住的时候，那鸡扑腾一下子飞起来，弄得乌烟瘴气，它飞到高处，在房顶或者远处的树杈上咯咯鸣叫，极度夸张，自鸣得意。我想要找到一个安静的地方，可以远离时间的洪荒之力，我想要倾诉这种感受，周围的人和谐而忙碌，没有人可以停下来好好说话。

这是些细枝末节、横七竖八的感觉，不能总是和家人述说，但描述给谁呢，能去哪里获得片刻的放松呢？去洗发店，洗护工会迂回推荐洗护用品；去推拿店，按摩师喋喋不休地介绍自己的艾灸效果；去服装店，导购员完全不顾顾客的身材是否和服装般配，盲目夸赞，极不真实。有时想去找朋友聊天，发现朋友也是各自忙碌，偶尔见面，常跟我倾诉完就离开，现下生活的焦虑，人和人信任的缺失，我们竟然寻不到一个耐心的听众了。

这家盲人推拿店不同，它安静地等待着不多的客人，师傅因为看不见，一举一动都很缓慢，甚至有些艰难，这里的时间流逝，慢了许多，推拿师傅也不会像另一些店的师傅，赶着时间的点抢着结束，精准得不多一秒也不会少一秒。他铺展你背上的方巾，像是展开一张宣纸，接下来，你会觉得你这个枯树枝会被慢慢地涂抹上色彩，恢复一些活气。这种复苏像是水墨慢慢地浸染，时间慢下来，在水墨里一点点绽开。

我需要这种缓慢，来复苏那些焦虑的枯树枝，可以娓娓地说出干枯的感受。盲人师傅看不见我，他只能根据我的骨骼现状知道我的大致年龄，从我的话里知道我的大致工作，而我在讲述的时候也适度地隐去了一些关键词。师傅并不打探，很有分寸和修养。他只是安静地倾听，知道我总是觉得时间白白流逝，频频地跟我说不要着急。我再次感到歉意，我将自己的焦急倾倒在了这里，我一遍一遍地描述着时间如何从我身边飞走，说起颈椎上的疼痛不适和自己的力不从心。这里好像成了一种倾诉的选择，我在这里获得了安全感，获得了表达的自由。

有时我们会觉得艰难的苦涩，聚积在生活的果肉里，咬上一口，苦不堪言。有时候不能忍耐，便任这苦水流淌满地，想说说这颗果实的滋味。几次以后，我终于停了下来。我和盲人师傅聊天，我觉得我应该听他说一说。盲人师傅的父母也是盲人，已经去世，他有一个弟弟，一样是个盲人，在镇街上帮人算卦，因为收入尚好，娶了一个健全的女人，生了一个男孩，弟媳并不接纳这个长兄，这也可以理解，她的爱人已经是一位需要照顾的盲人了。一个从小生活在黑暗里的人，他自己和他的整个家庭都看不到现实世界的一丝光明，我想象不到，他如何接受身体的重大缺陷，如何在我们用清晰的视力行走都会觉得艰难的生活里，努力平稳地生活。他轻声地讲述这一切，如同讲述一个普通的绘本故事，那种平常、微笑和毫无怨怒，是他回报给自己看不到的光明世界的姿态。

他又说起，不久要回老家一趟，回来的时候可以帮我捎一只土鸡，他记得有次他讲起土鸡的香气的时候，我说过想要买一只土鸡。我想那不过是客套，况且盲人师傅出行已经足够艰难了，如何能够让他帮我捎带？他却热情地说，捎带一只不过是举手之劳，不会加收一分钱的。我想他误会了我对他的信任。我没有请他捎带，虽然没有买到一只来自盲人师傅从乡下捎来的土鸡，但我已经喝到一碗心灵的鸡汤了。

捕光

去按摩店的那些日子，我觉得时间慢了下来，我终于说服自己放下手头的焦急事，我想去热闹的人群里看一看。一日在书店小坐，竟然看到了二十几个聋哑人士，他们在书店休闲区的一角热烈地交谈着，每人手里一部智能手机，一边通过微信文字，一边通过手势进行交流。我从来不知道我的城市里有那么多残疾人士，我不知道他们为什么而相聚，但我觉得那是思想的盛会，他们有着自己的频率。我在那里看了很久，我甚至流下了眼泪。

再去推拿店时，我跟盲人师傅讲到了这个瞬间。师傅说，谢谢你能看见这些，你是善良的人，但不必觉得悲苦。是的，这个世界有许多艰辛生活的人，我们看不到他们的存在。在花好月圆和明媚喜悦的时候，人们的目光习惯性地筛选，忽略了那些不完整和艰难，人们要望向高处、欢腾和新颖，选取高大上，紧跟白富美。而另一些在生活的角落艰难活着的人，我们偶尔会瞥见他们，会以极其悲苦的眼睛看待他们。其实并非这样，那些悲苦来自我们主观的判断，完全不必觉得那个世界黢黑一片毫无光彩。

师傅不久招收了一个徒弟，二十来岁，因病致盲，家人送他来此学艺，但他学得并不安心。师傅好言劝说，总算是将他安顿了下来。那年轻人用智能手机，师傅决定也要换一部智能手机。盲人师傅也用智能手机吗？他们觉得我大惊小怪了。

光和影的比例

我表示担心，要怎么用呢，按键和程序那么复杂，会好学吗？师傅说，"不好学也得学，不然就是落伍的人！"我听其语气坚决，但也觉得可能是说说而已，我们平时对很多事情不都是说说而已吗？他又说："确实不好学，有的盲人师傅学不会，恨得把手机砸了，然后又得买新的。"

　　下次再去时，盲人师傅果真换了智能手机，国产的，说手机和盲人软件加在一起是一千二百元，卖主是来店里按摩的客人，听说盲人师傅要买智能手机，就帮忙挑选了机型，帮他安装了盲人使用的软件。我百度了一下，价格还算公道，我看机型和运行速度还不错，我觉得心里安慰。我去时他正在按语音提示操作手机，先从接电话学起，但有来电的时候，他的手指还是不能准确地触摸接听键，拨打也是困难，但他乐此不疲，我帮他试了试手机边缘距离接听键的距离，并告诉他如何记住这个标记等，他又问能否帮他下载一些好听的歌曲，我很快应承了下来。

　　我想，学会智能手机对盲人师傅来讲是个巨大的工程，在看不见的世界里，高科技并不能直接带来生活便利，但盲人师傅的行动力真是令我敬佩。平日按摩时，我看到他摸索着缓慢地移动脚步去取他的手机，查听按摩的时间是否到点，很是不容易。盲人师傅竟然知道许多新的信息，包括生态城市建设、房子是用来住的不是炒的、六十岁以上老人的补助、全民阅读等，他说是从收音机里听来的。

　　我想问他一些我好奇的问题，譬如他觉得天空是什么样

捕光

子、草地是什么样子，他能够根据别人的描述和经验的积累说上一些自己的感受，但对于我讲到的火龙果、丑橘等水果，他说从来没有吃过，请我描述水果的样子和味道，我答应送他几个尝尝。

我的身体终于恢复了。

很快，我就进入到了生活的常态里，关于下载音乐和送一些新鲜水果给盲人师傅吃的事，我真的忘记了。直到新年的某一天，我接到一个陌生电话，一听竟然是盲人师傅，他问我年后是否要帮忙捎一只鲜活的土鸡，我说特别感谢，就不麻烦您了。我这才想起我小小的承诺，我知道我该履行它了。

接电话时，天空正在落雪，我坐在窗前，看外面茫茫大雪从天降落，这是接近天使的时刻，我相信天使总是和皑皑白雪一起降临，就在我们的旁侧。

我不知道按摩师傅怎样穿越一场天地间的白雪来到这座城市，但我知道他这枝生命的枝丫没有被一场大雪压弯。风雪夜归人，挑着灯笼夜行的人在心里种植阳光，给我们另一种精神的果实。

# 何 以 为 贵

## 阳光

我把分装慕斯蛋糕的小盒子用软毛的小刷子洗干净，然后一一用纸擦干。找来一些泥土，将两棵近乎可以忽略的多肉植物挪移进来。夏天的时候，买花赠送了几株多肉，转眼已是冬天。夏天和冬天的不同，我觉得阳光是其一，只有在冬日，我们才能贴切地感受到阳光的好，爱与憎并非因事物的本身，有时只是因为事物与环境的匹配度。

小小的花盒子，移到阳光里，便在墨蓝色的沙发上照出了直的小影子，此时是冬日的正午，整个多肉便被阳光沐浴了，在大片阳光的映照里，小花盒子显得精致至极，像一条极小的浅绿色小鱼，在阳光里游动。为了拾掇和摆弄，我托着它在阳光里走来走去。

这些日子我特别想对这些平实的阳光长篇大论，仿若只有铺天盖地的文字，才能像是堆积的发热小石头一样，暖烘烘的。但我又觉得这样有些渺茫，人们都在寻找异域、寻找古籍，甚至是神秘的玄机，但我在那样遥远的搁置里找不到瓷实，而恰恰是冬日的阳光，棉花一般的柔软和清香，蔓延和覆盖着我。

这就是平常的好处，我在弥漫的阳光里感到无法言语的幸福。从上午的九点多，到下午三四点，我就在那些温暖里游动。有时我盖着一条六层纱的薄被，读书，也晒太阳，温暖聚集到一定时候，我就把书遮在脸上打盹儿。遇到特别喜欢的好书好句子，我便觉得心里也暖烘烘的。

起初，我并不知道家里有这样的好阳光，每日早出晚归，阳光正好的时候，人恰恰不在家里。有天中午我赶回来，看着满铺的阳光，我觉得如见故人。后来我总是不舍，如果一天不在家，便会觉得是落下了它。我需要阳光的普照，需要这南北通透的敞亮和温暖。这些年闭门读书，居所并不总是楼间距足够，采光不好的时候需要靠内心来照耀。记得曾经写过"沏杯阳光暖暖手"，如今虽记不得那是何时何地有过的感慨，但那种温暖和期冀一直储蓄于心。

我觉得自己越来越健忘，许多琐碎的事情难得想起，当别人津津乐道时，我这才恍然，好像是某件事情发生的时候我们彼此同在，但记忆的山坡向阳的地方留给了别人。这让我更在意当下，自己在一个四周模糊中间敞亮的地方，如同精神的盆地，觉得没有烦扰，身心妥当。这种感觉和阳光将我包围有类似的感觉。

阳光是另一种佛光，让人的内心干净、通透、心怀敬畏、感官舒适。天地泽被，人心向着朴素的阳光走，在日常的虔诚中，人的记忆又会打通一些。我想起我小时候，在一个土墙缝里装小蜜蜂，用注射后剩下的小药瓶，里面有时放一两朵油菜花，土墙的斑驳、花朵的芬芳、蜜蜂嘤嘤嗡嗡。我想起那些在村落里晒太阳的老人，也想起那些刚刚离去再也不能享受阳光的熟识的人。

## 午后咖啡

　　很少喝咖啡。这似乎是一种习惯，习惯常常没有刻意的理由。这如同拖延症，有时人被慢慢地浸透，如小雨淋湿头发和衣服，直到湿透以后，整个烘干或脱掉，但人并不容易如同衣服一样，在洗衣机里漂洗，然后甩干，阳光照耀后又有太阳的味道。每一天都是新的，逝去的时间无可挽回，长成了焦虑和疼惜，伴随如同体味。

　　一袋朋友从菲律宾带回的咖啡，无意间放置了很久，初饮觉得入迷，而后置入冰箱，再后来很久才想起要饮一杯。后来我塞入背包，打算在休息或闲暇的时候喝一杯，但还是忘记了。我在更换背包的时候发现它，拿出来查看它的生产日期，如同检查一个可疑的人，我心里有些过意不去。一袋咖啡在生活里只是调剂，我们在闲暇的时候需要问候，需要一些不同的、远方的味道调适乏味、常规的生活，可后来我们就渐渐地想不起来了，送咖啡的朋友也少了联络。人和咖啡的感情，终究不是和大米白面等主食的关系，没有那么坚贞。

选择在一个午后，轻轻地啜饮一杯咖啡，回忆起友人风尘仆仆地归来，想起她的笑靥和远行后略显疲倦的眼眸。我不想简单地描述这白咖啡的味道，也不想说初见如何之类。太多的人和事物填充在我们生活的缝隙里，零零碎碎，却是我们精神妥帖的一部分。但也常常过期。如一本书，譬如吉根的《寄养》，譬如赫拉巴尔的《过于喧嚣的孤独》，这些书籍带给我们无比惊讶的时刻，一种精神的高度愉悦，那种飞升是近处所有的人、事、物无法替代的，后来就被束之高阁。我想起《寄养》里的那个孩子，竟然被穿上那对收养夫妇家里死去孩子的衣服，赫拉巴尔曾写下"我想要一个女儿，一个诞生在啤酒泡沫中的女儿"，他说头一年他要用啤酒给她洗澡，我琢磨这个句子很久，然后忘掉，如同我曾为那个小说里穿着别人家过世孩子衣服的那个孩子，有过类似短暂晕厥的感受。

某日午后，我低头走在整饬的路边，一只黄褐绿色羽毛的麻雀死在水泥路边，白色的水泥路边有孩子画了一条彩色的不能游动的鱼，几片枯叶被风卷到那刚刚失去活气的麻雀的脚边，我突然想到干旱的夏季，旺盛的庄稼和干裂的大地，如同此时，那些大地的裂口正在不断地清晰，如同人的精神裂缝。我在很小的时候，常常对土地的裂缝有过探测的冲动，面对我心怀敬畏的大地，我总是想从一条缝隙看到它的灵魂，以及很多未知的部分。那样的窥测，有时仅停留于人生的某个阶段。

在许多时间缝隙里，我们填充过一些事物与光影，那些曾经真实存在的部分，有的长成了血液，有的转折成了流水，我们之于外界或者他人，或许也是如此，兴许也是一杯忘却的咖啡。忽略是一种客观的存在，记忆或收藏的器皿，人总是试图使之不同寻常，使之高贵玄妙。后来有许多人、事、物在我们的心里干涸，如同一滴被蒸发的水。

午后的咖啡，在暮春的日子，窗外鸟鸣如私语，我拉上窗帘，使室内不要太过明媚。时间从早上到中午，感觉如水干涸，不过短暂的一刻，所有经过的花鸟虫鱼，所有遇见的山川水泽，闻过的墨香，交换的眼神，都不会再遭逢那样的时刻。我们的脚步也许会踩脏那条彩色的小鱼，护路工也许会粗暴地弄走那只麻雀，后来的大雨浇灌了土地的裂缝，人们后来各自走向命运的丛林。

我愿记住春夏秋冬里的某一刻，阡陌交通里某一个路口，唐诗宋词里的某一个意象，欢声笑语里的每一处停顿，它们曾经抚慰了我们的焦灼，毫无心机地出现在我们的生命里，被收藏，又被忘记，直至干涸。

# 等几朵棉

我在冬天里等几朵棉花，白色的或者彩色的棉，是真正的来自大地的棉朵，不是天上雪。除此，这个半日没有要紧的事。

有时候，时间会显出它的辽阔来，那样子像广袤的草原，苍苍茫茫却未必有几处生动。有时时间的缝隙很窄，在生活的忙碌中间，许多指令如拧紧的瓶盖，但那些并不均匀的缝隙，有时却能够开出繁盛的花朵。空着并不全是另一种满，也未必是生机的来处。

人的躯体并不会在短时间里有什么大的变化。但在满或空的地方自处，内心里的那个自己却会随着自己的状态以及所处的环境不断地拉大或缩小。这么说来，人可以有两个自己，真实的和虚拟的，而虚拟的有时却是自己最为真实的状态。

将自己安放在时间里。有时像彩色的棉朵，蓬蓬松松的，很是柔软，有时则像是一枚铁钉，生硬地钉到时空的墙体里，有时又像一些别的什么，在时间里无所适从，找不到最为舒适的姿势。

河水怎样流动、雪花怎样飘落、一滴水怎样消失不见、一轮月如何由圆到缺，这是常见的事物与变化，也是自然给予的领悟。人于万物之中，以各种姿态相融和自处，可以有

　　　　　　　　　　　　　　光和影的比例

自己的独特，但也没什么绝对的不同。

我不能准确地说出人在时间和空间里像什么，是像一粒米吗？在另外许多米中间，在蒸着的或大或小的锅胆里。它们互相拥挤，又彼此散发出混合的香味来。或者像一朵花在舒展的枝头，在其他花朵的中间，自命不凡或相互映衬。

我还是尽量想象出一些近乎柔软的状态来。那种感觉是人在时间和空间里感到了自由，觉得舒适，自由展开。但这并不是人生的全部状态。我们的想象如一朵白云一样在天上飘忽。而更多的时候，我们还是会像一枚铁钉被生硬地钉在了某个地方，或者像榫、像螺丝、像水泥里的钢筋，用尽全力支撑起生活的骨架。

是的，我们有时会像白云飘忽在自由广阔天空，甚至可以暂时忘却那些拥挤。那样的时候并不是很多，却常常给人极为美妙的感觉，从中获得的愉悦可以用来支撑人生大部分时候的艰辛。

因此，人在疲累、失望、沮丧甚至不安的时候，常常会仰望天空，那其实是在仰望另一个自己，仰望那些自由飘荡的白云，仰望生命的另一种状态。

自由、舒适这样的感觉并不完全受制于人，是可以炮制的。有人在艰苦的缝隙里，并不因此就会失去一些云朵；有人掌握一切，并不因此就可以唤停一些云影。人仅仅有两个自己吗？或许还有两个天空。另外一个天空的另外一些云朵，并不厚此薄彼，或者风吹即散。

此时就有那种安适，似乎也在一片白云之上。这种情况的得来并没有什么特别之处，不需要极费心力、煞费苦心地经营。只是在某一个周末的上午，我安静地坐在家中，身边有一些书，我购置的那些彩色的棉朵在运输的途中。

那本是些普通的花朵，一些温暖瓷实的白，并没有什么特别缤纷的地方，而且应该也是常见的。记得小时候，在老家的一些棉花田里，会随处见到那些柔软的棉花。但它们那时是普通的事物，是日常的收获，它作为艺术品的部分是我后来才无心发现的，将那些柔软的白色的花朵染上一些颜色，比如淡蓝，比如淡粉，或者淡黄。它们就一下变得温暖而又鲜艳起来，进而生动了某个晚上。

这就是生活中的云朵，它不是远在天涯，而是近在咫尺，是触手可及的明亮和温暖。生命中有多少坚硬，就有多少柔软。正如有多少失去，就会有多少得到，有多少沮丧，就会有多少惊喜。

## 醒着

我很少在夜里突然醒来，远处公路上的汽笛，听起来如在海上。海域辽阔，浩瀚的黑色，醒者如在海上漂泊，独自一人的漂流，偶尔亮着的路灯，如同渔火。此时我觉得，乡间的老渔父、水边的摆渡人、林间的养蜂者、山中的樵夫，都是令人羡慕的，白天做简单而有意义的事，夜晚沉沉地睡去，带着鱼的记忆、蜂的甜蜜、竹篙或者镰的辛劳。

那样的夜晚静谧而深远，在乡间或者林野的深处，看不见城市里虚拟的渔火。不像此刻，我觉得醒者的周围有浓郁的工业风，重型机械如啃噬夜晚的巨兽。我听到远方持续着一种碰撞，这里没有重工业，只是经过的车辆发出彼此不同的声音，即使深夜，仍是车辙生硬。那种连续撞击的声音，像是儿时的打麦场，突突的机械劳作的声音，但并无收割的热烈。

我想这样的夜里不会有天使降临，醒来的人并不易于发现同类，如果没有在这样的夜里醒来，我一直以为我安歇于幽树鸟鸣中，夜晚呈蓝色或者绿色，安静而美好。小区里绿植高度覆盖，房屋四周有绿树环绕，人如一只倦飞的鸟，可以安歇如同归巢，等待旭日升起，元气复苏。即使是蓝色，应该是静谧的海域，人可以醒来后做时间的垂钓者。

偶有鸟儿私语，不若早晨百般婉转、清丽动听，单调了一阵子，或梦呓般几声，声音涩重，鸟儿在白天里歌喉婉转，在夜晚面对真实。即使是醒来的鸟儿，日夜歌唱也会嘶哑。夜晚从来没有安静过，醒者总有几位，因为辛勤劳作、思考运转，或者愿意做一个醒者，即使漂泊如一叶，或执着如那只声音嘶哑的鸟儿。

远处的高楼上有红色信号灯，明灭在苍穹之下，我们因此获得参照，知道各种庞然大物隐于夜色，人隐于那些庞然大物的腹部。是的，我们并不知道暗夜中有哪些庞然大物，但我觉得它们隐隐有着巨大的力量，即使安歇时也不停地动荡，呼吸之间身体起伏，我们不过是睡在那些庞然大物的血腥的腹部，吐纳着，但并不因此而被吞食。这个想象令我觉得此刻深夜的海里有鲨鱼，但那声酸涩的鸟鸣适时提醒了我。

我不知道这只醒来的鸟儿，是否可以在鸟儿们林间雀跃的早晨补个觉，但我知道，醒者要面对更加真实的黑夜。这里不是乡间林间的夜晚，可以柔软如湖，可以细腻如绸缎，这里的夜晚是震碎的玻璃窗，有零星的裂纹和碎裂时发出的声音，远处没有村庄，偶尔有狗吠声给这种工业风带来一抹奇怪的淳朴。

如果可以是醒者，我愿意在乡间河畔，做摆渡人或者砍柴者，劳作简单而有意义，他们很少有言语，但每日以真实的摆渡和收获迎来暮色。我不愿在白日里嘈杂拥挤，每日忙碌消耗，而无实际的改变和认同。我们面对一座空山、面对河流的浅滩，看似忙碌而激烈，或者假意惊叹和趋同。

渐渐就有人的声音和脚步，他们是早起的人，未必足够清醒。白天的序幕拉开，我们挣扎着睡眼，以热水沐浴弥补睡眠，然后汇入人潮。这个早晨意外地没有鸟鸣，我也如常地没有去到河边或林间，我希望我可以是个干涸的白天的摆渡人，摆渡或者收割。醒者在白天，以手背遮挡刺目的阳光。

# 普通阅读者

我所在的小城，除了新华书店与图书馆，或者营销考试工具书之类的书店，徒步走很久也难以找到一个冷清的小书屋，小城的书店没有古朴的门楣，门内也不可能有奥地利作家茨威格笔下那个戴着眼镜熟练地记忆着许多书目的门德尔一样的旧书贩。

我生活的城市是中国著名的茶乡。茶是高雅的自然之物，这里品茶的人随处可见，心性淡泊者不知，一个茶香有余，而书香不足的地方，读书者多为考取功名或者获取人脉。

我是碌碌无为的人，工作是自己熟悉且单调的业务，尚无诸多生活琐事缠身，也没有很多的交际应酬，喜欢阳光、喜欢山林，偶尔徒步或者旅行，书变成了我生活中最为奢侈的部分。

网购了几本自己喜欢的书，提交订单，等待发货。想象着书商的包裹，快递的交接，书们像是一个等待乘上幸福马车的人，亦将穿越喧嚣，异地跋涉，经过快递人员冷风中皱裂的手，等待阅读者的恭迎。

我没有宽阔的书房，这一直是我的遗憾。我们喜欢一本书，希望它居有定所，否则，流离的不是书，而是拥有书的人。如果有一处安居之地，有一个空间足够的书柜，这样，可以将自己喜欢的书一一妥善安置，书不流浪，我心亦安。

没有宽阔的藏书之地，面对自己喜欢的书，我有时会有些拘谨。在我的概念里，书是尊贵的文化载体，它被创造、撒播与传承，丰盈收纳，穿越时光，成为喧嚣世间最朴素和安静的一隅。可粗糙忙碌的现下，满腹经纶不如珠光夺目，书并没有获得应有的青睐和尊重，人们装饰外表重于修缮灵魂。

我有时想，这样的气息之下，书是否如同嫌贫爱富之人，满心期冀托付与金玉满堂的富贵之家，只求金玉其外，畅销一时，有豪奢的书房，名画古籍朝夕相伴，每日里茶香氤氲墨香缭绕？或者，所遇之人并非真正爱书者，所购书籍不菲，书斋宽阔，皆为装潢装饰而设置，长期搁置案头，却不能静心安读一字。书于巨室之中，迎接各种富贵的目光，却终日不得触及手指的温热，孤苦或伪装幸福。

不同的点击和提交，常常决定一本书和人的际遇。那么，书之迢迢于我又若何呢？纵然有爱书的念头，有成为其知音的期许，也并不是最懂一书一页的人，闲暇时间倾心捧读，每日里有些沉静，仍愧觉不能称之为真正的爱书之人。不过，但凡遇好书，自是不肯冷落。有些喜爱之书，常会置于枕畔，出差时随身携带。而那些迎来送往的应和之作，实在是不能顾全。

每次订购的书来了，我都心生欢喜，像是等待不曾落空的充盈。简易的书柜渐渐显得逼仄，甚至拥挤，《梦想的权利》《寻找家园》《飞蛾之死》《烟斗随笔》等，当这些书来到我身边的时候，恰是因为倍感喜爱，更是心生几许愧色。所以，读时也会用心更多。

是的，一本好书自然应该被呵护、被珍惜，被捧在手心里。最好是在冬日的夜晚，万籁俱寂之时，打开一本名画全彩版的书，或者一本清瘦而丰盈的随笔，穿越字迹的丛林，雪光披在头顶，万籁俱寂之中，一条月光的小径温暖而清静。寒冷业已不再，心里升起字与字摩擦的炉火。

这是一种没有束缚的远行，路上没有零星的落花羁绊目光，可疾步、可缓行、可贪婪、可回味。在文字段落的不同风景里，我们会遇见善与恶，遇见清风与冷箭，遇见生死和劫后余生，或者根本就不用迈步，就沉浸在文字的清溪和温泉里，或者干脆在思想的旋涡里沉溺。

书与我们互相倾听，但这并不意味着就要成为书虫。我们感谢书的陪伴，驱走了闲暇时的焦急、漫长等待里的煎熬，缩短了得失之间的空白地带。书有时是我们忠实的伴侣，除了主观的抛弃和人为的伤害，它是我们手边最贴心的补给。

你总有会想到书的时候，一个河畔孤独的下午，一次尔虞我诈的谈判之后，一次觥筹交错带不走的落寞，或者金钱与智慧的较量失利之后，书等在你随时翻检的地方，抚慰你惊惶而空落的内心。

请试着看一下我们身边的书吧，是束之高阁的冷落，常年不近己身的抛弃，还是胡乱翻翻的随意搁置，借来就忘记归还而被挤压在一堆旧物的空隙里？或许，你的身边，在五米之内，根本就没有一本书。

书在当下，似乎很难遇到自己的幸福。网络世界，名利斑驳，工于计算，一杯清茶，一方墨香的日子于人们来说，是少之又少的奢侈。当然也有真正的爱书之人，忙中偷闲寻得几分书香，多数却不能生活宽阔，而让自己真正喜爱的书有几分体面。

不敢奢谈书，买了书，也只能与爱书之人分享。对于视他人读书为怪癖的人，我便小气起来，如果问又买了啥，轻答两本书，像是买了很私有的物品，不敢示人，别人稍加应诺，再予以夸赞，我便真的惶惶然不好意思了。

喜欢书的人会跟真正的阅读者分享，一本好书到手，只愿说与懂它的人。有时，会分享一段文字，读者和听者被视听的喜悦包围。常常是一个清静的角落，譬如一家安静的小茶舍，或者一条徒步行走的山间小路，在一次只为聊叙的相聚里，才能大大方方地谈起书，在众多话题之中，书常常被压在舌底。

你听，"现在就是一个这样的时候，人们只在乎你有多少权，你兜里有多少钱！"某君在餐前阔论，声调很高，听者多赞同附和，你也笑笑说是的，那种应和，并不代表你不可以在同一时段回味一本书的妙处，譬如一本叫作《把心安顿好》的书，当然，这时你不要不合时宜地推荐一本精神的好书，最好别自取其辱。

上帝创世，七日里分别造了光、苍穹、水陆、日月、鱼鸟、果蔬生灵等。那么，书又是什么时候创造的呢？不得而知。但我相信，上帝创书是在初始，因为书是光，能分出明暗，是空虚混沌中的黎明，书是精神的绿地，是人类的苍穹。

博尔赫斯的《纸房子》里，有一个极为精妙的构思，以厚厚的书作砖块，建一栋纸房子，人居住在其中，想来真是奇特。在文学作品中，一个人没有了栖息之所，还可以如此这般不同，住在一栋以书为材质的房子里。

我的书不足以建成那样一栋纸房子，那样梦一般的建造的确也不适宜现实的土壤。我记得我的一位老师说，"我渴望内心坐拥书城"，我惊羡她知识渊博，学识深厚，也怀有那样的想法，可我只是一个普通的阅读者，我的心也不足以成为所有书籍的住房。

书柜还是满了，再也塞不进一本书，这种尴尬，像是有些长于应酬者说，他们的时间里再也塞不下一顿晚餐，再也不能多一点儿酒精。古人形容书籍之多，常用"汗牛充栋"，放在今天呢？

像是一个曾经在溪水边撩水自娱的孩子，在书愉悦的宽阔水域，刚刚触到了水性的柔软和千般变化，水花的通透和水底的莫测，让人心里生出波澜，我开始渴望见到海一般的深邃之水，开始渴望浸足于水的欢乐。

而且，在当下，地价和书籍都在攀升的时候，书和心都难以安放，我想要一间宽阔的书房，将心偶尔栖息在书页之中，我也将在心里清清捡捡，腾挪出一些书的位置。

## 我的白色岛屿

冬，一天一天地深了，随之而来的，是夜一天比一天更长。天黑得愈来愈早，算了算时间，到一年中黑夜最长的冬至，还有将近一个月。这总是不经意到来的黑，像是有人在画一幅夜的长卷，大幅的画作，每晚准时开工。画啊画啊，夜色弥漫。我在每一个黎明卷起那长卷，又在夜晚打开它，像是面临黑色的海面，会有一次秘密的旅行。

一个周末的早晨，初雪落了那么一会儿，然后就停了，薄薄的，白色微粒很快就融化了。像是薄而透的书页。这个冬天不怎么冷，雪也没有郑重到来的消息。我素来不喜欢漫长而寒冷的夜晚，但今年的冬天不同，黑的夜色的弥漫，给我一种期许。下班后回到书房，读书、写字，中间去看熬着的粥。我在等，等有一天雪花到来，覆盖了我的画，雪落满我从书房里开始划桨的小舟，将整个夜色更改，从神秘到纯

　　　　　　　　　　光和影的比例

洁。

这是越来越长的夜晚带给我的喜悦。不承想长大后的自己，欢喜着这样白日与黑夜的变化，竟然像个可以在折叠环绕的静地里捉迷藏的孩子。有人会和长夜捉一次迷藏吗？在日日忙碌的生活里，趁着夜色去人群拥挤的地方，我不，我总是希望在夜色靠近我之前回家，打开灯盏，取一些黄小米，开始慢火熬粥。然后去到书房，打开取暖炉，倒上一杯白茶，放一段音乐或者不放，静静地等着夜色驾临。

我喜爱的每一本书都妥帖地安放在它们的格子里，夜色可以驾临了。关于夜色来临的仪式，就是这样简单而温暖。任何一本书都是有桨的小舟，带着阅读的人去向深海。米黄色的灯盏，投下圆弧样的光影。在白色的墙壁上，光的纹理有陶制品一样的触感，仿佛那光是可以盈握的。越来越喜欢这样的安静，灯光照在有限的地方，每一张书页都独自而安静地诠释，一扇静音门轻轻地隔开了世界的喧嚣。

安静是一种力量，指向深邃而明确的地方，如同夜色轻轻地覆盖了白日的一切，不争辩也不诠释。我想，一个人没入夜色的时候是安静的，远离白日的淬炼，而恢复自己光影一般的柔和。弥漫而来的夜色如同潮水，在这样的水域里，书房是一个岛屿，一个白色的岛屿。

渐渐喜欢暖色的事物。喜欢读妥帖而令人惊喜的文字。阅读即生活。

几个暖黄色的书格套放在书柜里，一条红色的围巾，一件粉色的旗袍，想要一套红色的"柿柿如意"的随身杯，如此想来，某天夜里，一个人在书房的岛屿，在那白色的岛屿上，我可以醒目地成为夜色里温暖的一瞥。

随意打开一本书，可以写着：喧闹的本身并不能因为视听的曲解而等同于温暖。我想在这样的夜色的海里的一艘小船上写书，等待喧哗的白日里有人可以打开，闭上眼睛，想到这个世界有另外的一端。我希望我会渐渐地不拒绝夜色，喜欢温暖的事物。

冬天的时候，喜欢窝在书房里。一个人的时候，好像独自在夜色中的白色岛屿，零零碎碎地想一些事。

会想到一场大雪，我们在一场大雪落定之前，订下了这样的书柜和一方小小的书桌，那是夜色和大雪同时来临的夜晚，年轻的商人匆匆写好了订单，外面的大雪已是深厚，我们一起步行回家，穿过小区里被雪压弯了的树枝，我们也在雪里白了头。冬天的时候，当书房里的温度开始上升，那样的一个晚上就会如童话般浮现在我的眼前，雪里的我们简单得如同简笔画勾勒的人影，自由而妥帖。

我已经不止一次地在冬天想起那样的画面，但并不觉得是赘余和重复，即使每次的叙述并不能完全有新意。人和人的契合，和人、事、物在夜色里妥帖着，一样是不容易的，如同夜晚一日日地来临，不过是生活的底色，而记忆不过是以新的底色勾勒未来的底色。

也会记得，有次在一个陌生的城市，我们在黄昏的时候，沿着一条山路，那是一条布满青苔的山路，缓步而行，不知可以去到哪里。经过几次巨石挡路而折回，又一次次地探路向上，起初以为山顶是白云的所在。果然有亭，名"卧云亭"，竟然有画者在山上写生，两幅画作，一座山峰壁立千仞，一座山路悠然而清幽，我们止住了惊叹，靠近后者细细地赏画，那画者于悠然山路一旁的留白处，随手画上了我们的身影。至今不知画者为何人，那样的记忆却常常到访，有时还弄错了季节，有时我记得那山路上开着花，有时我觉得那山路上落了雪。

一座有书的小岛，不足十平方米的书房，因为合理的布局，却也并不显得局促，落地玻璃的一面，放了一张手工的剑麻地垫，一张实木矮桌，可以席地而坐，也不遮挡外面的风景。设计房屋的时候，并不求繁复，将每个自然的窗户作为画框，而外面的绿植就是最好的挂画，四季不同。

书即风景。我喜欢拆新书的感觉。一层透明的塑封，让它未知而洁净，私密如同精神的内衣。想起小时候，没有书读，读了很多乱七八糟的东西，通常是废旧的包裹的一部分，有的是斜撕的三角形，有的是一本书中间的几页，有的恰恰少了几行关键的字，但阅读也因此充满渴望和想象。那时为了隔绝灰尘，家里用报纸贴在墙面和天花板上，但那些报纸在贴的时候并不都顺着字迹阅读的方向，斜着甚至倒着，天花板上的字无论怎样倒着贴，阅读都要竭力向后仰，使眼睛和自己保持平行，常以各种姿势阅读，有时需要借助椅子、凳子和床。如此想来，现在拥有许多书真是幸福，但阅读有时会发生倦怠。

有时候，我们会感觉到一种力，拉扯人进入某种洪流，而安静是需要定力的，在一些嘈杂得完全没有读书和学习氛围的环境里更需要自制。我也因此怀念乡下那些没有书却可以寂静阅读的日子和脖颈酸痛的快乐。一次拆书的仪式感，是给自己的一次提醒。人要荒废，是一件不需要努力就会被推着走的事，如果没有安静的力量，忘记初衷也极其容易，唯有书籍，在隐隐中呼唤着我们，如同喊魂。

还好有这白色的小岛。从书房的岛屿出发，穿过夜色的海面，去寻找相同的渔火。如此，白日的短暂又如何呢？不过是渐渐对不同的面孔、对不同的人生哲学学会了缄默。缄默是冬日的夜晚越来越长，是成长献给自己的画作。喜悦也是鲜为人知的。

每个晚上，当书房的灯亮起，我会想起远海里美丽的白色的鲸鱼，想起人类的鲸群所能去到的那些神秘而未知的黑色海面。

# 读　者

　　这是夏天，阴沉的白天，亮着灯的中午。光线还好，灯也并不显得多余，无须刻意熄灭。

　　窗外是雨声，半包围状。这雨酝酿了好久，淅淅沥沥地嵌在温暾暾的夏天里。不想到雨里去，灯光节制地照着我的肩。

　　上午读一本关于盆栽的书，看那些植物怎样从山野到厅堂，从自然的无拘无束到人工的婉转精致，我在想，当你成为一株绿植，你希望他人读到怎样的你，是厅堂里的端庄，还是山野里本性的使然？

　　看电影，《死亡诗社》。基廷老师带领学生聆听死者的声音，让学生们撕掉课本里的导读，重新组建他当年在学生时代成立的古人诗社，学生们在山洞里读诗，探讨人生。

　　人是这个世界的读者，也是存在于这个世界的我们的读者，阅读和被阅读，读人、读心、读人心与世界的关系如同读雨、读夏天、读这白天的灯光，也自己阅读自己。这是自然而然的，只是人心不若书页，面孔没有卷首语。

朋友离开的时候说，这么安静的下午，写字吧，我来读。

我这才想起，自己许久没有读者了。在行走和安静中阅读，常常会记下许多文字。我曾经想过，写下这些做什么，从曾经的自我愉悦到渐次发表，后来竟变成私藏般，如果文字被阅读，像是被人真心喜欢与爱一样，我这般拦着自是不对。

兴许文字如人，孤独自处和被人粗糙地爱着是两种完全不同的心境，当阅读失去了安静与品味，流于泛泛赞叹和唱和，就渐渐对发表和交流失去了温度、关注，私心里想，清浅或者语无伦次地表达一次就是满足。

文字生在自己的丛林里，它们摩肩接踵，比肩而立，或者相互倾诉，交错问答，自是一种相伴，在栽植文字时，表达的心里阳光充盈，饱满金黄，或者淅淅沥沥，湿润绵长。尽管若此，也要感谢试图阅读你的人。伫立凝望，你试图穿过文字的丛林走向我，如同我们穿过雨幕打量世界。

记得一个黄昏，我和几位女友离开一座村庄，那时正是夕阳西下，出村的道路蜿蜒，夕阳娇红，山影暗紫，溪水清澈。光从远处弥漫而来，整个村庄浑然如水墨，我已形容描画不出山村那时的美来。朋友将车停在路中，我们透过车窗向外看，遇着引力一般，然后又不约而同地下车，在村里的荷塘边，安静地将自己放入那水墨画的留白里。

上车返回，车速极为缓慢，我们安静地坐着，没有赞叹也没有交流。我们阅读山水的黄昏，阅读彼此，阅读自己，感觉惊人地一致。人、事、物的契合，如小桥流水人家的和谐之境。

我们沿着河流返回，一路都是夕阳相伴，夕阳下桥畔流水瑟瑟而红，好友们又不约而同地欢呼，停车、拍照、欢笑，大家忘记了年龄，在灿烂的河畔释放成少女模样。我们约好要记下那个黄昏的美好，延续在村里饮茶聊茶的契合感，以及远离生活一整天的超脱和幸福，对于惯用文字记录生活的朋友来说，这是易事，但朋友或孕育中，或忙着工作，或于山中隐居般地生活，并不刻意而为。

我们记着这个小约定，但并未履行，又回到俗常生活里。而每个人想要说些什么，那个黄昏我们就知道了。我们都是彼此最好的读者，一起阅读黄昏、夕阳和山水，一起成为文中的场景。

我们怎样阅读世界，又希望这个世界怎样阅读我们？骤雨敲打，是一种阅读，室内听雨，也是一种阅读，若是身侧有灯光，无声相伴，不觉刺目，不至于陷入昏暗，也是一种恰到好处的阅读。

而有时，友人在远方，不在旁侧，若是惦记，彼此懂得，想起对方的每一个瞬间，都会成为彼此的书页。你的人生会遇到怎样的读者，你的爱情、友情、心情由谁来阅读，你怎样翻读过去、现在和未来，怀着怎样的心意？

若是去读，就做最好的读者，满目真诚。读世界也是这样。我们经过这一世，该怎样阅读世界和我们重叠的这一小部分？

于此，我从雨声里听到了静默和滴滴问候。关闭了那盏亮在白天里的灯，眠缩起来。一个人来到这个世界，如同清凉的雨滴，落在哪里，荒凉的大地或者厚实的肩头，你会去听整天的雨，也等待听雨人的阅读。

　　　　　　　　　　　　　　　光和影的比例

# 对镜贴花黄

古诗有云：对镜贴花黄。我曾经为这句子心动。我在忆起这个句子的时候，不自觉地用了她字，一个句子，美丽到可以有性别之选。之所以用她，是因为这个句子总是和女子有关，女子的额前明媚，女子的倚门侧望，女子的刘海儿微理，都是美丽的五言。

独自贴花黄，是一个女子自属的温暖。不为悦己者容，在一个不着急出门的早晨或者午后，和镜中与自己相视，细数流年，遥想白首。属于女子的时光是有限的，在这匆匆逝去的时光中，要以怎样的平和心境，才能这般侧坐，微微转过额际，让这本就极易流逝的容颜之水，再无声地流走一些。

如此这般，是要有窗的，窗外的风景相宜，不需要去看，却是一种烘托。窗外也许有人不经意走过，植物的露水打湿了鞋面，有时可以窥见半个侧影、半朵云鬓。这样的想象，已不适于在当下发生，耸入云端的高楼，也许会有云朵经过窗户。

古代诗句多么美。一个"古"字，涤去了许多尘俗。诗句美丽到有了性别，而现今的女子，却渐渐失去性别，被社会要求或选择忘记，有时被忙碌的自己忘记。她们和男人们一样，面对工作的朝九晚五，面对家庭的纷繁琐碎，"当窗理云鬓"之类，并不容易安静地发生。

表面上看，这个时代的女子，享尽了各种美好繁华，各种美食珍馐，各种华服仙衣，女子出入社会、家庭，尤其是年轻的一辈，越来越成为生活的中心，身处其中的女性，其实也最为不安，高速运转的生活齿轮，带动了她们的裙裾，以及情感和家庭，使之面临更多的艰辛。

"对镜贴花黄"，这种源自南北朝的古老美妆方式，起初是有爱美的人对于镀金佛像的联想，美是想象的动力之一，要有怎样的安静的居所，怎样的烂漫憧憬和无忧无虑，才能将女子对美的追求之态，平静成如此无痕的样子。

像是山中的一株植物，一朵蓝色的牵牛花，或者一簇粉色的绣球花，抑或是个性独立、色彩明媚的金盏菊，在湖畔上，在晨露旁，端详自己，这是一朵花的"对镜贴花黄"，在风中俯下身子，再微微抬起，当你经过，你有什么理由不会成为停顿的云朵或者被露水打湿脚面的行人呢？

女性的装束和彩妆发展到今天已是美不胜收，时装的更替超越了之前的阶段，不断地流行与过时，女人们不得不花大把时间选择适合自己的装束，扮靓自己。对外在之美的需求，俨然超过了内在。

在街巷店铺，女子与女子摩肩接踵，服装售卖者能够轻易地从一个女子装扮中，找寻到与自己待售服装气质相匹配的人，用目光翻检打量着你，仿佛要从衣着透视你的一切，像是浮浅的男人仓促地扫过女人的眉眼。女为悦己者容，真正的悦己者并不多见，而无数的女人加入装扮的大军，事实上，她们自己也无比地困倦。衣物堵塞了自己的呼吸，高档衣物打理的烦琐和劣质衣物的难闻气味，将女人们包裹起来，女人们一次次地拎着大包小包，从各个宽阔的商场出来，而第二天出门时依然觉得不够踏实。

这当然并非所有的女人情愿，不少女人不得已而为之。在年轻女孩子之中，服装的舒适和本色常常被忽略，人们希望服饰能够像一张果实的表皮，重新包装出华丽的灵魂。招聘、择偶、工作现场等，人们的目光常粗糙而浅表，女人们一次次地加入淘购的旋涡。

美丽成了一件极为辛苦的事情，这和对镜贴花黄的诗意相距甚远。美丽不是误区，潮流不是错误，审美也无可厚非，当这一切汇聚在一起的时候，女人们是额外辛苦的。"对镜贴花黄"成为忙碌更迭中一不小心就会落地摔碎的玻璃器皿。美是如此难以向内发生。

当满目的红唇、精致的绣眉、丰满的隆胸、高挑的鼻梁可以巧夺天工地人为造就之时，在货真价实的期许中，"对镜贴花黄"成为美人眉间的朱砂痣，在记忆中凸显，成为一种诗意和落寞。

对镜贴花黄

女人们在这个火热的时代，找寻美又失去美。少女清纯，是美中之极，却少之又少见，花季雨季，那些年如此美好的词语，如今也已不合时宜。词汇是可以更新的，美之本质却不能改变。

梅花自是少于从前，或者是园中批量培养，而寿阳公主一般的女子，怕是难以遇见，梅花贴，作为花黄的一种，更是被时代淘洗了，你若真的平日这般装饰，他人并非觉得以仿古为美。

我想起张爱玲关于时装的看法，"时装的日新月异并不一定表现活泼的精神与新颖的思想。恰巧相反，它可以代表呆滞；由于其他活动范围内的失败，所有的创造力都流入衣服的区域里去。在政治混乱期间，人们没有能力改良他们的生活情形。他们只能够创造他们贴身的环境——那就是衣服。我们各人住在各人的衣服里"。

是的，我们各人住在各人的衣服里，包括各种化妆的物事之中。

　　　　　　　　　　　　　　　　　光和影的比例

# 我 的 村 庄

　　一座村庄的陷落，似乎是从路的消失开始的。主路被笨重的机械轧坏，另外一些小径，因为人烟稀少而被荆棘覆盖。路是村庄的肠胃，它首先感到了痉挛，承受无法掩饰的荒冷和扭曲。站在这样的村庄腹地，我近乎是一粒药，一粒失效的"阿莫西林"。

　　我试图寻找一条小路去后山看看，老家门前已是荒芜，后山兴许是暂时完好的。这样想着，我就走出了好远。小时去后面的山岭有条路，绕过一棵银杏树，经过一条斜坡路，路右有棵笔直高大的杉树，那是我年少时见过的最高的树了，我有时会盯着高高的树尖，觉得它距离我想要说给未来和天空的话最近。树呢？

　　银杏树是卖了的，那棵杉树还在，路也没有了。其实不需要凭借那两棵树定位，路的宽窄远近凹凸，我都还清晰地记得。还是找不到可以通过的路径，目光在记忆中的那条路上来回地走。荆棘交错，冬天里焦枯着的灌木草丛下，隐约有一线，已经无法放下双脚了，可记忆里的路忽又那么清晰那么切近，我想搜索出另外一条来，即使绕远道也行。

两山交叉的东南角有条斜路，沿着一条舒缓的小路上去，有个吊坡，上下几个土质并不均匀的台阶，那里有户人家，有两片宽阔的相隔不远的湖。那个东南角像是一个小小的关隘，对于年少时的我来说，每次翻越都是勇敢的冲锋，那家的狗很凶，要费力地躲闪、恐吓它，有时是我落荒而逃。我常会想去那里，那里有依山而在的湖。倘若心里有个小湖泊，和那湖是母子湖一般地接应，湖边的山坡可以望出很远，我常常在那里天马行空地想出许多故事，洗衣人的笑谈，丰富的鱼虾和绿的水草。没人的时候，只有干净得发白的山坡和太阳，自己像是晒在山上的手帕。如今，山体下陷成为凹谷，路断了，山那边偶尔有火车经过的声音。

我还是想去看一看，山的那边曾是我极目远眺的地方，如今是我完整记忆中不可缺少的部分。我决定从左边走，之前大山的肩上有个小山，不同坡度的两层山，像是个胖雪人，如今是一堆阴冷天气里的残雪，上下已经叠合，幼时日日走过的小路已成为斜坡的一部分。寒山有着皴裂的肌肤，翻新了的沙土，零星的干巴巴的野蒿，干枯的不足一米高的栗树苗，山的坚毅消失在一片袒露里，植物们有着少年留守的苦涩。我的脚上穿着厚厚的平底棉鞋，很容易没入塌陷的沙土，想攀到山岭上去，很是艰难，我试图抓住一个相对结实的柴草枯桩，它还是辜负了我的信任。

这光秃秃的山丘，曾在我少时无尽茂密，曾在葱茏暗绿

光和影的比例

的夏天，给我关于蟒蛇的想象。尽管它并不高，可在那时，它有着林立的树木，遮天蔽日，是我心里的高大、耸立和伟岸。听大人们讲过去的事，我常常觉得那是森林一般的感觉，有没有真的像他们说的那样，一条近乎成精的可以翻云覆雨的蛇藏在那里，那是少年生活里的猜想，也是恐惧的一部分。山里可有善良的精灵，有叶子般的风铃？至少有我的蕨菜、蘑菇和地菜，有我的蚱蜢、蜻蜓和蝶。如今褪去这一身果木，裸露和下陷的小山，像是满身荣耀而渐至佝偻的老人，它矮了，肌肤松弛，不能用风声说一句寄托的话，我的想象也开始变得沉重。我曾在覆盖草木的林里，捡起一个个饱满的栗子，研究一个满身是刺的栗子，果实里的防护和秘密，我曾从这里去到山外，带回精致加工的食物，也去寻找日日斑斓的梦想。

山里终究没有传说中的一切，它以近乎不知羞的方式呈现了它的裸露，扼杀我多年不肯褪去的紫色想象。这山原来只有这么高，那些曾经茂密、高大的果树，一棵棵地被铲除，我日日崇敬的大山，变成无人顾怜的小土丘。没有人从这里走过，没有一个拾柴的小笆子，来絮叨一些季节的变化，年少时去祭祖的那座坟墓的碑刻，裸露在山上，再也没有林木为之遮风避雨。

记得那些年的清明，大人们穿过露珠、穿过荆棘，早起砍出一条隐秘的小路，腾挪出放贡酒贡菜的地方，火纸虔诚地燃烧，崛起的坟头上面布满绿草。那是老祖先安眠的地方，大人们这样说着，小孩子们的心里便觉得尊敬，他是谁，是爷爷的爷爷吗？我不知道，老人们总是讲，我也总是忘，但知道那是我们应该怀念和尊敬的人。

村庄就要不在了，后辈们都已远离，连一些庇荫的绿树也没有了，活着的人离开土地四处讨生，逝去的人呢？你得知道自己是谁，知道自己的根。

山岭拐弯处有一户人家，兴许是我的脚步带来响动，有一只黑白两色的大狗出来，使劲儿地叫，一只小点的黄狗也不示弱，后面还有一只，在低处应和，我看不到它的毛色，许是久未有人来了，这家的三只狗有些无用武之地，犬吠声让我觉得很是荒芜。它们连起来叫，和小时深夜里听到疑似狼的凄鸣声无异。一家竟然养着三条狗！我懒得吆喝上一声，这荒凉让我失去底气。

如果一个人不是站在极致热爱的地方，从来不会知道什么是真正的荒芜。

循着狗吠声，我看到寥落的烟火，和房子上方两棵大树顶端硕大的鸟巢，半脱落状，是鸟的危房。树渐渐被砍伐，鸟可安家的地方也不多了。身边的两棵白杨树，光秃秃的，各自停着一只新飞来的喜鹊，我心里似乎有些熟悉的温暖，又担心它们只是经过，不能多停留一些时候。不一会儿，它们真的飞走了。这是刚刚立春不久的日子，因为近乎没有人家，没有栽种，整个山野全是枯色。只有那一棵松柏，很高很直，像是城里粉饰了的高楼，冷冷地矗立着。鸟巢、喜鹊，这些是所能找到的不多的乡村影子。

虽是年关，村庄里没有什么热闹的声音，不少人家已搬迁，村子里剩下不多的老人和留守孩子，年轻人生下孩子就外出打工了，老人们风吹日晒，整年劳作，照顾年幼的孙辈，一年到头没有几个可以说话的人，小孩子上下几里路才能找到一个玩伴。附近人家偶尔有几声对谈，听说是在省外打工与我同辈的年轻人回来过年。有的四五年不回，老人孩子苦苦地盼，终于回来了，也是走过场一般，日日睡到太阳近午，忽略与老人、孩子沟通。

"倒不如不回呢！"老人们寒心地抱怨。年轻一辈已经对村庄的生活失去了耐心，近乎戒去感受亲情的本能，在城市夹缝里难以立身却已成习惯，不愿更改。年后他们又会走的，这一去不知何时回来，再回来时，兴许孩子长个了，村庄也早已失去了踪影。

我终于站到了那条横的山岭上，一眼可以望尽后山的地方，那些梯田、夏日的湖、绵延的山岭，一片荒芜，这里除了枯树还是枯树。我的想象瞬间长满失望的苔藓。山、路、地、岭混为一体，没有庄稼的分割，没有弯曲有致的田间小路，粗粗细细的枯木横在我的面前，像是一群路匪截住了我。

我是谁？为什么来这里？荒芜才是这里的主人。我的一点儿活气，像偷偷报信的人遇到盘问。那些不同大小、不同高低的田地倾颓在一起，没有自己的植物，也失去自己的界限，昔日农家必争的土地，似已多年闲置，无人问津。

我在一处松软的土坡上坐了下来，就着我从城里穿来的衣服。我近乎也是城里人了吗？可总是觉得这里才是自己的巢。那些繁华、逼仄、压抑、炫彩，和我有什么关系呢？我的善良和安全感都窖藏在这土地里，兴许以后就没法这般地贴近这土地了，贴地坐着，像是亲近和怀念，也仿若是一次移栽。

现世并不温暖，身体和心灵多年不肯背井离乡。权作这是一处牛背。"水落陂塘秋日薄，仰眠牛背看青天"的日子是回不来了，再也不能从鸡鸣的早晨开始，在门扉吱扭的响声里，村庄如常地迎来第一束熹微的晨光，男人们早起耕作，女人们去小溪边取水、做饭、洗衣，一只摇头摆尾的狗跟着你，也跟着他。日落而息，去哪里凝望村民夕阳西下荷锄而归的背影呢，乡邻之间触手可及的问候也开始沉寂。

我就这样坐了很久。

当你见识过山的高远，懂得了大海的宽阔，终要有一处心灵深处的微缩山水，成为精神的皈依，哪一条山野的小径会带我们回到农耕社会、家园情结深处的精神巢穴？

傍晚降温很快，山下有人唤我，我也感觉到格外薄凉。远处的西山上，一轮夕阳红彤彤的。一个个树影灵动婆娑，像是小时看过的皮影戏里的角儿，也像是我年少时认识的人，有着熟悉的样子。

夕阳照着整个村庄，空荡而艳丽。风渐渐冷了，太阳移到地平线，移到视线右侧的枯树肩膀上，它挂在树杈最安稳的地方，像个红红的鸟巢。

# 亲爱的白果

　　我有时会怀念一棵树，一棵老家的银杏树，我们这里俗称白果树。不知道为什么，我更喜欢"白果"这个名字。白果树在老家院落的东南角，院外是一条连接远方的路。

　　我们离家的时候，要经过它的身旁，秋天时会踩着它的落叶。有时候走得远了，回头看时，只能看到屋脊和它的树梢。那样的树梢，望向高处的天空，也眷恋着根部的泥土。

　　这感觉像是想念一个人。它二十几岁，身材高挑，秋日里一身黄色的风衣，在风里摇曳，也在风里低语，会有往事树叶般摇落，又在新的季节里一身翠色。它是与众不同的，果实白色，手掌是扇形的样子。"白果"这个名字，也像是一个人，真名或者笔名，我没有觉得有晦涩的感觉，俨然是一个儿时伙伴的名字。

　　移栽来的时候，它还很小，细长枝条，瘦弱着，院前挖一个坑，栽种下来，隐约记得是父亲躬身种下的。父母亲都喜欢种植些花草果木，那些树木是平常的，樱桃在房前屋后，杏树在院子西边，栗树在前山后山，柿子在地头竹林

　　　　　　　　　　　　　　光和影的比例

旁，李子在池塘的旁边，桂花与石榴在院子旁边。此外，房前屋后还有一些花，房舍后是一片特别大的竹林，房前百米远外有一个大的池塘。

现在想来，那就是田园，田园般的日子。如果不是隔着时间，如果不是老家被夷为平地，我可能至今都不觉得，我那时曾有着如此丰盈如此宁静的田园生活。这是一次深深怀念时的还原，我在心里画山画水、画阳光、画池塘里的小鱼小虾，还有许多，比如一条长长的长满毛竹和月季的小径、一颗落在柴草里却完好的黄澄澄的杏子，只是现在，我失去了那些山水。

那样的年华，觉得什么都是平常，眼睛在眺望，整颗心都在远方，即使后来读到陶渊明的《归园田居》，读到王维的《山居秋暝》，也不曾心生羡慕，我曾拥有那样的山，那样的水。站到树下，随便拉下来一个树枝，上面满缀红的樱桃，尚未起床的早晨，就可以根据声音判断哪棵栗树笑开了口，落下的是毛栗还是油栗，梨子成熟落在池塘里，有时会恰好赶上，脱下鞋袜，下到水里，打捞一个青色的梨子，真是欢喜。

这感觉像是在说一个梦境。可许多年来，我最美的梦境里曾有果实和青草的香味。如今这一切都已不复存在，包括后来移植来的白果树和迎春花。我并没有因为失去这些，而产生回忆的宽容和美化，一切都是原汁原味。

那时，对我熟悉的世界来说，白果树是新客，是我所未知的，是这个熟悉的花木世界里另外的身影。我常常围着它，期冀它快快长大。

见到白果树以前，在我所熟知的生活里，没有一种树的叶子是扇形，没有一种树叶转黄的时候可以是新鲜而新颖的美，有人说它有白色的果实，果实可以入药，我也关心了好一阵子。

白果树慢慢长高，这个过程似乎很慢，但有时又觉得很快。我忙着玩耍，忙着读书，后来忙工作、忙生活。我一天天地忙碌，白果树在老家慢慢地长，其间回家看父母，一次次感慨"白果树长高了"，就这样我感慨着，它生长着。它像是陪我一起长大的伙伴，从小时候的形影不离，到后来自顾自地各自生活着，偶尔见面也会感慨"高了，瘦了"等，或者听到来自父母的转述，谁谁胖了不少，谁老成了许多，谁嫁到了外省，谁又离了婚。

日子过得真快啊，白果树的叶子青了又黄，人也是一样，谁也无法抗拒自然和命运。唯有记忆极力抗争。

早起看太阳，我的目光需要越过白果树的树梢。太阳从东边升起，而我要去到城市，或者更远的地方，都需要乘车向东，所以年少时我总是向东看，那似乎不是一个方位，而是一个梦想地。白果树长高的身体里，有我们一起生长的愿望，兴许它是另一个长高的自己？我和它比过身高吗？

父母已经离开老家十年了，拆迁的消息也一次次传来，老家的一切已经衰败枯萎。十年来，我的白果树独自在老家生长，我们也在为生存为工作为情感有所寄放而在外忙碌，一边是茂盛，一边是荒芜，有时去银杏园和景区，我会想到老家的白果树。我们在奔波，它也是漂泊，它倒是没有离开家，而家却整个地离开了它。

母亲有些迷信，有次听说她请人算了算，兴许那时家中是有些不如意的，风水先生说银杏树的位置不好，需要挖除，也隐约听说银杏树不宜种植在庭院附近一类的谈论。母亲虽信却也不舍白果树，一时没有合理安置，就放下了，后来家人不在老家生活，白果树得以安然生长。我有时想到那"不宜"的说法，却不知现如今哪里又是相宜的呢？

不久就拆迁了，我们先是失去了农田，然后是部分山和树木，然后是道路和池塘，一点一点，最后被夷为平地的是老房子，花木果木多已不在，陪着老房子等待最后消失的，就是这棵白果树和一棵桂花树。知道这里不久将会消失，我特地回去看白果树。站在树下，感慨不已。

我这才注意到，它如今已是很高了，枝叶覆盖住了部分房顶，树干直径有老式碗口样粗，身形很好看，我盯着树梢望了很久，想到从这里来来回回的那些往日，想到它枝干里我的念想和愿望。

有不少商人来拆迁地买树，不少人家将山上的树木按大小笼统卖，多半是廉价，树的主人也没有什么不舍。母亲捎信托人先后卖了山上的那些树，也有人捎信来问白果树卖不卖，家人未做回复，一是觉得不舍，一是觉得距离推平房屋还有些时日。

眼看挖掘机就到家门口了，机械近乎冷血地吞噬一切，四周越发显得光秃起来，白果树也更加高寒和突兀。家人开始打听并催促，看有没有肯移走这棵白果树的人，只要安置妥当，就可以移走，可谁要这棵白果树，人家要它做什么？是栽植观赏还是劈了做柴烧？

不能让他们带走我的白果树。"我来找去处"，我一口应承。这感觉大有我养你一辈子的慷慨。城市寸土寸金，我也没有一片宽松的立足之地。我拍了它最好的角度，写了树龄、树高、树身粗细等，像是仔细写了年龄、身高、体重替友人去相亲大会一般，上网发了消息，发到群里和朋友圈，去给一棵树寻找归宿。

先后有人来问，有房地产公司和景区的工作人员。其中有寺院的管理人员，说他们刚刚买了一批银杏树种植在景区，要是早一点就好了。我很是遗憾，如果我的白果树能够移植到那样香火缭绕之地该有多好。我只是想知道它去了哪里、环境如何，是否能自由生长，我可以去看看它就好，它是我的记忆，是我关于老家的念想，它陪我长大，抽枝长叶间有我的愿望。

这不是简单地送出一棵树，我怀着送嫁般的心情，但最后仍是落空，因为栽种和移植等各种原因，没能为其找到新家。我的心里有些难过，这是老家余下的唯一寄托，记忆蓬勃再无承载，一切都将消失，我很快将辨认不出它曾经站立

　　　　　　　　　　　　光和影的比例

的地方，包括我自己曾经生于斯长于斯的老房子。

有天中午，母亲告诉我，白果树卖了。我惊问"卖了?"后便不再说话。只能如此。它将去到哪里，将被如何对待，是温柔抑或粗暴，随风自由或者化为灰烬，我不能想。并非动物与人才有深情，植物也是。我相信每一阵风过，季节变化，叶色浅浓，都是互致问候。

亲爱的白果树，曾经我们交织着愿望，和对一片土地的深情。亲爱的白果树，我会怀念你，在秋天起风的时候。你所在的房舍和院落，你根须下的土地，和你一起杳无音信，如同我的记忆证据全无。

这像是一封信的开头，一个离家的孩子，写给一棵不知去向的树。没有收件地址。我想到我和树一起凝望的天空，请天空和白云收下我的念想。

# 巢 儿

　　我用整整一个季节，等待鸟儿们的归来，用等待邻居和家人的心情。

　　一棵高大的香樟树，顶端的树杈之间，有一个完整的鸟巢。盛夏的绿植浓密，一棵香樟将目光牵引到高处，天空覆满了眼眶。"巢儿"，是的，我想到它，多么温暖的词。会与一些鸟成为邻居吗？绿荫之间的鸟鸣高高低低，但没有一只鸟飞到巢沿，兴许是白天，它们去觅食、去会友、去呼朋引伴了。

　　因为有巢，我相信会有鸟儿飞回来，像是等待一座老房子里亮起一盏灯，或者马蹄声中的一位归人，或者谁家屋顶升起不俗的炊烟。鸟儿们回到它们的家，飞回这个遮风避雨的地方，我用目光迎接它们的双翼，或者在某个清晨，我在鸟儿主动的问候里拉开窗帘。

　　这是完好的巢穴，近乎圆形，底端密实，端口略大于底部，目测直径有二三十厘米的样子。巢儿稳妥地在树的高处，在靠近主干中心的枝丫上，搭建巢穴的草和树枝紧密地

　　　　　　　　　　　　　　　　光和影的比例

聚集在一起。我对这个巢充满了想象，里面会有怎样的摆设呢，会有枝条分割的两室一厅吗？可有食物储藏？我想象自己是另外一只鸟，飞到那里做客。

是的，我从来没有亲临一只鸟的家。小时候，伙伴们哧溜地爬到高处，去探看一只鸟巢，不会爬树的我只能在树下仰头探望，鸟的家里是什么样呢？待他们惊喜地说，有鸟蛋，啊，有刚孵出的小鸟，我也满心喜悦。这样的时候，鸟的父母们多半是不在家的。也会有捣蛋的男孩子，顺手捎一只雏鸟或者鸟蛋下来，这真是让人发愁的事，他们不觉得自己是私自闯了别人的家，劫掠了别人的财物或者孩子，我却常常因之拘谨和不安起来。

这只巢里住着的鸟是谁呢？单身贵族吗？可以自己背起行囊就去一个地方，走走停停，一年半载才回来。新婚的小夫妻吗？卿卿我我，花前月下，有着说不完的话，亲不够的腻歪。一家三口或者一家四口？一个蹒跚学步的孩子，或者一双疼人的儿女，平素里的三口之家，二胎政策放开之后就蓦地多出了一个小子或者扎小辫的俏丫头。

这就不得而知了。最好不是这样的：一对夫妻，人前恩爱却各自早出晚归，同处一室却常常冷得说不上一句话，同床异梦暗自潜然，或者悄悄地办好了离婚手续，瞒着孩子瞒着家人不肯说出真相，外人面前维持光鲜完整；一对空巢老人，或者已经失去了其中的一个，守着满房子的暮气沉沉，一年到头少有人探问。

鸟儿们的生活兴许不像世间的男女，情爱纠葛，内心复杂，修缮居室，形同驿站。这是我的猜测，人们常以鸟来喻人间情爱，深情的有"在天愿作比翼鸟"，也有望帝修道，西山而隐，思慕心切，化为杜鹃鸟，啼血终日；薄情的有"劳燕分飞""夫妻本是同林鸟，大难临头各自飞"等。以鸟喻人，不知是人的寡情还是鸟的薄情，鸟是怎样的，我们不得而知，而人间情爱可略窥一些。

　　夏去秋来，仍然没有一只鸟飞回来。这是一只被弃置的鸟巢吗？如同当下有的家庭有几套房子，住不过来，囤积居奇，待高价时候抛售；或者人在另外一个城市打工，在家乡买了房，待老后返乡回来住；或者是乡村的哪个姑娘，出嫁时要求婆家砸锅卖铁在城里买了房，在城中无事情可做，又回了乡下；也可能是一只收受贿赂的鸟，鸟房爷鸟房婶，房子多到数都数不过来。这想法真让人沮丧，难道这鸟也嫌弃这里的人文环境，另移居他处了呢。

　　但，一只鸟巢的想象竟是丰富的。这好过曾经对门的邻居。一直以来的印象是，夏天半掩着的门内，精瘦的四十多岁的男人，歪坐在沙发上看电视，左手托腮，右手拿着遥控器，电视近乎没有声音，屋里光线细弱惨白，经久不变。我甚至一度以为那是时间雕塑的人，近乎风化了一般。

　　兴许与鸟为邻是更有趣的事情，我宁愿相信，它会飞回来，如同在生活的疲累里，它偶尔飞出去一段，再返程归来，像是人去另外的城市旅行，那感觉，像自己也飞过。

冬天的树枝清瘦了许多，先后已经覆盖过几次雪，鸟巢安然无恙，我去看过几次，不见鸟的踪影。又去看时，不远处水边的蜡梅花开了，暖黄色的花蕊，春天好像在路上。

雨天的水珠，在低处的花木上隐约发亮，大树是安静的，那只鸟巢还在。楼宇好似一株树，对面只有四楼亮着灯，灯光是温暖的水滴。

她身着黑红色格子中长休闲上衣，束微卷的马尾，均匀地来去，俯身或者转身，身姿不沉不重，动作精细但不刻意，那么优雅。已是雨后，我在装修中的房间闲坐，在巢儿的一个部分，从窗户看到这静美的画面。

起初我猜想她是个画家，在做着作画的准备，假想她画一株梅树，黑色的枝干白色的花，与众不同的意境，但不是，我看出那里是厨房，她背后的四开门冰箱提示了我；带转角的橱柜，也符合她来回的曲线。

时间是傍晚六点钟。这像是一位主妇在准备晚餐，如是一幕无声的电影，时而静止时而流动，在这里，舞美和灯光是不需要的，房间和仿古灯一切都刚刚好。在家吃饭的人越来越少了，多半家里的灯要九点以后才亮，有的常年不住人，对面整栋楼都是黑的，就亮着她家的灯。

西侧的另一房间，借着客厅的灯，照出一张空餐桌，中式家具，一桌四椅，她为谁做一顿好饭呢？时间过去了一些，他进来了。他和她交谈，几分钟后出去，她随后又忙碌了一阵子，从厨房走进餐厅。这是叫家人吃饭吗？会端出什么菜呢，几菜几汤？蒸煮煎炒，出自那样优雅和用心之人的手，色香味该是俱佳的吧？

可并没有端出什么菜，也没有一家人围坐的情景，等了等，她转身进来关了厨房的灯。原来，这是晚餐之后，她悉心收拾，洁净餐具和整理厨房，不是潦草地洗刷和冲水，而是细细地，像是对待有生命的花草。

这汤水一样温和滋补的女人，这水墨一样流畅雅致的女人。可以想见，刚刚结束的晚餐是丰富的、是精细的，一家人围坐而谈是温暖的，女人是家这棵树上的一枚果实，是另一种颜色的灯光，是有温度的水珠。

一个小男孩进入视线，他有四五岁的样子，一会儿就没了身影，钻到餐桌下捡拾什么玩具，然后又去他处了。这是普通而又不普通的一家三口，无意之中，他们成了这一幕无声电影的主角。因为忙碌，我还没有吃上晚餐，或者因为不能增加体重的原因，晚餐常常打折。

一家人要出门了，女主人拎了包，男人和她在交谈什么，玄关的灯还没有关。楼道的灯亮了，四楼的楼梯光影里，小男孩一手扶着楼梯，双脚蹦跳着下楼，他停了会儿，招了招小手，又继续蹦跳着下楼。三楼楼梯间的灯亮了，四楼楼梯间的灯灭了。二楼楼梯间的灯亮了，三楼楼梯间的灯灭了。玄关的灯灭了，又亮了，女人转身去里屋取什么东西，和男主人一起下了楼。四楼楼梯间的灯又亮了，同时亮起的还有三楼，小男孩转回来，等着爸妈下楼，一家人没入楼梯的光里。

最后，整个楼道都亮了。男人拎着一个长方形的箱子，女人拎着包，她换了裙子。小男孩早一分钟出了安全门，他使劲地推开一扇，然后站在门边，小绅士样做出请的姿势，爸爸从门里走出来，妈妈随后从门里走出来，小男孩关上安全门，一家人消隐在夜色里。


我们决定筑一只巢。一只属于我们自己的巢。

从夏天开始选址。如果真的是两只鸟就好了。选择一片森林，或者在哪家门前的几棵大树间确定其中的一棵，蓬勃，牢固，然后找到一些树枝，一点一点地衔来泥巴，筑巢工程开始。

然而不是，我们需要在林立的高楼间徘徊，去新楼盘咨询，去中介打探，一家一家地咨询，有时是跑空路。新楼盘滞销，却对外声称全部抛售一空，手持闲置毛坯房的买家，要么不足两年交易税过高，要么房子没有房产证而无法过户。

终于最后选定，因为一些树，因为一些鸟鸣，因为有湖和亭子，就很快地确定下来，我怀疑我们是鸟类，选择居所的方式和鸟类有些相近。

时间很快就到了秋天，我们毕竟不是鸟啊，我们需要对房子进行装修装扮。商定方案的时候，他说，你喜欢就好。

你喜欢就好，简简单单的一句话，我有些感动，据说有不少人在装修过程中有分歧，最后不得不相委而去。还好。建造是为了给你一个家。他说。

起初，我以为是说说而已，整整半年的装修过程中，我们没有吵过一次，无论是我近乎选择恐惧般地犯难时，还是因缺少常识做出错误选择时，他都陪伴或者一遍遍地给我解释，哪怕进度慢一些，哪怕因为喜欢的风格要超出不少预算。

是的，这是家，不仅仅是一只巢，这里将住着不同思想、不同爱好却彼此相守的人。家，是讲爱的地方，不是讲理的地方。我只想要一个鱼缸。他说出自己的小小要求，而我常说，我想……我还想……你喜欢的我都能接受，我的审美不如你。他谦虚地说，而事实上，我常常会犯常识性错误。

有时，会遇到纠缠不休的工人，出尔反尔，不断加价，或者不断提出无理要求，而完全不重视工艺，他总是说，算了，他们也不容易。好吧，我们不会总是在筑巢，我也这样安慰着。建造房子的过程是短暂的，而选择和一个什么样的人生活才是重要的，我们要的不是完美无瑕的房子，而是相守相知的爱人。

安置厨房的时候，抽油烟机等灶具都超出了预算，他觉得值，还说，我们是要经常在家里做饭吃的，可不能马虎呢。我也赞同自己做饭，不仅是肠胃不好，更觉得在家吃饭有家的氛围。他渐渐会做许多好吃的，无师自通一般，当初说自己不会做饭也不能闻油烟味的那个他不知道去哪儿了。

选择具体物事的时候，他常常关注实用、环保、安全，而我，一个文科女，常常关注是否好看、和谐、有格调。这看似矛盾，却也常常是交流的点，为了最后达成一致，我们总是手牵着手去各个建材市场，如同进入景区一般。有时进展不了，工人也不守信用，觉得不想再赶进度了，就去看一场电影，或者停工玩两天。丑点就丑点吧，我们互相安慰说。

别灰心。会有办法的。就选这个吧，贵点就贵点。你喜欢就好。这些就像是一根根的小树枝，被衔到建造中的鸟巢里，成为巢的一部分，可能你后来看不见，但我们知道，哪一枝被放到了哪里，如何搭建和支撑。

什么时候搬过来？邻居问。他们等待我们，是不是像我当初等待那一只归巢的鸟？

# 弦 上 光 阴

早上起来，在客厅练习了一会儿古琴，然后到书房改了几篇稿子，就想读一会儿书了。捧着六六的《岁月不我欺》出来，卧在沙发上续读，读了二十几页，后来竟然睡着了。醒来是在一个小时后，觉得身体暖洋洋的，已是接近正午，阳光如被。

古琴也在阳光的光与影里，在窗下靠墙的一侧，距我一米多远，我起身摘了沙发巾，又用桌旗将古琴盖上。蓝天、白云、红窗花，古琴横卧，七弦安静如有声。再回来躺下时，发现我与古琴平行，琴肩与我的肩同一方向，且上宽下窄，人也是一床古琴吗？古琴造型独特优美，仲尼、伏羲、连珠、落霞、蕉叶等，但整体造型与人身相应，有头、颈、肩、腰、尾、足。

以此自喻颇有惭愧，自己哪有古琴之流畅身段，只是愿与古琴并卧在室。如此来说，人若是一床古琴，经络为七弦，心宁神愉、良善空灵方有上等音色，不华丽张扬、有古朴内蕴才是好意味。

　　　　　　　　　　　光和影的比例

初识古琴不久，但深觉练琴时要静心，心乱则弦乱。勾、挑、抹、托、劈，看似不着一个形容词，人之心境全在曲中。今年得琴，古琴素朴音清，如得一良友，更合我心意。抚琴拨弦，音透不躁，觉得甚是安慰。起初将琴安放在书房，有整块时间才想起练习，后来移置客厅外侧，容易看见，闲暇时可随手练上几遍。古琴声音清净悦耳，即使初学也不觉嘈杂，琴声如同珠落玉盘，不经意地响起几次，一天的光阴就过去了。

起初犹豫不决，看贤山脚下先生以"天书"为谱，弹奏《良宵引》《关山月》《梅花三弄》《阳关三叠》《酒狂》等曲，气定神闲，落指自如，超脱豁达，总觉得可望而不可即，敬而畏之。从初听到如今，五年时光倏然而逝，幸得恩师、友人、家人鼓励，才确定与古琴的缘分际遇。喜欢乐器，但从未想过与一种乐器相识，更不敢奢望知音，想起父辈之中，除了父亲会些口琴、笛子、二胡之类，再无人与音乐沾边，尚不足以抵消我对减字谱的神秘畏惧。终得相遇，自此之后，平凡岁月，惜得光阴，多了古琴相伴，深觉幸运，愿如文字，十年一日，直至终生不弃。

九月开课，先生讲古琴构造与文化，三人同学，地点在公园的一座仿古建筑里，环境古雅，颇有私塾味道。古琴是中国文人的乐器，讲究天方地圆，琴上十三徽位对应一年十二个月，外加一个闰月。看来古人斫琴，考虑了天地时序，这个知识令我颇有感慨。弦上光阴，指尖流淌，曲曲如水，逝者如斯。琴人弹奏的，何尝只是乐声？

琴初入家门时，借助书籍和视频练习指法，得琴人思琴的《惜光阴》，曲中有"光阴如水不可留，人生匆匆多带愁，一梦醒来窗月白，今夕何夕思悠悠"，光阴倏然，转眼十指已无葱白纤细，那些光阴都去哪儿了？而此时，一拨一挑，光阴在弦上走，春夏秋冬，晨起暮落，年月周天，时分秒无。

某日晚上回来，绵绵细雨，夹带香气。一抬头，才知是桂花开了。确已是阴历八月，昨日也才刚过完中秋，但这香气不仅仅提醒季节。秋里裹挟淡香深入肺腑，忙碌间一年已过去三分之二，如同一曲进入复歌，在时间的深处却无法以复弹复听。深嗅花叶，嗅了又嗅，已无感慨。小区有月湖，湖内闲鸭一只，惹人羡。山楂也近熟了。回去拨弦几许，夜幕缓降，光阴就在指尖轻碰间而去。

一弦起，花开有声，一弦落，月缺如初，一弦起，摇动果实，一弦落，树影婆娑。我沉浸在这光阴的絮语中，叶落了，雪来了，风起了，人遇了，弦动私语，光阴趋走，我在弦上看见了时间的步履，在乐声中听见时间的脚步，轻重缓急，不停歇。

十年光阴一晃过，人难相知，事未成，有此清欢，在坚持中感动自己，温暖在侧，花木未枯，又何须潸然？

大雪时，所见皆是白色，到处寂静无声，雪下了一整天，安静久了，似乎需要一些声音，没有什么声音适合在大雪天响起，我想起一张琴，一张素琴。除了一些古琴的旋律，知天知地，知人知雪，清透的声音从指尖发出，如同香炉里一缕一缕升起的香气，再合适不过。

室内格外安静，琴桌空无一物，桌旗折叠在一旁，流苏自然垂在一侧。我坐下来，望向窗外，大雪弥漫，待收回视线，第一张琴的影子便在眼前浮现。初接触古琴不久，首张确定入手的古琴，因为瑕疵被厂家收回，又因为其他的事，只好暂停，手不触琴已有两个多月，凡事坚持并不容易。

私下里觉得琴如玉器，这中间有个缘分，不仅琴、玉这样的朴素之物，兴许我们和万事万物皆为有缘，无缘怎能见上一面？懂玉的人常说，玉可通灵，我也愿意相信，但与琴结识以来，也有这种相通的感觉，兴许是爱这些物事的人内心朴素，敬畏天然，愿意聆听，才会有这种感知自然万物的灵性，想来可见之物，万般情愫，不过是人的心灵投射。

如能于茫茫大雪深处，独自一人抚琴，天地之间，静听如此，心里空无一物，那该是怎样的心境。雪白如空，琴素如空，而人心又如何不清捡干净，让琴声的雪落进来，耳朵里打开春天的通道，打开秋天的小径，让繁花开进来，让落叶飘进来。

向来不愿意过多地结识物、结识人，相熟以后愿意珍惜、愿意收藏、愿意陪伴。我视琴为未来的精神旅人，起初偕行，后来走散，似乎有些不太适应，如同一段旅程，同行的人突然更改行程，自己选择独自行走，并不刻意进入另外的人群，一段未知的旅程，如同空空的琴桌在时间里闲置。

我和一张闲置的琴桌失去了相同的部分，不同的是，我在游走中寻觅，它在安静中等待。后来遇一款落霞，听其音色，如同相识已久，终究因为那也是斫琴人所爱，不肯降下一些价格，而我衡量初学者的笨拙，暂未做出决定，后有人推荐我喜欢的蕉叶给我，也在闲暇时候查看详情，了解音色，但并没有专注选择。

我怀疑我对旧物的痴恋有时超过了旧人。生活中少有欲罢不能的感受，想要一件物品很久，心生疼惜，或因为能力不够，或因为理性而放弃，偶尔遇到这样的体验，也觉得不同。后来便不想刻意去选择什么，对于有选择困难症的人来说，会有一些思维的定式，难生欢喜，也便不愿去面对新的欢喜路上的障碍。

暂且搁置了学琴的事，一同学琴的佳人偶尔带来学琴的消息，也看到一些颇有造诣的琴人的分享，但仍然不能除去选择的麻烦，如同一段心仪已久的旅程，因为身体的疲累和旅程的辗转，而愿意在驿站中住下，不知何时启程。

直到一场大雪落下来，望向窗外，大地洁白，空无一人，自然之空与心灵之空合二为一，这样的一种旷然、朴素、悠远让我想到了一张旧琴。人在何时遇到何物，人在何时记起何物，好像是一种自然而然。一张音色尚好、造型简单的伏羲式桐木琴，就那样地在雪地里浮现。

初学的惊喜如同初雪。接触一件事的初始，是执着的，手指并不灵活，而辨识曲谱也是生涩，有时曲调、音准会有一些错误，但自己并不知道，而是沉浸在一种简单的喜悦里，有些时候，一些事情的快乐并非在于深度领悟，写作也是一样，起初落字在纸上，无论缥缈或者空洞，总觉得欣欣然，坚持十年之后，便觉得如同攀越，任何突破都来之不易。

书房里温暖，有书无琴，但并不放一首古琴曲，不管是《关山月》，还是《良宵引》，我愿意在心里回想，那些起初拨弦的日子，最早的遇见，最初的喜悦，和一张起初陪伴的古琴，并期待新的遇见。

闲时听古琴曲，窗外绿树摇曳，印象是天地之大一床琴，风为指，枝为弦。待回神时，一琴人边弹边唱："朝飞暮卷，云霞翠轩，雨丝风片，烟波画船，锦屏人忒看的这韶光溅！"琴声雅正娴熟，《牡丹亭》中女子回眸，叹春光易去。

古琴尤为适合表现光阴的流逝，不仅是曲中人。初读此句，有时光富丽之感，再听，光阴一段一段地化为万千支流。除了练习曲《惜光阴》，开指小曲《仙翁操》也和时间有关，一句"仙翁、仙翁，得道陈抟仙翁"，起初听是欢喜，觉得诙谐幽默，再听觉得时光深邃，据说这睡仙隐居山林，一觉醒来常常上百天或者几年时光倏然而逝，这是光阴的奢侈，还是心境的豁达，竟然不得而知。

斫琴人说，琴以梧桐和杉木制作为佳，精选古木，琴声出色，暗自里觉得琴身暗藏时间的年轮，而琴声也有光阴的交融。人抚一张琴，清心静坐，接古通今，千年时光一曲回眸，这真是古琴的妙处了。

秋日里，心心念念想学《秋风词》，起句"秋风清，秋月明"，琴音素净，不疾不徐，再至"落叶聚还散，寒鸦栖复惊"，虽然只说意象，但秋的深重不言自明。想到秋天里若能抚琴弹一首清净、绵长的曲子，看窗外秋叶飘零，自是时光流走也了无遗憾。

学艺虽不若少年时，只图潦草，但初学仍有天真的念想，略有所知便以为容易熟知，想着秋天之后学一曲《良宵引》，在冬日的夜晚，在节日的前后，可以为时间点题。面对急匆匆逝去的时间，总是想着能够在一些日子里追赶回来，但古琴并不是轻易习得的乐器，即使如今也沾染一些商业气息，但琴之本性没有失去，它不因任何急切和炒作而变得有捷径。

手触琴弦，觉得古琴是时间留下的见证人。很早就知道伯牙摔琴谢知音，在不谙世事的时候，也曾认真抄诗一首，"瑶琴一断凤尾寒，子期不在对谁弹。满面春风皆朋友，欲觅知音难上难"，时过境迁，不知感慨所谓何事，那时也未亲见"瑶琴"为何，"凤尾"为何，初识古琴时知道古琴构造，便想起过往的那一页，暗自觉得好笑，而后便有些怅然了。生命中该遇到的人和事，也许就藏在风中书页的某个角落，任时间流逝，而冥冥注定的，何止是这"瑶琴"二字？

昔日于课堂和学生讲嵇康，也会提到绝命曲《广陵散》，讲诸葛亮的空城计，描述其抚琴风姿与凛然风度，但不知其所弹琴曲是怎样的音色。年轻的时候，知道一些名词便自觉尽然，如今听《广陵散》悲壮、激越，才略知其背后的故事，人生知其一不知其二的时候总是不能免除，后来在生命中遇见的那些事物，让模糊的名词明白起来，也让生命得以丰富。

一支琴曲一曲水，乘舟入水，乐声起伏不同，流向远方的，是你，是我，是我们。他人的手指弹奏着共同的欢喜或悲凉，我们也试图这般，不同的音乐有不同的里程，呈现不同的小径，沉浸其中便是远行。无论是清澈空寂的《寒山僧钟》，还是恣意旷达的《酒狂》，或者起伏曲折的《梅花三弄》，一曲就是一生，一生就是一曲。

# 天色渐晚

在一个平常的日子，我从郊区的玫瑰园经过，顺便采回一些玫瑰。捡出其中的二三十枝，打算送给母亲。总是无法拒绝花朵的香气，我猜想母亲也是这样。

很少送花给母亲，那种过于鲜艳的仪式感让我觉得和父母操劳的一生不相宜。这不能不说是一种遗憾，虽然我试图弥补，但也会考虑两代人对精神的需求有所不同。还好这天并不是什么节日，作为平常日子的一种装点并不令人觉得很是刻意。

我送去的时候，母亲不在家里。父亲从客厅里走出来开门，他看到我手里抱着的半包着的尚未修剪的花束，便问这是些啥。我愣了半分钟，才说这是一些玫瑰花。我这才意识到，我不能轻松地扬一扬手里的这些花，如同平日里拎来的蔬菜和营养品。

我之所以迟疑，是不知道该怎么样告诉父亲，我为啥买了这些花，这些花有什么特殊的意义，花能够用来做什么实际的用处。花对于我们是恨不得常常更换的新鲜与心情，但对于我的父母，兴许是奢侈的。

母亲这一生，没有收到过多少花束，除了我们偶尔送给她的康乃馨。我们可能曾一起去山里折几枝桃花，地里掐几朵棉花，山野间扯一些野花。一个女人的一生里怎么能没有玫瑰的芳香呢？无论年轻还是衰老，这深情芬芳的花朵，总是那样地令人心仪。

玫瑰花？父亲看看我，迟疑了一下，果然又问我："这花是从哪里弄来的？弄它来做啥？"花从哪里来我是知道的，但我不知该不该如实相告；至于弄它来做什么，这个问题也有答案，但我不想说。或者，在我看来，这并不是一个可以成为问题的问题。

曾送过精美的花束给长辈、给朋友，也给自己，知道一些花语，也可以顺口说出一些祝福或者祝愿的好听话，且根据此时和彼时的心情。但这不适宜我们此刻借用和探讨。我好像是做了什么不恰当的事情，一种美丽的不相宜，也就不正面一一作答了。

平日自己收到一些祝福的花束，或者在日常里插上几枝鲜花，是不需要特别强调的事。但此时，我并不能对这些花朵的抵达得心应手，这毕竟不同于食物，如果觉得新颖好吃，就可以买来分享给他们。如果这是蛋糕、水果之类，父亲会拿出来尝一尝味道，然后满意地说几句话，或者是些营养品，他们抱怨两句，说"这么贵""太贵了"等，然后不再作声。

一束花的出现，怎样做到自然而然又恰切地表达我想给他们平寂而操劳的一生增添色泽的打算呢？甚至在过于实用和需要盘算的生活里，母亲有没有渴望过一丝花香的到来？我不知道，也不知道父亲觉不觉得母亲需要这些。

　　父亲转身就到他的生活里去了，仿佛带花而入的我是个不相干的人，我们同处一室，但有明显的生活区分，代际就在这时愈加分明起来。

　　父亲背对着我手里的花束，继续他开门之前忙的那些事，而后他熟悉而自然地转悠，如同他是地上的庄稼，我是天上的飞鸟。我抱着那束花，像个陌生人，或者父亲根本就没有放在心上，但我心里这么觉着，又不知该去哪里找一个空间打理它。

　　还是阳台吧。我来到阳台上，想要先把这些花修剪一下。取出其中的一枝来，在手里转个圈再嗅一下，然后剪掉那些多余或并不鲜活的枝叶，再倾斜着减去根部的一段，然后将包裹花朵的丝网去掉，轻轻掰去外面受伤的花瓣，一朵花就恢复了神采。

　　修剪工作并不容易，那些花枝上，有或大或小的很是密集的刺，为了插花时不被扎手，也需要做些处理。我便叫父亲来帮我，说：“您来帮我修剪一下这些花吧？”他没有听到，我又喊了一声。父亲在餐厅里，他说：“好，我先吃点东西。”距离晚饭还有一些时间，他兴许是累了饿了，要先垫一下肚子。也许此时，对于劳累的父亲来说，比起一些充饥的食物，这些美丽的花朵并不足以引起他的注意。

但他很快就来到了阳台上。他束手无策。我请他帮忙找一个花瓶，清洗一下，装上一些水。父亲听到我的话，如同接收到指令一般，像个照做的孩子一样，从阳台折回室内。母亲也是这样，对于我们的一些需要帮忙的小召唤，总是显得年轻有活力。

过了一会儿，他捧来了一个水晶花瓶，里面有几枝枯萎的富贵竹，水有些浑浊了，他整个抱了进来。显然父亲并不知道，该怎么处理这些枯萎的花。我对他说，把枯萎的花扔掉，把花瓶洗干净了，再装上一些清水。他默默地照做了。

接着，他就坐了下来，在我的对面。天色还没有暗下来，光线里有几丝柔黄，像任何一个平常而晴朗的下午，但又觉得不同，临近黄昏，有着温柔的光晕。父亲随手捡起一枝玫瑰，然后照着我的样子，小心翼翼地去掉那些多余的枝叶，然后修剪上面的刺。平日里健谈的父亲，像个安静的学徒工。

"这花上的刺真多！"我问他，"你能够看得清楚吗？"他说能，但又说也不是很清楚。父亲并不直接把他修剪过的花枝放到盛好干净水的花瓶里，那盛水的花瓶里，已经有了四枝玫瑰，是我刚刚修剪好放进去的。父亲将自己修剪过的花单独放在一边，好像在等待我对他的修剪工作进行验收。

我拿起他修剪过的花枝来看，上面还是有不少的刺没有修剪到，包括一些突出的大刺。父亲的眼力是弱了啊。父亲几年前患了一场眼疾，右眼视力大幅下降，不，好像是左眼。虽然我亲自陪他做了这场手术，但父亲患眼疾的到底是左眼还是右眼，我总是记得混淆。他举起一枝玫瑰花，他看花的时候，我才发现，他的主眼明显用了许多。

老去的父亲渐渐变得平和，他渐渐地稀释自己年轻时候的苦楚，慢慢削去了自己身上的某个刺，尽量不去扎着谁的手，没有一种语言可以比小心翼翼更能诠释老去。

父亲应该没有送过母亲玫瑰花，包括母亲手上的戒指也是儿子儿媳买来的，不知道父亲知不知道玫瑰的花语是爱情，我想问一下，但又觉得没有幽默感而作罢，兴许他是知道的，即使这种经验来自间接。那样相扶相持的一生，那样操持操劳的一生，粗糙的手指经历农具和庄稼，就够辛苦的了。

不仅如此，我们也不能通过一枝玫瑰抵达关于爱情的对话，如同父亲总是通过母亲来打探儿女的情感着落，他从不亲口说出那些关切的字眼。这是乡村生活的我们和父亲与生俱来距离感，没有人去改变它，即使后来的这些年，他离开乡村来到城市，乡村生活的印记也丝毫没有受到影响和改变。

今生没有和父亲做成朋友，我们的对话可能关于善恶、关于价值、关于明天，但不会关于一些幽微的部分。除此，我们之间还隔着三十年岁月的艰辛。我们有着不同的童年，不同的少年，不同的求学经历和生活方式。

我说不出这些玫瑰的意义，兴许他们根本就觉得这是浪费，如同谈到旅游，他们总是说，到那里旅行？还不是找罪受，倒不如在家里舒服。说不出这些花朵的意义，如同和他们谈到庄稼，我说不出那些庄稼的播种与收获、习性与季节。

父亲的一生挤进来无数的绿植和花草，数也数不清，如同我们一起走进乡野，他能说出的那些植物的名字，我却感到生疏。但比起花草，秧田和麦田才是父亲心中的花圃，他半生围绕于此，日出而作，日落而息，虔诚得如同佛前的念珠者，祈祷用双手植种希望，给我们一些未来出路。

他一生没有侍弄过眼前这些带刺的玫瑰，这令他感到生疏。谈起这妖娆的花枝，父亲如同语塞，甚至茫然，不像他说起二十四节气、说起高高隆起的稻谷、说起那些生长在木段之上的菌菇。

平日里，父亲也喜欢侍弄一些花草，不管是老家的小花园，还是来到城市后阳台上的一角，有时我看着他将泥土从远处带回来，一点一点地粉碎，一点一点地装进盆里，扶着一株小苗，像扶着蹒跚学步的儿孙，以手作为犁耙，这里让他感到拘谨。

我们带他们离开了土地，不，是他们已然失去了那些土地，我们把玫瑰带回家里，也带着他们去山水之间踏青，但我们终究无法跨过几十年的光阴，去回看他们的饥肠辘辘和艰苦卓然，我们试图抚慰他们这一生的坎坷，如同抚不平那

天色渐晚

些深显的皱纹。

　　我时常想弥补父母这一生的遗憾，由于时代不同，也因为物质的匮乏，他们享有的太少，我愿意竭尽所能，从一场旅行到一场电影，从一场晚会到一件款式新颖的衣服，甚至包括一只手串、一束玫瑰。

　　我自以为是地觉得他们需要这些，这不仅仅是物质改善的部分，似乎也包含了我对他们经历的艰苦而又平淡的一生的嗟叹，我想人这一辈子，总是需要获得内心的满足才能不枉这一生，包括物质之外的精神享受。

　　无端地想起这些，天色渐晚。修剪去的枝叶和花瓣散落一地，一层一层地增加，而我和父亲就那样说着这个叶子、那个花瓣，言语不多，但也不觉得稀疏和散落。

　　记忆之中，无论是年少还是后来，我们都没有过这样的一个黄昏，感觉如此平和，他从壮年冷峻走向平寂，我从青春拘谨走向成熟，他用他艰辛劳作后粗大的指节，我用翻动书页敲击键盘的指节，梳理着同一束玫瑰的花朵。

# 漫长的花期

## 凌霄

在中国第一古刹洛阳白马寺，我们依次入山门、天王殿、大佛殿、大雄殿，再到接引殿、清凉台和毗卢阁，我们少有交谈，步履安稳，内心沉实。已是接近黄昏，游人甚少，古寺寂静，古木青苍。

寺内法师功课开始，诵经之声渐起。佛光普照千年，古寺历经数朝，古木参天于四季，我们一路在心里感慨，仰视又不轻易赞叹。常寻古寺，曲径通幽，内心澄澈之后，回归平实的生活，如释重负，而后关于那些古寺的回忆，多是些缭绕的香火烟雾，少有其他。

白马寺不同，汉明帝梦金人于殿庭飞绕，大臣告知西方有佛，如同所梦金人，汉明帝派人出使西域，求佛经佛法。后遇中天竺高僧摄摩腾、竺法兰，东汉使者盛邀，以白马驮经而返。

白马无名，而高僧之名我在心里默念多遍，唯恐忘记。古寺渊源，许多佛前圣徒在此传道，穷尽一生，知名或者不知名，如同我们叩问一种熟悉而忘记了名称的花木。

寺旁有一条小径，茂密的绿植中间，连绵开着一些暖黄微红的花朵，喇叭形状，依从灌木和乔木而开，点缀如画，是佛堂外小径旁的一抹颜色，如同穿越千年之后，现实的接引。

同行的夏姑娘一直紧盯这些花朵，目光近同佛殿里叩拜，非同一般的虔诚。"这是什么花？"她问我。我已观花许久，但竟然语塞，花朵微笑不语，无法告知答案，如同我们跪拜佛前，佛祖笑看众生，目光慈爱，悲悯如水，而不说一句。

路上无人经过，偶遇游客也不能贸然相问。路旁，一位六十岁左右的老伯，白发素衣，轻扫落叶，默然无声，他勤恳而安静，想来是常在此处来回做清洁工作。"老伯，这是什么花？"我们问道。老伯抬起头，手里的工具并不放下，他深深地想了一会儿，摇头说不知，他用方言解释说，我是熟悉的，突然想不起来了。

谢过老伯，我们继续前往附近的印度殿。走出一百余米，我们正感叹印度佛殿别具匠心，佛殿外回廊环绕安静，有超凡脱俗之感。身后有人喊道："姑娘，那是凌霄。"老伯已经赶到距离我们很近的地方。他站在那里，周身有着平凡的光芒。他面带歉意和喜悦。

在俗常的日子里，我们经过了太多人、问候了太多人、许诺过太多人，有多少简单、尽心和喜悦的回应？而这里，仅仅是关于一朵凌霄花，告诉你我知道的，只要你没有走远。我莫名有些感动了。

我们谢过老人，虔诚得如同经过一尊佛像，一个卑微营生的老人，心怀善意，思索一些美好，紧赶慢赶的几步，是有佛光的。我并不知道老人是谁名啥，而我们今生也许仅此一次擦肩。

但那时心生的敬意，如同在佛堂前向善，是自然生长的。最为普通的人生，现实生活中平凡的一言一行，何尝不是修行？我想，一个人于佛前的一生，大抵如同一朵花在更迭的四季，知名或者不知名，已经是倾尽自己的芬芳，给予他人喜悦，善哉！

## 牡丹

我没能在国色天香的四月抵达洛城。我听许多在花期去过牡丹城的人说，四月花期，那时九色牡丹盛开在千年帝都的沃土之上，是怎样的雍容、端庄和优雅。

后来于夏季来到洛城，牡丹已谢，满城素净。已然没有了满城轰动、赏花之人熙熙攘攘的情景，心里有一些错过牡丹花期的遗憾。她们说，国花园的牡丹好看、王城公园的牡丹好看，等等。我想象一种花写意了整个城市、一朵花饱满了人心，当洛阳古城的人们满枕花香，这该是怎样的芬芳？

在去洛邑古城的公交车上，邻座有一女子，身着米色旗袍，手执真丝宫扇，上有手绘的牡丹花，一大一小两朵，粉色水墨，大朵饱满，小朵含苞，轻摇之间，似有花香一缕。在她手里，这手绘牡丹的小小宫扇，就是摇曳的花朵了。我很想有一把这样的小扇子，文艺、复古、雅致，这便留了意。

"我送给您吧。"她转过肩，向后座的我说。看我喜欢，她便随手要送我，而我们素不相识，我婉谢了她。那牡丹本就栩栩如生，在她手中，便越发地活了。

这一留意，便发现，这样的团扇到处皆是，便宜的十元，稍好些的有一两百元的，各色花朵，有粉色、紫色、蓝色、绿色和黄色等，浓淡相宜，姿态各异。路边乘凉的人们和来这里游玩的人，手执牡丹花扇的随处可见，这是牡丹以另一种方式的绽放。

去了一家卖牡丹扇的小店，女主人专注绘画，画牡丹花，在宣纸上画，也在丝绢质地的宫扇上画。她的店里开满了牡丹花，牡丹绘画、牡丹手绘宫扇、牡丹花印染的小挂饰，而她本人，也随和耐心，她甜笑着，如同其中一朵。我坐下来，选了一把精致的宫扇，看她静静地晕染，一瓣一瓣，不久花就开了，我闻了闻，墨香兼有花香。她手绘的花朵各不相同，我想她心里有座牡丹园，四季常开。

在文峰塔，我看到了夜空中盛放的牡丹。塔旁湖畔的女子，身着牡丹花色的长裙，缓缓舞动时，身上的花朵也同在

　光和影的比例

风中舞动。文峰塔上有灯光秀，千年帝都，历史一卷一卷展开，灯光一转，牡丹盛开，整个塔身变身万花筒，绚烂迷人。

听当地居民说，这里的灯光秀并非只在假日才有，而是每晚都有。我们感叹不已，牡丹何止是在四月，或者手执团扇的四季？这种美好，一方面弥补了我四月未至的遗憾，一方面又增加了我花期再来的向往。

果真是"万家流水一城花"，牡丹在休闲区的花墙盛开，在特色小吃街牡丹酥的夹层里，在直径约一米的麦芽糖饼面上，在休憩时的透明花茶杯里，在古香古色的明信片上，处处盛开。牡丹可以观赏，可以入画，可以食用，可以想念。

在牡丹之城，所见所闻除了没有正直花期的牡丹，一切都刚刚好，想起一句"洛阳居三河间，古善地"。

## 她们

我有一个同乡，一个研究生毕业的女孩，刚刚入职洛阳的一家检测机构，我和她通电话，我说洛阳真的不错，她也笑笑表示认可。那时，她在新的城市和岗位，还处于适应阶段，在勾勒更加接近理想的未来。

她工作的地点，在天子驾六博物馆附近，我刚刚去过那里。这是我第二次来到这座城市，两次停留时间总共有七天，事实上，我对这座城市的印象，并不只是牡丹。

第一次，我下了高铁，就去了龙门石窟和白园，人文和自然的交相辉映令我感到震撼。傍晚去隋唐遗址公园，园子阔大，古木下石径错综，我险些迷了路，天色渐晚，即将闭园，灯也次第熄灭，偶遇一对姑侄，悉心指路，带我到入园处。

这次去了白马寺和天子驾六博物馆。在天子驾六博物馆，给我们讲解的是一位志愿者阿姨，她六十多岁，素颜，音色温润，娓娓道来。她讲车马坑的发现，驾六和驾四的千古悬疑，讲车的发展变化，等等，对于听者的问题，也总是耐心地停下来倾听，悉心讲解，如数家珍。这是我遇到的年龄最大的讲解员，也是最勤恳和投入的讲解员，她对脚下的土地和这片土地的历史，怀有感情。

她原是大学教师，退休后来这里做志愿者，每周要来几次，坐公交车来回，路上时间要两个小时，如今已经是第四年了。这令我和同行的朋友感动。在长长的历史画卷之中，她像是卷入的一枚花瓣，一个普通人这样介入历史，让我们更近也更加真实地嗅到历史的气息。

这个城市最早留给我的印象，不是关于数朝古都的厚重，而是两个轻盈的女子。那年我去省文学院高级研修班学习，和两个在洛阳工作的姑娘同住，相谈甚欢。作为同龄人的我们，保有一些对事物的相同看法，她们是一家刊物的编辑，许多作者前来拜访，有的甚至多次热情相邀，她们一一婉谢。这在当时如同清流。

她们都不是洛阳本地人，一个来自外省，一个来自外市。但至少在那样的时候，她们代表了我心里的这个城市，后来我们去开封采风，在菊花前合影。之后再无见面，除了作品交流，远程关注。知道她们先后在洛阳安了家，生活幸福。

一个人选择去一个地方，或者留在那里工作和生活，一定是有隐形的磁场在吸引着，如同志愿者阿姨的一生，绣在了这片历史丰盈的土地上，或许我的小同乡会选择去到更远的地方，但她会保留一个城市在心里的印迹，如同我保留她们，一朵，一朵，另一朵。

# 房　间

## 住进 S 君女儿的房间

　　我第一次住进一个女孩的闺房，是在一个斑斓的夏日，那个女孩的名字叫小雪。女孩的母亲是一位教授，是女性文学的研究者；父亲在报刊社工作，她是书香门第的独生女。我在这里写下女孩父母的职业和身份，并非想强调这个女孩的幸运，一个女孩子长大之后会拥有怎样的房间，可以足够宽敞和独立，有怎样精心的布置，有明确的格调和气息，但在少女时期，我们必须依赖父母才能获得一间闺房。

　　闺房不同于一般的房间，这个词语的本身就有迷人的气息，多属于有女儿的家庭，是家居中一个特别的空间，这个空间具有私密、隐蔽的特点，有美好而感性的装饰。我在小时候特别查过汉语词典，说闺房"旧时称女子的内室"。在这个房间里，女孩生活起居、读书写字、学习礼仪、生长蜕变，完成女孩诗意美好、鲜活生动、多彩迷人的情感体验，生成她对这个世界斑斓的期待。

少女时期的我没有这样的一个房间，我乡下的亲戚家的女儿们的房间，也多半随意和简陋，城里的亲戚朋友多半不会留宿，偶有留宿也是住在客房。一个女孩关于闺房的生动想象一直是一个空白页，那是一个神秘的所在，我想象它是紫色的、是米黄的、是薄荷绿的，是世界上可能有的轻灵而美好的色彩。闺房有独特的气息，如果我住进那样的房间，我想我会写一封信，即使我不知道我会写给谁。

一次偶然的机会，我去省城参加一个阅读项目的推动，小雪妈妈S君刚好和我在一个组，我们得以见面，并有一周的相处时间。阅读项目推动并不顺利，主办方也对功利阅读的阻力感到疲累。我和S君交流并不算多，我们都不是特别喜欢攀缘和热衷美言的人，但我俩相处却很舒适，我从她的眼睛里看到了知识女性和母亲兼有的光泽。

时隔三年，活动得以继续，我和S君又见面了，相谈甚欢。S君温暖、智慧、亲和、友善，学识深厚，善解人意，特别理解女性，我尊称她为"老师"。老师在省城某大学工作，我以做中学教育为主，我在生活中接触过一些学识深厚或者职位较高的人，有些是浅浅之交，更不便有登门拜访。那个暑期，那个斑斓的夏日，S老师请我吃饭聊天，我跟着她回家午休，并住在了她女儿的房间。

老师的家是独栋别墅，上下两层半，有一个很大的露台，房前有几十平方米的院子，侧面圆形拱门外有一处长方形的菜地。那时正值夏日，院子里荷花正开，一共有五朵，院子角落里的青色葡萄结得密集，我们在老师家里翻了几页书，吃了几粒干果，聊了一些话，就准备午休了。回想起来，我从来没有去过别人这样的家，老师家里虽然不奢华，但书香盈门，雅致芬芳。我那时是有些拘束的，素来怕打扰到别人，更不会轻易进入别人生活的内里，但老师于我有一种引力。

"先生不在家，女儿在国外读书"，老师带我上楼时说。然后，她带我熟悉她的家，一一指出她和先生的卧室、书房、客房和储藏室等，我想我理应住在客房，客房里铺着蓝色的床品，干净宽敞。

"这是我女儿的房间，你在这里午休吧，两点半我叫你。"可接下来她这样说。我觉得这个安排有些不同，谁会轻易将一个并没有过多交集的人安排在自己女儿的房间里呢？我推让了几句，老师坚持让我住在这里，并随手带上了门。

这是一个女孩的闺房，对我来说如同禁区，也足够神秘，恕我冒昧闯入，我并没有窥探的意思，可一种迷人的气息随之而来：房间有二十多平方米，浓郁的女孩气息，紫色调，有个大飘窗，略深紫色有荷叶边的飘窗垫；一张电脑桌，电脑的显示屏很大，旁边是一对海豚样式的音箱，成跃起的姿势；一架白色的钢琴，简约而纯洁，钢琴上放着一幅水晶照片，大概是女孩七八岁时的照片，她一身白色的纱裙，在银色的沙滩上，海水漫过了她的脚踝，她的眼睛里是喜悦的宽阔；一侧墙上，米黄色的壁纸，有一幅女孩和父母的合影，背景是一片紫色薰衣草，此时的她已经是十七八岁的样子了，她一手揽着父亲，一手揽着母亲，长发吹起，巧笑嫣然。

像是走进一片青青草地，像回到自己还是小女孩的时候，尽管此时我已经工作，我有时觉得我长大了，而我心里的那个小女孩没有。一个一直渴望有一间闺房的女孩，一个长大后才读到童话书，却依然爱不释手的女孩。我知道，这是类似于童话书里的房间，是一个女孩可以生活和做梦的房间，也是一个女孩关于世界和未来有着最初启蒙和想象的地方。

关上门，迎着窗帘内层的白纱透进来的光，我静止一般，心里空白着没有任何遐思，我仿佛嗅到一种香气，一种春天里淡淡的草木香气，这种香气不是香水，不是脂粉，也不是果香和花香，一种春天里草木摇曳的香气，一种红酒倒入美丽的高脚杯的摇曳感，我近乎要流泪了。

轻轻坐在床沿上，我睡意全无，这是一张欧式的米色小床，我轻轻掀开碎花被子的一角，身体尽量不去占用更多的地方，我知道一个女孩对于闺房的私密。也尽量不大幅度地晃动身体，不去动荡我思维湖泊里那蓝色的水，我想深深地嗅一会儿这房间的气息，这少女的、美好的气息。我如同缺氧一般，既想要深深呼吸，又似乎不经意地屏住了呼吸。那些闺房的气息就近在鼻翼之上，我活动自己的面颊，用自己的嘴唇搅开那不真实的一团幸福之气。

不由得又想坐起来，我想打开这架白色的钢琴，将手指轻放在某个琴键上，我想要温柔地深深地弹下去，即使我的乐理知识粗浅，并不能弹出完整的曲目，我想按下某个键，哪怕笨重，哪怕尖锐，也许能借助它发出自己的声音，可正是午休时间，适时的自我提醒，使我放弃了这个念头。

## 想起我的少女时期

琴键并未发出响声，但那个中午，我似乎听到了一声悠远的鸣声，兴许是牛的声音，兴许是深夜里的狗吠，或是某个深夜远山上传来狼的嘶鸣。记得夏夜，我和父母在院子里纳凉，会用板凳支起一个竹帘，竹帘是用粗细均匀的竹子并排编系而成，夏天的夜里，我常常睡在这个竹帘下看星星，母亲摇着蒲扇，一家人说着日常的温馨。

待到夜深，父亲或母亲会将我抱回房屋东头的一个房间，赶走蚊帐里面的蚊子，放下金色的蚊帐挂钩，然后用一个个彩色的小夹子将蚊帐夹住。我便酣然入梦了。我在梦里去过很多地方，挂着蓝色月亮的静谧草原，几只小羊就在我的手边；还有浪花迭起的大海，我乘桴浮于海；也许是城市里某个高高的楼顶，我望见地上行人如蚁。无数个夜幕降临，房间的简陋从没有遏制我的想象。

那是我少女时期长久住过的房间，房间里只有母亲结婚时的两个大小不同的木箱，一张暗红色的中式桌子挨着一扇用透明塑料布挡风的木制窗户，桌子上面有一个绿色的镜子，镜子背面有一张当红明星的照片，我曾在少女时期反复看过她的样子，但始终不知道她的名字和作品。桌子有三个抽屉，其中，一个装着母亲的针线，一个放着父亲修理各种东西的工具。余下的那个抽屉里，承载着我少女时期的想象，一些干花草、一个小笔记本、一本借来的作文书、一些彩色的糖果纸。

我感到安顿而知足，乡间的父母能够带给子女温饱的生活就已经足够了，何况我有看星星的夜晚、有房前屋后的果树、有一口鱼虾丰盈的池塘，池塘边的桐树春天时开出好看的桐花，不远处有一条小溪可以流向很远的地方，大桥下的水幽深，水流悬落如同瀑布。山野间有半枝莲，有牛蒡，有像长发的野草，有翻过山岭就能够去到远方的国道。

能有这样一个简单的房间，来安置一个小女孩的遐想、纯真、羞涩和秘密，已经足够好了。我在这个小小的房间里听收音机，听一个地方的人写给另一个地方的笔友的信，听广播里用好听的声音读出的那些散发着文采的优美句子，我知道外面有一个世界，有真正的诗和远方，但我也会想到，田野是诗、花草是诗、笑着的栗子是诗、从水里捞出裹着一身泥的梨子也是诗。

这是我的生活所能给我的最好的房间，我接纳了它。即使收获的时候，母亲会把粮仓里放不下的粮食堆放在我的房间，下雨时会把一两件好的农具放在我的房间的屋角，我也视它们为我可以说话的朋友。当然，偶尔母亲会在我的房间里酿一次芳香的米酒，会把采摘的樱桃临时放在我的房间里，我觉得那是比香水更好闻的气息，一种天然的食物的香气，令人迷醉。

我想到我的床，床上白色的粗布蚊帐，冬天时母亲会放置厚厚的草垫来保暖，夏天时有竹制的凉席，会取来井里冰凉的水来擦洗，以降去一些温度。冬天里以炭火来取暖，会半开着房间，不仅是在冬季，即使是平常，私密性也是无法保障的，母亲早起要进来取一些东西，取下挂在房间绳子上的围裙，房间里有一个小的插销，但形同虚设。我在这样的房间里，过着我半私密的少女生活。

老师女儿的房间有一把精致的门锁，铝合金的，给人私密的安全感，我在那里浮想联翩，少女时期的我一次一次地走到我的面前，和我相对而视。我第一次知道，在那些少女时期曾经安顿而知足的日子里，我曾藏匿着的未曾被人发现的期许，譬如我久久地站在一个白色的欧式书架旁，目光来回看书架上的书，《神秘的公寓》《窗边的小豆豆》等，我觉得一个少女的闺房真正应该是这样的，即使现有的物质条件无法满足，但并不因此我们就隐去了那些渴望，直至和青春的肉体一起消失。

譬如那时我想过要有一个好看的信笺，将我新学的一首宋词写在上面，寄到远方，收件人最好也是一个女孩，我和她分享我的期许和我的梦，那个女孩会是小雪吗？她应该比我小，她在这样的房间里做过什么样的梦，她会梦见一个在乡下的女孩吗？她在这个房间里弹奏些什么，是《秋日私语》还是《致爱丽丝》，如果她在某天的下午想到远方会想到些什么？是法国的普罗旺斯还是希腊的爱琴海，那照片上银色的海滩，是我长大后曾去过的北海吗？

是的，我迷恋过枕头里菊花的香气，也迷恋过太阳晒过的稻草的香气，迷恋过雨后清新的泥土的气息，但我更迷恋书本的香气，迷恋这欧式床上少女天然的灵魂的香气；我听夏夜里的蛙鸣，听院子高树上的蝉鸣，我更愿意在一个安静的夜晚，听钢琴悠悠地诉说。我的心里充满了对这个女孩的祝福，一个生在书香家庭的女孩，我期许她天宽地阔，期许她人生圆满。

如果可以用少女时期的色彩来幻想，我愿意那个中午，老师女儿的房间独独地在一个海边，一阵一阵的海潮涌过来，或者是一个幽秘的木屋，在一座小船上漂荡，如《歌剧魅影》里那个神秘的小船。

## 读到伍尔夫

我曾经迷恋一个粉色的、有着密码锁的日记本，那里藏着我的喜怒哀乐、我的诗词佳句、我的剪贴和稚拙的文字。

我将它放在枕头下、藏在抽屉里，那里有着我年少时算不上秘密的秘密，那粉色的小小日记本，安放了我的心，我也因此知道一个叫作"安全感"的词语。

直到有一天，有人无礼地打开了它，偷看了我的小小日记本，如同破门而入的不速之客。那些文字是心灵的房间，是另外一种安放，在简陋的家里，它是微缩的梦幻闺房。我记得我的惊慌失措，"房间"未经允许而被打开，如同闺房未经整理而有异性闯入。这是少女的地带，是青春的芳草地，闲人勿进，请君止步。我否定了那个打开我的日记本的人，我相信这是私闯民宅一般的不可原谅。

我在日记的扉页上画好了一扇窗，它覆盖了我少女时期的房间的窗户，窗外画着几颗大小不一的星星。那些文字曾填补了我少时关于一个房间的缺憾。日记是少女的另一个闺房，是纸质的房子，有游目骋怀和秘密思考的窗户。

也许注定与文字有着相邻而居的缘分，人与事物的缘分绝非偶然，我写字十年的时候，想到我曾经写过的那些日记，想到我粉色的日记本里那些碎片一样却旋转如风车一般的文字。我感觉到有温和的问候和风。我们在纸质的房子里、在书籍的房子里，建造我们的私密、妥帖和希冀，永远在夜晚拉上紫色的窗帘，永远伴着她安然睡去，星空总是不同的样子，我所在的简洁的房间，因为那些文字拥有不同的壁纸、不同的主题、不同的灯盏。后来我写下许多的文字，薄的如同夏日的纱裙，厚的如同冬天的棉被，在平常的日子里，可以独自旋转纱裙，可以裹被而眠，并不觉得单调和乏味。

我完全不知道，那个简单的房间里，会住着一个爱上写作的女孩，即使我曾在十几岁的夜晚，手持蜡烛读完了一整本小说，也曾在夜晚醒来后，借着星光写下我心里的一段话。是的，不会有人知道，一个普通房间的女孩后来会成为她想象里的哪颗星星，她们的人生也许会弥漫着诗、舞蹈或者音乐的星光，而有的会很早归于平凡的劳作，收获稻谷的饱满，但并不因此可以说，她们未曾在少女的闺房或者心房里画上月亮。

我相信那些美好是爬满整面山墙的青藤，即使在泥土和木质构建的简单的房屋里，少女的梦想总会一天天蔓延。我们会怀念那样的日子，青春从来不因为简陋而拒绝多姿，可我并不知道房间对于生存的真正意义。直到有一天，我在无数的书本里的一本与之偶遇，我打开了书，读到了伍尔芙，她在《一间自己的房间》里说："女人要有一间属于自己的小屋，一笔属于自己的薪金，才能真正拥有创作的自由。"她说出了女性拥有个人空间的意义，以及自我和自由表述的意义。

这是关于真实的另一种思考，那些青藤和月亮需要以另外一种方式缠绕和悬挂在我们真实的生活里。伍尔芙以另外一种方式打开了我的认知，我开始知道，蔓延的青藤不足以遮盖风雨。每一个在房间里畅想果实、梦想以及远方的女孩，都需要一间房屋的庇护，我们需要建造自己的精神闺房，以水泥和钢筋的方式。

是的，对于一个女孩子来说，闺房里的梦幻和勾勒自然是人生里极为浓墨重彩的一笔，但我们终究要走出那样的房间，远离那些风车一般旋转、风铃一般叮当作响的光阴，去工作、去生活、去遇见相近的灵魂，真正建造属于自己的空间，从而为自己遮风避雨。如同移栽的稻秧，从孵育的温室到更加广阔的稻田的植入和生长，我们渴望收获新的谷穗，在一粒粒或干瘪或饱满中失落和欢喜，进而寻找属于自己的价值。

## 迷恋公寓

我想到房子这个词是后来的事。可能我会更多地想到云朵、想到草地、想到花蕊、想到蜂房。我还没有想过房子的事，在家里有简陋的房屋可以安身，在学校读书住学生公寓，毕业了我冒着一场大雨把行李拎回老家的房间，很快它们分散着融入一家人的生活交响曲。

记得第一次去单位报到，我带了两床被子和洗漱用品，好像住哪儿不是需要我思考的事情。那是一所完全中学，我穿过田野的小径，从学校的墙根披荆斩棘去报到，一共三个女老师，我最小，我那时还是个十七岁的大孩子。总务处把我们安顿在一个单间里，不是一室一厅，没有卫生间和厨房，不能称之为公寓。室内只有一大一小两张床，老式的木床，床沿很高，我和其中一位女老师合住那张大床，一人住半张。

依然是懵懵懂懂，我对自己竟然分到"半张床"好像没有什么特别的不适应，我想不会长久这样，心里没有强烈的抗拒，反倒觉得热闹。三个女老师一起备课，一起在深夜穿过一条两三百米长的漆黑道路去厕所，会经过学生宿舍门前的宽阔空地，忍不住发出既怕又觉得新鲜的暗暗笑声。乡村的夜静谧，天黑之后，无月的夜晚漆黑一片，也有过深夜的惊恐事件，譬如同室的教师休假回家时，有人深夜推开吱吱呀呀的窗户送进来一张爱慕的字条，或者是一件礼物，虽然是好意，但那样的表达方式令人落荒而逃；也有户籍警在白天以落实户口办理的名义未敲门就进来人，絮叨些莫名的话题，被我轰出门外。兴许那时仍被觉得是合租的宿舍，集体宿舍一般，来者自然也不会彬彬有礼。

后来和同事合住过两室一厅，又搬到过一室一厅，因为没有久居的打算，也不曾视作是自己的家。再后来通过考试进城工作，通过亲戚联络，最初租住在公安局家属院里，两室两厅，有院落，有独立的厨卫，特别是院中有一大棵美人蕉，很是合我心意。入住时荒草满院落，我挽袖清理打扫，克服独自居住的恐惧，总算是安顿了一些日子。

一年后的一天中午，突然有人敲门来看房，说是这房子要卖了，要我半月内搬走。时间紧又没有提前通知，我像突

房间

然被人破坏了鸟巢的惊慌鸟儿，仓皇盘旋。那是现实给予的真实提醒，我为此落了泪，但也无奈，只能赶紧寻找房屋，辗转周折，租住别处。那是我第一次想到立身之所、想到要有稳定的居处、想到一间房的现实意义。

那时，城市房价正是飞升之时，每平方米售价转眼从一两千升至四五千，甚至更高，房子成了人们炒作的投资热门，但我后知后觉。起初进城，亲戚朋友同事频频问起买房的事情，自己并不觉得有多要紧，一是经济所限、见识所限，一是暂时独自生活，并无过多打算。后来又租了另外的地方，也没有打算轻易搬走。房东夫妇为人和善，所租房屋虽不宽敞，但距离工作单位仅一墙之隔，房子有前院和后院，出入方便，所以就拖延搁置了下来。房价果然继续飞涨，随着单身生活时间更长，我才开始紧迫思考住所问题。

是时候拥有一间公寓了。随着工作、生活的变化，以及那时有可能会更久地继续下去的单身生活，灵魂和身体都需要安放。城市的房价远远超过工资的增长，即使用尽全力，一个普通工薪阶层的女子，想要独自在城里买房，也是件极为艰难的事情，我向来怕给人添麻烦，不愿向亲友开口。考虑到城市不同人群的需求，开发商相继开发了一些小户型，但并没有好的户型。毕竟，像我这样需要单身公寓的人群，在小城为数并不多。

期望能有一个小公寓，能够有一室一厅一厨一卫，最好能在一楼，附属一个小小的院落，或者在楼顶，附带一个小小的露台，收纳月光、种植花草，读书写字，我想我那时期许的安心和平和，只有一个小小的公寓能够给我了，为此我开启了一段寻找公寓的旅程。但并不容易寻找到，一个恰切的安身之处并不比一份合宜的感情来得容易，因为所在为小城，公寓寥寥，适合居住的更是少之又少，合理的户型设计更是难得。

房价飞涨，许多女孩相亲时会把房子放在第一位，也不乏为了安身而选择不喜欢的人草草结婚的，甚至我在相亲时也遇到要求女方有婚房的男性。这点不敢苟同，居所固然重要，但所依并非冰冷的物质。人们对物质的要求越来越不加掩饰，日渐显露面对现实的种种不安。有人在这样的现实中如愿栖身，但我并没有期许获得那样的安稳。

并不因此就不能住在现实的隔壁，我仍然迷恋一间靠自己可以安身的公寓，等待着属于自己的归属，那段时间算起来有些长，看房、读书、写字、等待，日子慢慢地流逝，但并不觉得荒凉。我后来也感叹过我的后知后觉，但从不觉得后悔，我知道有时候，灵魂必须安放在他人和房屋之外。

## 我的尖顶卧室

搬家那天晚上，是在夏天，我们并肩站在露台上，抬头见月亮正圆，月为满月，这恰好是个隐喻。以月光为纱，肩头不再觉得坚硬，我们并立在那里，将目光望向天空中的月亮，望向我们心里皎洁和明亮的部分。院内亦有树影婆娑，房前高大香樟树上的鸟巢依稀可见。搬家时于露台置荷花，粉色的荷花在夜色里格外温柔。这是一个平常的夜晚，却是我们寻觅很久也格外觉得珍惜和不同的夜晚。

房间就在隔壁，一盏圆形木质吊灯，床头灯也是木质的，灯体是两块方糖的形状，旁边可以放置摆件，我选择了多肉植物和莲蓬。我喜欢北欧风，一种自然简约的色调，房间里只有三种主色：原木色的地板和部分灯饰、白色的墙壁和浅灰色的窗帘。如此，床品可以是蓝色、绿格纹、淡紫色、深粉等。

我很在意窗体部分，设计了自己喜欢的飘窗，在梳妆台的一侧。闲时可以在飘窗小坐，窗外不远有绿树和古色古香的小亭子，可以挪步户外在那里读书和发呆。飘窗设计时嵌入了自己身影的想象：只有我知道自己发呆时的样子，这一点即使是高明的设计师也无法感同身受，他们会考虑如何节约空间，如何将物品充塞整个房间。后来入住，我果然在那里看月、看星星，看窗外疏影横斜，在大雪的天气里在那里看雪花劲舞。

经历过迁移也去过不同人的房间，便会知道，房间并不是一个简单的空间，它是一个有生命的部分，有自己的性格、有潜在的安全感。它是另一个自己，即使静止，也无不通过角落和线条表达诗意和倾向。房间以色调、材质、风格和光线寻求着自己的美好，不仅为我们遮蔽风雨，更是房间主人的一个读者，恰是这个深度的阅读者窥见了我们裸露的灵魂。

我的卧室是尖顶的，白色的房顶，斜面上有均匀的纹理，双层吊顶勾勒出我想要的简约和立体。这点坚持来之不易，装修的时候就有了两种方案，常见的是改造成平面的，这样简单而省事，或者特别一点，保留尖顶的样子，这样会显得诗意、不同，但装修时候颇为费事，要考虑与其他部分的和谐。一直到最后，我们都坚持了自己的想法。房顶的选择好像是人生的十字路口，平实和远方，简约和不同，会听到不同的建议，但仍会选择自己想要的样子。

感谢自己的坚持，并能够和家人彼此意见相合。许多时候，我们的一些想法会不了了之，源自一些不同的声音，源自没有人和你站在一起，于是我们会改变自己的想法，在生活中渐渐活成自己不想要的样子。

还是不要。譬如一面古铜色的镜子，满月的造型，在米白色的梳妆台上，悬挂绳是麻绳，有很好的手工感，每一个细节都需要有认同，尤其是对于我这样选择困难的人。我在房间的这面镜子里照见了自己，看到自己曾经的不安和想要的妥帖。

假想每一个房间，都是一本立体的书，有着不同的书脊和扉页，书写不同的故事，一个人独自写着，两个人相约着共写……房间有不同的主题，故事或者温暖或者孤独，而房间里的我们，就是故事的主人公。每天和你对白的人是谁呢？睡前温暖地聊叙，屏蔽一些外面的寒冷。每个人在不同的房间里获得不同的呵护和陪伴，因而被书写成不同的样子，获得不同的安全感。

我更在意房间这个部分里的女性，她们如何被对待？当夜幕或者黎明到来，如何在房间里欢喜或者默默流泪，其心路是否受到关注？每日里对镜梳妆，她有着怎样的神采？这里是灵魂的完全裸露，这样的裸露不亚于将身体置于无人的旷野。房间从来不只是泥沙的建筑，这里有灵魂的庇护。这种安全的庇护，当然是双向的。

我们需要一个角落，去获得绝对的私密、安全，能够去沉浸、去遐想、去面对，去调整被白天纷乱的事件打乱的内在秩序，去逐渐完成自己的心理建设。这里是相对安全的驿站，供我们停歇。如果能够安居于某处，有一个自己随心设计的卧室，有朝夕相伴的人，就可以写就生命的下一个段落，这些租来的房子也可以完成并替代，但每一次搬家所要完成的心理清扫和情感切割并不容易。

我愿意相信，一处房子是生命中的一个段落、一段旅程、一个时期的你，你曾经行经的一个部分，只有在房间的庇护里才可以找到属于自己的逻辑和生成。我相信房间会呼吸，有着自己的秉性，装饰它的时候，我们需要读懂它。尊重它的性格，也即尊重我们自己。

## 关于房间的谈话

记得有次谈到房间的话题，是在一条可以去到的山顶的蜿蜒山路上，那里距离我们各自居住的房间有些远，白云在头顶悠然，午后的空气仍是新鲜的。这是一次小型聚餐，并非什么主题餐会，我们沿着山路一路撷取喜欢的风景，最后选择在豫南的一个小山顶上吃午饭。

起因很是简单，我在文章起初提到的 S 君来我所在的城市小住，因为读书活动的中断，我们已经有两三年没有见面了，这距离我们认识已经十余年了，距离我住在她女儿的房间这件事也过去了十年，而且随着各自的忙碌，我们的相见将会是越来越难得。房子有五十或者七十年的产权，而人在时间里的抵抗更加不易。

S 君依然是笑着，那是四月，这是真实的日历显示，并非为美好而假设虚构，我曾经想将这个在别人看来微不足道的故事写成一篇小说，但苦于我的虚构能力太差，始终觉得故事不够饱满。我想问一些细节，来丰富有关这个题材的小说的内容，但没有想到，我们却由此抵达了一所精神的房屋。

边吃边聊，边聊边吃。菜是山上农民种的绿色蔬菜，我们吃得清淡，更多的时间用来谈话，于是那个住我心里很久的问题终于有机会得以泛青。关于我为什么能够住到 S 君女儿的闺房，我觉得这个问题太小，如果我刻意去问，似乎显得我过于纠结，但时间宽松，我们可以聊到旁枝末节，事实上，我总觉得这是个温暖的安排。我相信这个笑容灿烂、温暖善意的女性，特别给予了我这样的体验。

"你值得被这个世界温柔以待。" S 君果然这样说。她说我没有想到你会问，如果你不问，我也不会特别说起这个事情。"事实上，我并不轻易在家里招待朋友，真正住过我女儿房间的，只有你和我的一个读大学的外甥女。"

她说到她二十四岁那年，那是她结婚第二年，"那时我和丈夫住在一间租来的小屋里，房间有十几平方米，一张布帘，我和爱人住在里面，婆婆和小姑子住在外面，其局促不安可以想象。为了改变这种状况，我做起了兼职，利用业余时间去各地妇联组织讲女性的价值等问题。一次报告结束，我提起有个远房亲戚在该市，当地负责人恰好也认识我那位远房亲戚，他是一个企业的负责人，我是那时少有的大学生，这个亲戚重视读书，在意读书人。那晚，我被安排在她女儿的房间住宿，那时候在我眼里，那是宫殿一般的存在，不仅仅是在美好的少女时期，即使在我结婚以后，我也没有住过这样体面的房间，那个夜晚我整夜未睡，泪流满面……"。

如同推门而入，促膝而谈。S 君知道一间房屋对于女性的空间、少女心的完整，以及独立甚至自尊的意义，我想我也知道。这次与 S 君同来的，有一位智慧、优雅、情商极高的姐姐，和一位阳光、正能量、总是会照顾人的律政佳人，围绕房间，四个起初并不完全相熟的女性深度地聊了起来。那位姐姐分享的是在 20 世纪 80 年代的时候，追求她的男生因为和自己的父母有私交而捷足先登，在她喜欢的男孩子前来追求自己的时候，抢先一步去到她的闺房，以聪慧的手段暗示了他和自己的关系，事实上他们都是同样的追求者，而自己喜欢的男生黯然退出，她错过了自己喜欢的人，说到这里，五十多岁的优雅女人在我们面前落了泪。

三十岁的律政佳人说到了自己的初恋，那是一个阳光、温暖的男生，给了她作为青春期女孩子所能够想象的美好呵护，即使后来分手了，但那种爱和安全感像是在温暖的现实房间里，让她有勇气面对今后的情感和挫折。

那次近乎成了关于"房间"的主题餐会，我们得以在语言的流淌中进入别人的生活空间，而一切都没有预设，从初见的陌生到欢悦同行到"量子纠缠"一般的懂得，仅仅只有几个小时的时间，但关于房间的话题，几个有精神向度的女性，没有初识、身份、年龄的隔阂，各自诉说，直至相拥而泣。

我始终记得，在山顶那个叫作顶顶香的小院子里，我们坐成一枝平面玫瑰的样子（那位姐姐着玫红于上如花朵，S君和律政佳人着绿衣于两侧如叶，我着素色衣于下），一餐饭从两点边吃边聊到五点，直到我们深深相拥。相信这个世间的美好，相信所有的坚持都有一枝平面玫瑰的春色，并手持玫瑰进入一所精神的房间。

# 山　顶

## 绿里

一入山就没入了绿里，如同白色的果仁，被绿色的果肉包裹着。水润的果绿色，好似新鲜调制的水彩，整个地泼洒在这样的山林，你可以想象那样的画面。只有一条素色铅笔画成的山路，细致蜿蜒，逐渐深入，那是我们在绿里留下的唯一痕迹。

像儿时的沙包即将封口。一粒粒的人进入这绿色的绸布，我们被收纳到这座大山里，没有封闭的感觉，大山用绿荫天然地营造，无须一针一线的手工。绿就是这样浩瀚大气，如同心里有整片海，绿色的海。我们的目光沿着一片细长如微型小舟的叶子，缓慢地摇桨，不，是风送来了帆影。盘旋着的山路有荡漾的感觉，直至靠岸在山的顶峰，停泊在云的白里。这才从绿色里钻出来，有了这湿润的空气，人又有了发芽一般的可爱念头。

　　　　　　　　　　　　　　光和影的比例

夏是绿色的，我们在绿色里将自己染成一株绿草，或者仍然以人的姿态进入，怀抱着草木之心，在蜿蜒的山路上，如在一条碧绿的水里，在行走，也是在流淌，绿色是单纯的稚子引路，说，跟我来吧。或浓或淡的绿，舒展着，交叠着，摇曳着，这是大山的行为艺术，在扮演着一个绿色的山的巨人，等你经过时，它便揭秘了自己，绿色的大山始终厚重如谜。每一棵树都是谜面，每一个入山的人都是小小的惬意的谜底。在夏天的客厅里，山等你做客，说些清凉的话。

我们要去的百年老别墅，在十几棵百年以上树龄的英国梧桐树下，这是英国亚细亚公司建造的小楼，黄绿色的屋顶上是浓密的树荫，整座别墅在大树的庇护之下。随处站立的地方，都是百年时光铺展的绿荫。没有任何一种庇护胜过光阴的周全，我站在斑驳的树叶的光影里，仰头望见那些大树，每一片树叶都是经年的过往。

暂时歇下的一间，西侧是半山，窗外有高高低低的树，低的在低处，高的在高处。窗如画框，画上是层次错落的绿树。房间并不大，恰如山中鸟巢，房前屋后都是绿色，顶上绿叶阔大，一层一层，安睡其中，卷叶虫一般。

走廊有拱形的门，两侧对开，玻璃通透，门外仍然满是绿意，推门出去，向下走几步台阶，可见一湖。此处是在湖之畔，满湖碧水，心里就漾满了绿。一座大山，在其深处，望向哪里都是绿色，如一尾小鱼在碧水里畅游。

## 你听啊

夜晚从虫鸣开始，我说的夜晚是山里的夜晚。从客舍里出来，沿着弧形山路散步，就听到了虫鸣的交响。夏山万木葱茏，叶子连成了绿色的海，半山丛林、半山光影。一座寺的四周山色暗下来，莲花状的山影微合，恰是审美的最好处。但听觉很快将我从视觉中拉出来，那些整齐的、密集的、交叠的的虫鸣声，让人无法分辨其中的一声，我们的双耳整个地被虫们维也纳金色大厅一般的演奏所吸引。

似乎觉得每一片叶子的背面都藏着一只虫，甚至更多，那些不知名的虫子，卑微的虫子，此时像是一个训练有素的团队，一起奏响这如滔滔江水的乐声，如千军万马的乐声，虫鸣逐渐从耳畔到周身到心里，仿佛这鸣唱的树林就是我们所在的全部世界。一起走着的那些人，渐渐都不再说话，千言万语、巧言妙语都不如缄默，将话语权留给这虫鸣。

此时是夏日，时间在晚上七点多，虫儿们发声了，不知是约好了一起合唱，还是约好一起密不透风地念诵，树木安静着，虫的鸣声穿过叶与叶的缝隙，那些树林完整无缺，我们只能从旁侧经过，像面对一阕豪放的宋词，我们无法改动一个词，无法朗读一个字，只能从书卷的旁边经过。仿佛在这个动听的世界里，我们是缄默的虫儿，只能缄默。有人尝试录下虫的鸣声，虔诚如咿呀学语的人，我们要向一些虫儿

光和影的比例

学习交响吗？但虫儿们并不会轻易施教。

我拨通了远方的电话，说，你听啊。也许只有山的密林，才会有这样的交响，让声音如细密的永不退潮的浪花，一直涌过来，水花恰好就在我的耳际，此刻我感觉虫儿鸣出了一片宽阔。我将双手轻放耳际，以不同的节奏轻按，如同听海的声音。一条路我们走走停停，似乎不是在山间漫步，而是在音乐会现场，虽然看不到一个演奏者。乐声如潮水，我们渐渐来到水的边缘，慢慢走出这个部分，虫鸣也渐渐变得不再清晰，直至消失。

又沿着湖畔走了很久，返回时已是八点半，夜色来临，万籁俱寂，那些虫鸣好像融化了一样，只留下零星的几声，忽远忽近，若有所无，再无来时路上的阵仗了。我想那是最好的时刻，在那个时段，我第一次感到了夜色如固体一般，声音也凝聚成固体的感觉，有时如巨大的停靠的码头，有时如山林间养蜂人给出的一块蜂糖。

## 与蛾同眠

夜晚临时宿于山上。山上的凉风，衣袂飘飘，早早地拉住了人的衣襟，没有人说要下山。几人围着茶桌喝茶，就一些新鲜的果子，比如葡萄，比如山杏，淡淡地叙话到夜里，外面凉风习习，风声即私语，令这里的夜既安静，又不沉寂。

回到房间，并不着急入睡，阅读灯下，闲翻几页书。出门时喜欢带上书，尤其是口袋一样大小的书本。窗外有小虫若干，依着窗纱，怯怯地飞来飞去，像是窥探。且不管它。有一只白色的小蛾，飞来飞去，落在书桌上，书又读了几页，它痴心伴读，纹丝不动。其羽翼薄如蝉翼，乳白色，可爱至极。等到收书入睡，它仍然不肯飞去，以书为扇轻摇，它又飞到被褥上面，米白的床罩，飞蛾点缀如丝绣，轻晃被褥，它仍是不走，像是贴被而眠。

接着又飞来了一只，着神秘的黑色，翅膀略长一点，上下翻飞。这才发现，室内有不少昆虫拜访，有蟋蟀一只，小虫几许，再看纱窗外面，嘤嘤嗡嗡，有一只蜘蛛正在吐丝结网。我用蒲扇赶，它们却一直不肯离去，说是拜访，亦有僵持，过后一想，它们是山的主人，我才是山的过客。渐渐有凉意升起，困意也跟随而来。无须人工制冷，自然而然地睡去。

今夜且与两只飞蛾同眠。身高一米六八的我，和身高一两厘米的飞蛾，人较之蛾如山，但人在山中也不过如蛾。在城市的居所中，我们对一只蛾严防死守，而在山里不能。但也不若小时候，那时依山而居，夏夜里有小虫，总是会和他们友好相逢，一只蚱蜢在草丛中跳跃，一只飞蛾在夜读的灯旁，一些蟋蟀非要唱给我听。我们还会遇到很多萤火虫。

窗外的虫鸣是这个夜晚的灵感，我在这个夜里想起遥远的夏夜，想起那些听知了鸣唱的午后，想起荷塘畔听过的蛙

　　　　　　　　　　　光和影的比例

鸣，想起山里虫子爬上我的衣袖。那时的我们，不必对一些无名的小虫顾虑重重。白天，我们伏在山坡上枕着阳光就睡着了，如同今晚，与蛾同眠。

假想它们从那时飞来，问我一声"现在可好"。我笑而不语。大山如自然里的庇护之人，有着佛系的力量，这晚哪里是听见了虫鸣，我们不过是在虫鸣里听见了自己，过去的自己、现在的自己。

## 晨风吹

大山唤我起来，山道弯弯，可以四处走一走。这是昨夜就想好的，我是个不习惯早起的人，而在这山里，我不能辜负晨风的邀约。昨日吹过晚风，知道山风慈祥，所以这个早晨，我愿意往一些风的青春里走。愿我梳妆完毕，恰有晨风吹来。

我第一次有长生不老的想法，是夏日的早上，推开这栋百年老别墅回廊一端的拱形门，迎接晨风吹送的那一瞬间。风从扇形的半山两端聚拢而来，缓缓地吹着。清晨的初曙之光从树叶间照下来，月湖波光粼粼，那一瞬间，我是真的想到了人如果可以长生不老。

果然是清晨的山风，早上六点钟，风如清朗的少年诵读，伴着清新、光芒、饱满和诗意灌入整个走廊，我站在风口，刚刚站定，大山的隐形巨手就一把将人揽住，这是晨风的问候，淡淡的早安之后，掩不住蓄积的自由。我突然好羡慕那些梧桐，它们活了一百年，也许更久。

亚细亚别墅后面有一个宽阔的平台，除了几棵百年的梧桐树，还有一棵五十年的枫杨树，五十年对于人来说已是中年，对于一座大山却显得微不足道。我走下台阶，选择站在一棵高大的梧桐树旁，经年的时光在一棵大树的枝繁叶茂里隐藏起来，而新的阳光正照耀着那些树叶，天空和树叶的缝隙里闪耀着宝石一般的光芒。我想站得久一些，好像久一些我的双脚能如同根系，深入这大山的土壤。

月湖就在下面，这时也该醒了。山水皆可对语，我喊一喊它。同来的叶子姑娘也醒了。记忆中的月湖是清澈的，像是潜入这大山的眼眸，我想起一个女子早晨醒来时候初初睁开的双眼。一天的第一道目光，如同一年的初曙之光，如同人的赤子之心。我愿意和大山的湖泊深深对视，一些柔软的水、一些低处的机智和善良。

已有不少的人来这里避暑，听起来有各种口音，有不少银发的老人，也有蹒跚的孩子，还有一些忙里偷闲的中年人。大山接纳了我们，以清晨的风为第一件伴手礼，经过山路，经过月湖，也绕过南街，它始终如善意而周到的主人，静静地跟随，不过于用力和热情。这就是山的好处。

你看此时，那半坡的绣球花，饱满灿烂，各色的花朵，此时正是花季，是花最好的时候，但没有人可以长生不老，所以不必苛求。那些选择来山里住下的人，那些山外的来客，包括我们，能够享有山里的清风已是知足。我突然想起一个春日，在另外一座山里，有风吹来，桐花落在我的肩上的那一瞬。

## 山顶

我们总想登到山的高处，像一只鸟栖息在树的高枝上。高处的风景是怎样的？我们在心里问一只鸟，它喙部美丽，以嘤嘤婉转的鸣声说出高处的不同，而那究竟是怎样的，我们仍旧不知。我们总想去到高处，于是人类的双臂如同翅膀，开始各种攀登。

城市的楼宇越来越高，有时，我们会乘坐观光电梯去到最顶层，而商家早已窥探出人们对高处的膜拜，在摩天大楼的高处设置咖啡厅或者高档餐厅，消费自然也是高的；有时我们乘坐摩天轮，在逐渐升高的视线里，我们展开双臂，飞翔是不能的，但俯视一切的想法早已盘旋，即使是在娱乐，人们也会将对高的求索设置进去，也许在熟悉的大地上，平坦已经无法满足人们的欲念。

于是，人们造出了云梯，除了攻城略地也用于眺望远方，梯子这一意象成为弥补人类自身高度的缺陷，以及智慧借力和辅助他人以达到更高的地方的美好之物。人们乘坐飞机，从大地起飞，穿过云海，早已一日千里，高度和速度总是如此契合，彼此依存，因此人们说追求"更高、更快、更强"。我们也因此对云朵充满期冀和亲昵，因为小小的云朵可以抵达我们不可轻易抵达的地方。

而那些无数的高不可及的地方，我最乐意去到的是山顶，并非因为"一览众山小"的喜悦和"只要肯登攀"的训诫，一座山的高度足以令攀登者虔诚。所去到的大山，我无不以登顶为攀登的宗旨，总是匆匆到达顶点，感受抵达的欢悦，短暂停留然后折返，青城山、泰山、黄山、武当山、九华山等，山顶仿佛是一种佛性的召唤，深远地，不绝于耳。

我从来没有想过，人生命的顶峰到底是一座什么样的山峰，那座山峰应该与我们可以靠双足和缆车去到的山峰不同，它是否白雪覆盖，无比圣洁，或者金光闪闪，粲然诱惑，或者梵音阵阵，佛性迷人。山顶如谜。无数人匍匐叩首，竭尽全力，渴望登顶。我曾见过在山道上叩首而行的人，也见过以双手攀爬的力竭之人。现实中，攀爬者比比皆是，仰望山顶的人啊，无以计数，那些隐形的山峰，一座座交叠，一座座屹立在繁华的街市。

此刻，我在山顶，避暑胜地鸡公山，报晓峰顶。许多年来，这是我第一次独自去到一座山的高处，山间盘旋回放着清乐，缓缓踩台阶，脚步竟然很轻盈，山头的昂然竟然成了心里的美妙。众山果然变小，鸡公山的万国建筑点缀林间，那些各式各样的老别墅成了这林间的珍藏，山顶远望，令人肃然觉得时光深远。

在山顶，人是树间点缀，如同在街市，树是人间的风景。一个大雾天，人们在山顶停歇，入山的路极为难行，能见度只有几米，相较于其他任何时候，这些大雾恰切地诠释了去到高处的不易。弯弯绕绕，曲曲折折，高处的路总是如此艰难。山顶之上，如同一座精神的小屋。

是的，有一座精神的小屋在山顶上，远离平坦和熟悉的一切，我们于山顶的歇息地生火做饭。炊烟袅袅于屋顶，在雾的底色里，我乘着烟火，看到两棵百年大树上无数旁逸的树枝，枝叶交错，无数渐枯的树叶如同芸芸众生，在生命的高枝上，经历四季轮回，从繁茂苍翠的顶端即将跌落，回归大地，我不知道，在我仰首翘望着那些叶子的同时，那些叶子是否也在深情望我，我所在的坚实大地，是不是也是它们所仰视的高处。

想来，人们总是奔波，平凡的一生也总是不断地往返，从现实的诸多高峰，卸下所有，又以另外的心情去攀登自然的山峰，寻找一座山的秘籍。短暂的停留之后，再次回到原处，山峰依旧高耸，望而生畏或者信心百倍。

# 后　记

　　我们生活在光与影的世界，这世界无时无刻不在游走变化。子在川上曰，逝者如斯夫，不舍昼夜。这是圣哲之思、千年一叹，是生命的感慨。

　　那么如何留住时间呢？人类惊异于自己找到了绘画、音乐和语言，一种记忆、超验和审美的方式，一种精神的载体。它是生活的，更是艺术的；是现场的，更是想象的；是感知的，更是感性的；是黑白的，更是斑驳的；是存在的，更是创造的。

　　这些文字就是岁月投下的影子，一些人的影子、树的影子、花瓣的影子、流水的影子，这些影子来自日光、月光，也来自心灵和生命的光芒。光和影构成了岁月的图像、审美的特质，绝非还原，有如虚构。

　　因此在黑白光影的世界里，文学之经典源于独特发现和开掘、捕捉和选取、比例和剪裁。没有人能看到整体和全部，我们永远只能看到自己面对的那一面。那一时刻，自己的世界是光的那面、明亮的一面，还是影的那面、暗色的一

　　　　　　　　　　　　　　光和影的比例

面？它们仅仅是光与影、明亮和黑暗吗？另外的时刻，我们又看到了什么，它们隐喻了什么？

一帧生活的画面是一个时代的横切面，从中可以看到时间的纹理和生命的年轮，为此，我愿意怀着对生活的挚诚、爱恋和不虚伪，拿出最大的善意来获取这样的瞬间。选取一些什么样的场景、抓取生活的哪一个瞬间，根据质地确定剪裁的长短、宽窄、明暗，让生活最为简单的光影、黑白显现出丰富和不同，这需要发现和呈现、遮蔽和敞开，决定于胸怀和气度、心智和眼光、勤奋和天赋。

这些我都不够。我仅仅是以自己的方式记述和表达，一年年的，长长短短，黑黑白白，竟集得这厚厚一本，自己的光影世界，一本语言形态的私人精神相册。诸多不完美，碎片化、倾斜、偏颇、比例失调，局部的、点滴的，色调繁复，朦胧，附着岁月风尘和浅黄，等等，但它是真实的，且足够真诚。

即使是自己小世界的光与影也以巨大的岁月为背景，有日月星辰、春夏秋冬。这是世界的一面，不同的面，是时代截面，也是时间断面，显现明暗、维度、轮回和纹理，表达我的认知、情怀、锐度与取舍，是独属于我的视角和切入点、我的审美剪裁、我的光与影的比例。

光与影、明与暗、虚与实、真与伪、爱与憎、词与物，我永在其中，梦想和期许，寻找属于我的精神黄金分割线。聚集一些文字就是聚集一些光，一些驱散阴影部分的力量，期待留存一些真实的印迹，期待文字和文字、人与人彼此照亮。我知道这很天真，由天真而简单的世界已丢失很久。

2020 年 5 月 18 日于淮上申城